SARAH TISCHER

Letzte Chance Baden-Baden

SPIEL MIT TÖDLICHEM EINSATZ Maxi Morel, seit Kurzem stolze Inhaberin ihrer eigenen kleinen Privatdetektei, freut sich über ihren ersten großen Fall: Sie soll Louisa Seidler beschatten, die als Croupière im Casino Baden-Baden arbeitet. Maxis Auftraggeber ist Seidlers Ex-Mann, der Louisa wegen Unterhaltsbetrug verklagen will. Als die Croupière verschwindet, befürchtet Maxi ein Verbrechen und beginnt zu ermitteln. Es scheint gleich mehrere Personen zu geben, die Louisa Seidler nichts Gutes wollten. Als ein grausamer Mord in der Familie eines Immobilienmaklers geschieht, erhält Maxi überraschend einen weiteren Ermittlungsauftrag. Könnte es eine Verbindung zwischen den beiden Fällen geben? Maxi macht sich auf die gefährliche Spur nach der Wahrheit. Auch ihr Privatleben hält die pralinenverrückte und strickbegeisterte Halbfranzösin währenddessen auf Trab – steht sie doch zwischen zwei Männern …

Sarah Tischer, Jahrgang 1987, wuchs am Bodensee auf. Nach ihrem Studium in München und Barcelona arbeitete die Diplom-Volkswirtin in Zürich, bevor sie sich 2015 im nördlichen Schwarzwald, in Igelsberg bei Freudenstadt, ein altes Bauern- und Pensionshaus kaufte und renovierte. Dort lebt sie mittlerweile mit ihrer Familie. Seit 2017 ist sie Gastgeberin der Black Forest Lodge und begrüßt Gäste aus aller Welt. Neben dem Laufen macht Sarah Tischer auch gerne anderen Sport wie Yoga und erkundet den Schwarzwald wandernd. Sie liest viel und schreibt Kurzgeschichten, Krimis und Kochbücher.

SARAH TISCHER

Letzte Chance Baden-Baden

KRIMINALROMAN

GMEINER

Personen und Handlung sind frei erfunden.
Ähnlichkeiten mit lebenden oder toten Personen
sind rein zufällig und nicht beabsichtigt.

Im Ehnried 5, 88605 Meßkirch
Telefon 07575/2095-0
info@gmeiner-verlag.de

1. Auflage 2025

Lektorat: Susanne Tachlinski
Satz: Mirjam Hecht
Umschlaggestaltung: U.O.R.G. Lutz Eberle, Stuttgart
unter Verwendung eines Fotos von: © Sacha / stock.adobe.com
Druck: CPI books GmbH, Leck
Printed in Germany
ISBN 978-3-8392-0885-4

für W.

KAPITEL 1

Samstagabend

Dieser Saal ist ein Kunstwerk und sie mittendrin. Als hätte sie eine andere Welt betreten. Eine Kulisse in den Farben, mit denen sie ihren Weihnachtsbaum schmückt: Gold und Rot. Zu ihrer Rechten steht ein mit Goldplättchen bestückter Brunnen, ohne Wasser. Auf einer Schale thront ein Vogel, bewacht von zwei Engeln mit Meerjungfrauflossen. Stuck. Verzierungen. Ornamente. So viele Details. Hätte sie die Zeit, alles zu bestaunen, wüsste sie gar nicht, wo sie anfangen sollte. Der rote Teppich dämpft die Geräuschwolke, die von der Bar zu ihrer Linken zu ihr herüberweht. Die Kuppeldecke erinnert sie an die Lobby des Badhotels, in dem sie vor gut einem Jahr noch gearbeitet hat.

Ist das hier real?

In ihren Pumps durchschreitet sie den Raum und kommt sich wie eine Prinzessin vor. Dieser Anlass war ein Grund, shoppen zu gehen: Die Wahl fiel auf ein langes, schwarzes Kleid mit Tüllrock und Spaghettiträgern. Perlenkette. Hochsteckfrisur. Zu gerne hätte sie das olivfarbene Samtkleid angezogen, in das sie sich auf der Einkaufstour verliebt hat. Heute gilt jedoch: unauffällig sein. Farblich übersetzt heißt das: schwarz. Das andere Kleid hat sie trotzdem gekauft. Es muss noch auf seinen Einsatz warten.

Maxis Körperwärme hat sich auf die Jetons übertragen, die ihre Hände umschließen.

Der nächste Raum ist noch prächtiger. Sie blickt zur Decke. Üppige Kronleuchter hängen stolz herab. An ihren goldenen Armen baumeln Kristalle, und auf ihnen stehen zahlreiche Kerzen. Die Wände zieren kleine Ableger der Leuchter, ansonsten bestehen sie aus von Stucksäulen eingerahmten Gemälden.

Maxi geht an den von Menschen umringten Spieltischen vorbei, ohne ihnen zu nahe zu kommen. Erst einmal die Lage sondieren. Die meisten Croupiers sind Männer. Ihre Zielperson gehört definitiv nicht zu den beiden Dealerinnen in diesem Raum.

Bisher war Maxi dermaßen beeindruckt von der Architektur und der Atmosphäre des Casinos, dass sie die Menschen kaum beachtet hat. Alles hier drinnen ist opulent und elegant. Auch die Abendkleider der Frauen und die Anzüge der Männer. Gerne würde sich Maxi an die Bar setzen, an einem Drink nippen und die schönen Menschen näher betrachten.

Jetzt nicht. Weiter. Einen Überblick bekommen. Im Club braucht sie nicht nach ihr zu suchen. Weiter in einen vergleichsweise kleinen Raum. Auch hier keine Louisa Seidler. Maxi betritt den Saal mit den roten Wänden, den sie beim Reingehen bereits gesehen hat. Sie könnte auch in einem Schloss sein. Das Casino ist ein zum Leben erwecktes Klein-Versailles.

Hier! Ist sie das? Mit langsamen Schritten nähert sich Maxi einem der Roulettetische. Sie hat sich im Voraus informiert, dass im Casino Blackjack, Roulette und Poker an den Tischen gespielt werden kann.

Ja. Sie ist es.

Maxi stellt sich in die zweite Reihe. Die Frau vor ihr dreht sich um. Der Ausschnitt ihres Kleides ist mehr als tief. Automatisch tritt Maxi einen Schritt zurück und lächelt entschuldigend. Ist sie ihr zu nahe getreten? Maxi sagt nichts, da sie bereits wieder den ebenso tiefen Rückenausschnitt vor sich sieht. Dann sucht sie sich einen Platz mit etwas mehr Sicherheitsabstand am Tischende in der dritten Reihe.

Maxi hebt vorsichtig den Blick. Definitiv. Louisa Seidler. Sie hat ihre Zielperson noch nie aus dieser Nähe gesehen. Weiße Bluse, schwarze Weste. Die Farben wiederholen sich in der hellen Haut der Frau und ihren dunklen Haaren. Schneewittchentyp. Strenger Pferdeschwanz, geradlinige Gesichtszüge. Vor ihr der Kreis, der wie ein liegendes Steuerrad aussieht. Mit zwei Fingern setzt die Croupière das Innere in Bewegung.

Maxi mag die französische Berufsbezeichnung, intuitiv hat sie die weibliche Form benutzt. Sie hat sich jedoch sagen lassen, dass dies unüblich ist, stattdessen sagt man »weibliche Croupier«. Oder »Dealer« beziehungsweise »Dealerin«. Doch das klingt sehr nach Drogen. Aber gut.

Louisa Seidler bleibt für Maxi die Croupière. Diese dreht nun die weiße Kugel ab, die gegen die Drehrichtung am Rand entlangrollt.

Die Casinogäste platzieren die Jetons scheinbar wahllos auf dem Spieltisch, die Farben erinnern Maxi an eine Tüte mit bunten Bonbons. Maxi kennt die Regeln des Roulettes nicht, sie weiß lediglich, dass es darum geht, auf bestimmte Zahlen zu setzen.

Man kann die Spannung förmlich greifen, die um den Tisch herum entstanden ist.

Louisa Seidler dauerlächelt professionell, während die Kugel immer langsamer rollt. Die Croupière ist die Kapitänin des Schiffes, die alles unter Kontrolle hat. »Nichts geht mehr«, sagt sie.

Die Spannung verflüchtigt sich in den Raum, als die Kugel ihr Feld gewählt hat.

»Vierzehn.« Louisa Seidler stellt einen Spielstein auf das entsprechende Feld auf dem Spieltisch.

Es folgt ein geschäftiges Schieben: Die Croupière zieht die Jetons zu sich heran. Dann verteilt sie sie, hin, her, hoch, runter.

Die Jetons klicken, es erinnert Maxi an das Zusammenstoßen von Billardkugeln.

Ein glücksüberlegen lächelnder Mann sammelt seine Jetons ein. Kurz darauf verteilt er sie wieder an allen möglichen Stellen des grünen Tisches. Teilweise auch in Stapeln. Neue Runde.

Diese Casinostimmung ist ambivalent. Feierlich und konzentriert. Konservativ und dekadent. Banal und abgehoben. Angestrengt und gelöst. Auf alle Fälle: einzigartig. Maxi beginnt, den Mythos um die Spielbank ihrer Heimatstadt ein kleines bisschen zu verstehen. Bislang hat sie dieser Ort nicht interessiert.

Louisa Seidler. Jetzt hat Maxi ihre Zielperson bei der Arbeit gesehen. Sie beobachtet sie für zwei weitere Spiele.

Dann verlässt die Dealerin den Tisch. Pause? Maxi hat gelesen, dass Croupiers aufgrund der hoch konzentrierten Arbeit alle 45 Minuten eine Viertelstunde Pause machen müssen.

Wo ist Louisa Seidler hin? Durch welche Tür ist sie entschwunden? Weg. Maxi hat ihre Spur verloren.

Maxis goldene Armbanduhr sagt, dass es 22.47 Uhr ist. Seidlers Schicht wird vermutlich bis zum Ende des Casinoabends gehen, irgendwann nach Mitternacht.

Maxis Schicht auch. Sie wird bis zum Ende bleiben.

Später am Samstagabend

Maxi leert den alkoholfreien Wonderleaf Tonic. Eigentlich hätte sie lieber einen »echten« Gin Tonic getrunken – doch sie weiß nicht, wo der Abend noch hinführen wird. Sie hält sich an der marmornen Bartheke fest und dreht sich auf dem Barhocker leicht hin und her. Dieser Raum ist ganz anders gestaltet. Modern. Aber genauso edel und opulent wie die anderen.

Hier ist die Stimmung lockerer, Gläser klirren, Stimmen wirbeln durcheinander.

Gerade ist Maxi noch einmal durch die Räume des Casinos geschlendert. Sie hat ihre Jetons auf die Elf gesetzt, weil sie am 11. April Geburtstag hat. Jetzt sind die Jetons weg, und sie hat nichts mehr, womit ihre Finger spielen können. Sie zieht das Smartphone aus der Tasche, obwohl sie eine Armbanduhr trägt. 00.47 Uhr. Maxi unterdrückt ein Gähnen. Sie muss sich anstrengen, wach zu bleiben. Vor zwei Minuten ist Louisa Seidler wieder in die Pause gegangen. Der Mann neben Maxi prostet ihr zu.

Jetzt hat er etwas gesagt. Maxi signalisiert, ihn nicht verstanden zu haben.

Ob sie noch etwas trinken wolle. Sie schüttelt den Kopf. Sie muss weiter. Seidler finden. Bestimmt denkt der Mann, es wäre eine Ausrede.

Maxi nähert sich dem Tisch, an dem die Dealerin vorhin stand. Nicht mehr da. Mist. Wenn sie aus der Pause zurückkehrt, darf Maxi sie nicht aus den Augen lassen.

1.05 Uhr. Immer noch nicht da. Vielleicht hat sie schon um 00.45 Uhr Feierabend gemacht? Maxi war überzeugt, ihre Schicht würde mindestens eine Stunde länger gehen. Sie eilt mit einem Zwischenstopp bei der Garderobe nach draußen. Vielleicht begegnet sie ihrer Zielperson dort noch.

Frische Luft. Wieder zurück in der gewohnten Welt. Der Mond steht wie eine Mandarinenscheibe am sternenbesetzten Himmel. Was für ein Bild. Dennoch würde Maxi gerne ins Bett gehen. Und zwar genau jetzt.

In Zeitlupe läuft sie die Treppenstufen hinab. Ein Händchen haltendes Paar spaziert durch den Kurgarten. Sonst ist niemand zu sehen. Keine Spur mehr von Louisa Seidler. Mist.

Maxi setzt sich auf die Treppe und tauscht die Pumps gegen Turnschuhe, die sie aus ihrer Handtasche zieht.

Ein paar Minuten wird sie noch hierbleiben. Sie spaziert an den Panoramafenstern des Restaurants vorbei. Es hat bereits geschlossen.

Nachtstille.

Der Sekundenzeiger tickt immer langsamer, als würde er gleich einschlafen. Die meiste Zeit verbringt ein Privatdetektiv mit Warten. Auch mitten in der Nacht.

Stimmen. Maxi horcht auf, ist schlagartig hellwach. Sie geht vorsichtig in die Richtung, aus der sie kommen. Sie werden lauter. Aggressiver.

Maxi wird mulmig zumute. Sie kann ihr Herz pochen hören. Bitte keine Schlägerei zwischen Betrunkenen!

Maxi lugt um die Hausecke.

Das muss Louisa Seidler sein! Vor ihr steht ein Mann, ein Hüne. Auch er trägt die Uniform eines Croupiers.

Sie schubst ihn an den Schultern. Er bleibt stehen wie eine Steinmauer. Sie wirft sich mit ihrem Gewicht und Schwung fest gegen ihn. Er bewegt sich immer noch nicht.

Sie schreit oder weint. Oder beides. Maxi versteht nichts.

Muss Maxi eingreifen? Solange der Mann nicht handgreiflich wird, kann sie warten. Sollte der Streit eskalieren, kann sie im Casino Bescheid geben.

Der Mann packt Seidler an den Schultern, als wäre sie ein trotziges Kind, das es zu beruhigen gilt. Dann geht er.

Louisa Seidler bleibt stehen, wie in Schockstarre. Mehrere Sekunden. Dann geht auch sie die Kurhaus Kolonnaden entlang. Nach Hause? Die Richtung stimmt. Es passt zu der sportlichen Frau, die regelmäßig joggen geht, dass sie den Weg zu Fuß zurücklegt. Auch wenn es mitten in der Nacht ist.

Kurz bevor Louisa Seidler aus ihrem Blickfeld verschwindet, beginnt Maxi, ihr zu folgen.

Was war das gerade für ein Streit? Eine Auseinandersetzung zwischen Kollegen? Maxi konnte nichts verstehen, hat wenig mitbekommen. Auch nach zwei Wochen Observation der Zielperson hat sie noch immer nicht das Gefühl, sie zu kennen, sie erfasst zu haben. Von juristisch belastbaren Beweisen für ihren Klienten ganz zu schweigen.

Maxi wäre nach einer Auseinandersetzung mit solch einem Mann nicht allein nach Hause gegangen. Seidler hat schließlich auch zwei Kinder.

Die Dealerin biegt am Ende der Kolonnaden nach links ab. Ihr Heimweg.

Maxi ist platt nach den ganzen Eindrücken. Normalerweise würde sie an einem Samstagabend wie heute stricken und eine Serie gucken. Spätestens um 23 Uhr würde sie dann ins Bett gehen.

Der Casinobesuch war beeindruckend. Maxi wird wiederkommen. Nicht unbedingt zum Spielen, aber um gut gekleidete Menschen zu beobachten.

Auf der Fieser-Brücke befinden sich vier junge Männer und lachen. Zwei sitzen auf einer der Bänke, zwei stehen davor. Dass ihnen nicht kalt ist? Maxi nähert sich. Sie sehen mehr angetrunken als gefährlich aus.

Plötzlich zeigt einer der Stehenden in Richtung Trinkhalle. Die übrigen drei Köpfe drehen sich synchron um.

Maxi eilt zur Brücke, um sehen zu können, worauf der Junge zeigt.

Einer aus der Gruppe springt auf und rennt los.
Maxi beschleunigt.
»Brauchen Sie Hilfe?«, brüllt der Rennende die Straße entlang.
Maxi sieht lediglich, wie zwei dunkle Punkte auf minimal hellerem Hintergrund wegeilen. Ist einer davon Louisa Seidler?
Sie muss sich überwinden, aber sie geht auf den jungen Mann zu. »Hast du gesehen, was da passiert ist?«
»Ich dachte, der überfällt die Frau.« Er hebt und senkt die Schultern. »Ich wollte helfen, aber das wollten die wohl nicht. Hab das wohl falsch eingeschätzt.« Er läuft fast enttäuscht zu seinen Freunden zurück.
»Geile Show, Raphi«, ruft einer von ihnen und lacht. Er hält sein Smartphone in die Höhe.
Maxi folgt Raphi zur Gruppe. Jetzt schauen alle sie an.
»Hast du die Szene aufgenommen?«, fragt Maxi.
»Einmal ein bisschen Action, und schon kommen die ersten Gaffer.«
»Ich kenne die Frau …«
»Würde ich an Ihrer Stelle auch sagen.« Er lacht. »Was krieg ich dafür?«
Maxi schaut ihn fragend an. Er sieht nicht aus, als hätte er Almosen nötig – eher, als wüsste er nicht, wohin mit seinem Geld. Oder Papas Geld. »Was willst du?«
»War nur ein Witz. Dann schau halt, wie Raphi sich einsetzt. Aber nur ein Mal.«
Maxi nähert sich. Der Typ riecht nach Alkohol. Sein Ego stinkt auch.
Er startet das nicht gerade scharfe Video: Zwei Gestalten liegen auf dem Boden, eine streckt sich, holt etwas Langes her, vielleicht einen Stock. Zielt. Dann das »Brauchen Sie Hilfe?« von Raphi. Die Gestalten rappeln sich auf, rennen

weg. Eine in Richtung Trinkhalle. Die andere Richtung Süden die Oos entlang.

Merkwürdig. Hätte der Angriff Maxi gegolten, wäre sie in die Arme des Helfers gerannt.

Die eine Person könnte Louisa Seidler gewesen sein. Müsste. Mit ziemlich großer Wahrscheinlichkeit war sie es. Und die andere? Definitiv nicht ihr Croupier-Kollege, mit dem sie sich noch vor wenigen Minuten gestritten hat. Die andere Person war kleiner.

»Naaa? Genug gesehen oder soll ich's noch mal zeigen?« Der Typ wedelt mit dem Smartphone.

»Habt ihr beobachtet, was passiert ist? Wurde die eine Person von der anderen angegriffen?« Das war eine Suggestivfrage. In jedem Fall zu vermeiden. Mist. Maxi beißt sich auf die Unterlippe. In der Theorie hat Maxi es verinnerlicht. In der Praxis noch nicht.

Ein anderer aus der Gruppe mit Schiebermütze sagt: »Ja, da ist die Frau gelaufen, und dann kam jemand auf sie zu. Es sah so aus, als hätte derjenige sie geschlagen.«

Maxi wartet auf die Fortsetzung, die nicht kommt.

Dann sagt die Schiebermütze: »Und dann sind beide weggerannt.«

Das hat Maxi selbst gesehen.

»Hast du jetzt genug?«, fragt der Typ mit dem Smartphone erneut. Er scheint das größte Mundwerk der Gruppe zu haben. Wie es oft so ist. Einer gibt den Ton an. Die anderen würde Maxi als nicht unsympathisch bezeichnen.

Das Video hat ihr geholfen. »Danke«, sagt sie und geht.

Sie hört das Wort »komische Alte« hinter sich, ist sich jedoch nicht sicher, ob sie es sich eingebildet hat.

Schnell nach Hause.

KAPITEL 2

Sonntagvormittag

Daheim. Das schönste Gefühl überhaupt! Maxi liebt ihr eigenes kleines Reich über alles. Seit mehreren Jahren wohnt sie in dieser Dachgeschosswohnung mit zwei Zimmern und Balkon. Maxi kann gar nicht sagen, was sie daran am meisten mag. Auf einem der Barhocker in der Küche zu sitzen und hinab in die Fußgängerzone zu blicken?

Sie schaut nach unten, die Straße ist verhältnismäßig leer, da heute Sonntag ist.

Letzte Nacht wurde es viel später als sonst, das übertrug sich auch auf den Morgen. Normalweise steht Maxi früher auf. Beim Gedanken an letzte Nacht ist sie hellwach.

Erst der Casinobesuch. Und dann: Zwischen Louisa Seidler und offenbar einem anderen Croupier kam es zu einer Auseinandersetzung. Zumindest hat der Mann keine Gewalt gegen seine weibliche Kollegin angewendet, eher sah es so aus, als wollte er sie beruhigen. Aber warum war sie so wütend? Auf ihn oder etwas anderes? Und dann kurz darauf der Überfall mitten in der Nacht. Kann das Zufall gewesen sein? Hatte es überhaupt mit Louisa Seidler zu tun?

Beim Streit mit dem Kollegen hat Maxi die Frau definitiv identifiziert. Aber war sie es auch, die anschließend überfallen wurde? Auch auf dem Handyvideo hat Maxi Louisa Seidler nicht eindeutig erkannt.

Noch mal. Die Gedanken ordnen, wie die Fäden verschiedener Wollknäuel, die sich verwickelt haben. Es gibt folgende Möglichkeiten: Louisa Seidler hat sich zwar mit ihrem Kollegen gestritten, war in den Überfall jedoch gar nicht involviert. Der erste Wollknäuel liegt entwirrt auf dem Tisch. Dann: Louisa Seidler wurde nach dem Streit überfallen, was jedoch ein Zufall war und nichts mit der Auseinandersetzung kurz zuvor zu tun hatte. Das ist der zweite Faden. Oder: Beide Ereignisse hängen irgendwie zusammen. Dritter Wollfaden. Dieser scheint Maxi am plausibelsten. Auch wenn Maxi keine Erklärung dafür hat.

Und jetzt?

Die jungen Männer waren komisch. Nein, eigentlich nur der, der gefilmt hat. Die Gruppe war angetrunken, hat sich amüsiert. Maxi war jedoch nüchtern, auf Arbeitsmission. Für die Gruppe war sie »die Alte«. Dabei ist sie noch nicht einmal 30. Was, wenn die vier das Video der Polizei zeigen? Immerhin wurde eine Gewalttat dokumentiert. Maxis Finger trommeln auf die Bartheke. Was, wenn sie von Maxi erzählen? Von »der Alten«, die das Video sehen wollte. Warum hat Maxi die jungen Männer nicht gefragt, ob sie zur Polizei gehen wollen? Oder sie dazu ermuntert?

Maxis Verhalten war ohne Frage verdächtig. Sie war neugierig, wollte das Video sehen. Maxis Herz schlägt schneller, sie ist beunruhigt, als hätte etwas auf sie eingeschlagen. Dabei war es nur ein Gedanke. Der an die Polizei.

Aber warum sollten die Männer zur Polizei gehen? Außer es werden Zeugen gesucht, weil wiederum das Opfer zur Polizei gegangen ist. Das wiederum ist unwahrscheinlich, weil es sonst bestimmt zu den Augenzeugen gegangen wäre, anstatt wegzurennen. Maxi muss morgen einen Blick in die Zeitung werfen, hoffen, dass nichts von dem Vorfall darin steht. Mehr kann sie nicht tun.

Das große, weiche Sofa lacht sie an und sagt: Mach's dir gemütlich.

Ein bisschen Pause ist drin. Es sind noch ein paar Stunden bis zum Treffen mit Smilla. Vorher will Maxi im Büro vorbeischauen, um den Observationsbericht vom gestrigen Tag zu schreiben und um nachzusehen, ob etwas Dringendes hereingekommen oder liegen geblieben ist.

Maxi legt Strickzeug, Handy, Tee und Pralinen auf den Couchtisch. Alles da. Es ist eines ihrer Rituale: Sie lässt sich immer wie ein nasser Sack in das weiche Sofapolster fallen.

Maxi kennt alle Pralinengeschäfte in Baden-Baden. Was ihr im Grunde genommen peinlich ist. Damit es nicht zu auffällig wird, wie viel Schokolade sie isst, erwirbt sie ab und an welche im Internet. Sie schiebt ein Exemplar ihrer letzten Bestellung in den Mund. Die Füllung schmeckt nach Aprikose oder Maracuja. Wirklich. Sehr. Lecker. Obwohl Maxi eigentlich Pralinen ohne Fruchtgeschmack bevorzugt. Die Verpackung hat sie bereits weggeschmissen, sodass sie nicht mehr nachschauen kann, was genau darin war. Egal.

Maxi holt das Strickzeug und streicht über das hellblaue Wollstück. Weit ist sie noch nicht gekommen, in den letzten Monaten blieb ihr schlichtweg nicht viel Zeit zum Stricken. Daher hat sie sich auch ein kleines Projekt ausgesucht, eine Haarschleife, für die sie auf Instagram eine Anleitung gefunden hat. Dafür muss sie erst mal einen Minischal stricken.

Vor eineinhalb Jahren war ihr Leben für eine kurze Zeit fast normal. Sie arbeitete als Rezeptionistin im Badhotel, einem renommierten Haus in Baden-Baden. Bis das Hotel seine Pforten schloss. Hätte ihr damals jemand erzählt, was danach alles passieren würde, hätte sie denjenigen für verrückt erklärt. Alles begann in der letzten Nacht im Hotel, als sie ein letztes Mal Dienst hatte.

Maxi schüttelt den Kopf. Was sie immer noch am wenigsten verkraften kann: Sie hat ihr ganzes Leben in derselben Stadt wie ihr Vater gelebt, dann sogar für ihn gearbeitet –

aber es nicht gewusst. Ihre Eltern haben über Jahrzehnte das Geheimnis gehütet, wer ihr Vater ist. Kurz nachdem sie ihren Vater kennengelernt und akzeptiert hatte, kam dieser ums Leben. Ihr Vater und das Hotel – von einem Tag auf den anderen waren beide nicht mehr da. Maxi denkt fast jeden Tag an das, was vor gut einem Jahr geschehen ist. Und immer wieder begleitet sie dieses Gefühls-Potpourri: Da ist so viel Wut, Schmerz, Angst und Trauer.

Auf der anderen Seite ist Maxi stolz darauf, wie gut sie ihr Leben seitdem in den Griff bekommen hat. Ihre Arbeit als Ermittlerin ist die allerbeste Ablenkung.

Die Stricknadeln klappern, und Maxis Gedanken kommen zur Ruhe. Wie eine geschüttelte Schneekugel, in der der Schnee langsam auf den Boden sinkt.

Maxi schreckt hoch. Sie muss eingeschlafen sein. Kein Wunder, gestern Abend im Casino ist es wirklich spät geworden. Ein Blick auf das Handy zeigt, dass sie wirklich über eine Stunde geschlafen hat. Ihr bleibt noch Zeit für einen Abstecher ins Büro. Sie steht auf und macht sich fertig.

Sonntagmittag

Seit Maxi Observationsberichte tippen muss, hat sie ihr Vier-Finger-System perfektioniert, die mittleren Finger der linken Hand und der Zeigefinger der rechten Hand kommen zum Einsatz. Dokumentation ist ein wichtiger Teil ihrer Arbeit. Warten und Dinge aufschreiben – der Beruf des Privatdetektivs klingt spannender, als er wirklich ist.

Maxi blickt über den Laptoprand auf die leere Wand gegenüber. Dort fehlt eigentlich ein Bild, der Platz wäre prädestiniert für ein großes Gemälde.

Die Polizei, schießt es ihr wieder durch den Sinn. Der Gedanke, dass Maxi von dem Überfall berichten muss, lässt sie unruhig werden. Es fühlt sich an, als würde jemand in ihrem Inneren wühlen.

Wie kann es sein, dass Maxi ausgerechnet in Baden-Baden mitten in der Nacht so kurz aufeinander zuerst einen heftigen Streit und kurz darauf einen Angriff beobachtet hat? Irgendwie kann es kein Zufall sein. Aber Maxi kann beim besten Willen keine Verbindungslinie herstellen. Was, wenn die jungen Männer mehr als Beobachter waren? Wenn sie an dem Überfall beteiligt waren? Aber warum sollten sie? Bestimmt nicht aus finanziellen Gründen, dafür waren sie zu gut angezogen. Um etwas Action zu haben?

Irgendwie klingt das auch abwegig.

Was gestern passiert ist, zeigt wieder einmal, wie schnell man in komische Situationen geraten kann. Damit kennt Maxi sich seit der letzten Nacht im Badhotel aus. Schlimmer als vor gut einem Jahr kann es jedoch nicht mehr werden.

Maxi unterbricht ihren gedanklichen Ausflug zur letzten Nacht, tippt den Bericht zu Ende, speichert die Datei und klappt den Laptop etwas zu schwungvoll zu. Wenn sich die Gedanken an die Arbeit nur genauso leicht wegsperren lassen könnten. Heute Nachmittag hat sie Angenehmeres vor, und sie will nicht weiter an den Fall denken. Sie sollte die Arbeit im Büro lassen, wo sie hingehört.

Aus diesem Grund ist sie die wenigen Hundert Meter von ihrer Wohnung zur Arbeit gegangen, um den Bericht nicht daheim zu tippen. Und natürlich auch, um etwas frische Luft zu schnappen und nach der ereignisreichen Nacht mit wenig Schlaf etwas fitter zu werden.

Maxi steht auf, geht in den großzügigen Empfangsraum, in dem auch der Schreibtisch ihrer Assistentin steht. Heute, am Sonntag, ist er unbesetzt. Die Büroräume sind im Wochenendschlaf, wenn Regine nicht da ist und darin herumwerkelt. Es riecht heute auch nicht nach Kaffee wie sonst. Der einzige Geruch, den Maxi heute wahrnimmt, ist der nach Holz – von den noch relativ neuen Möbeln und dem Parkettboden.

Als Maxi ins Freie tritt, kommt ihr sommerwarme Luft entgegen. Und das Anfang Oktober! Der Himmel erstrahlt in einem intensiven Blau. Die einzelnen Wolken sehen aus wie Zuckerwatte. Maxi möchte sie pflücken und essen.

Sie läuft die gepflasterte Gasse hinab. Neben einem hohen Baum bleibt sie stehen. Seine bunten Blätter tanzen sachte im Wind und werfen einen löchrigen Schatten auf den Steinboden. Maxi liebt Baden-Baden wegen dieser vielen grünen Flecken und Ecken. Und das mitten in der Altstadt! Sie dreht sich um und blickt auf das rosafarbene Haus mit den weißen Sprossenfenstern. Die Büsche hinter dem Geländer der Dachterrasse sind noch grün – dank der intensiven Pflege von Regine.

Sie kann es manchmal immer noch nicht fassen, wie sich ihr Leben entwickelt hat. Ein Lächeln zeichnet sich auf ihrem Gesicht ab. Das ist ihr Haus. Das allerschönste Haus in der Altstadt Baden-Badens, auf das sie schon immer einen Blick geworfen hat. Im letzten Jahr stand es zum Verkauf. Es war ein Zeichen. Mit ihrem Erbe hat Maxi es sich kurzerhand gekauft und in ihr Büro verwandelt. Die Geschäftsräume der Detektei Morel.

Maxi dreht sich wieder um und geht in Richtung ihrer Wohnung. Die Fußgängerzone ist nahezu menschenleer, da die Läden am heutigen Sonntag geschlossen haben und die touristische Saison ausklingt. Der Tag ist so schön, dass Maxi einen kurzen Abstecher zur Dostojewski-Statue macht, bevor sie nach Hause zurückkehrt. Der Russe war auf die Spielbank weniger gut zu sprechen.

Dann kehrt sie in ihre Wohnung zurück, um rechtzeitig zurück zu sein, bevor Smilla kommt.

Sonntagnachmittag

»Hast du Eier gekauft, wie ich es dir aufgetragen habe?« Smilla steht im Türrahmen zu Maxis Wohnung.

»Äh, ja.« Maxi hat die Anweisung ausgeführt, war aber irritiert darüber.

»Du hast keine Idee, wofür wir sie brauchen?« Smilla zieht die Sandalen aus, indem sie jeweils den anderen Fuß zur Hilfe nimmt.

»Nein.« Maxi schüttelt den Kopf.

»Pfannkuchen?«

Jetzt erinnert sich Maxi wieder. Als sie gechattet haben und Smilla noch in Neuseeland war, hat Maxi »Friede, Freude, Eierkuchen« zu »Friede, Freude, Pfannkuchen« umgedichtet. Solche Fehler bei Sprichwörtern passieren Maxi regelmäßig, zum Amüsement ihrer Mitmenschen. Für Smilla war das der Auslöser zum gemeinsamen Eierkuchen-Backen. Oder Pfannkuchen backen, ist ja das Gleiche. Das wird dann wohl heute Abend noch stattfinden.

»Hallo erst mal.« Maxi umarmt ihre beste Freundin.

»Schön, dich zu sehen. Legen wir los? Ich habe das Rezept von meiner Mutter mitgebracht.« Smilla wühlt in ihrer Tasche und zieht schließlich ein doppelt gefaltetes Blatt hervor. Zu sagen, dass es Eselsohren hätte, wäre untertrieben. Eher Elefantenohren. Mehrere.

Maxi schnappt sich den Zettel, entfaltet ihn und streicht ihn auf der Küchentheke glatt. »Eier, Milch, Mehl, Mineralwasser, Salz. Alles da. Aber da stehen nur die Zutaten ohne Mengenangaben. Und wo ist die Anleitung?«

»Die fehlt. Meine Mutter kocht nach Gefühl. Ich glaube, für Pfannkuchen muss man einfach alles zusammenrühren.«

»Sicher?«

»78 Prozent!«

»Soll ich schnell nachgoogeln?«

»Das Recherchewerkzeug Nummer eins der Privatdetektivin?«

»Es gibt noch viele andere Suchmaschinen. Vielleicht kommt mir auch bald die KI zur Hilfe.«

»Du musst nicht googeln, das klappt schon.«

Einfach mal machen. Smillas Beherztheit beeindruckte Maxi schon immer. Wobei Maxi findet, dass sie selbst im Laufe der Zeit besser darin geworden ist, Entscheidungen zu treffen und Dinge anzupacken.

Maxi stellt Eier und Milch aus dem Kühlschrank auf den Tisch und holt die restlichen Zutaten sowie Backutensilien.

Smilla kippt alles in die Schüssel und schaltet das Rührgerät ein.

»Wie läuft's mit der Ausbildung?«, ruft Maxi über den Lärm hinweg.

Smilla antwortet irgendetwas.

»Wie bitte? Lauter!«, sagt Maxi.

Smilla schaltet das Rührgerät aus und stellt es beiseite. Teig tropft von den Rührbesen auf die Arbeitsplatte. »Super!« Smilla strahlt. »So leicht ist mir das Lernen noch nie gefallen. Was ich alles über den Körper gelernt habe, ist unglaublich spannend! Sowohl die Philosophie hinter Yoga als auch die Praxis. Es ist anstrengend, macht aber so was von Spaß, in das Yoga-Universum einzutauchen.«

Vor einem Jahr noch war Maxis beste Freundin in Neuseeland gewesen. Das Auslandspraktikum war Teil ihres Trainee-Programms bei einem Versicherungskonzern. Smilla zog das Programm pflichtbewusst durch, entschied sich danach jedoch, ihre im Ausland entdeckte Leidenschaft für Yoga weiterzuverfolgen. Maxi hat Smilla ohnehin nie in einem Konzern gesehen. Und schon gar nicht in der Finanzbranche. Ob Smilla in einem Jahr noch genauso begeistert sein und als Yogalehrerin Fuß fassen wird? Jedenfalls hat Smilla so die Möglichkeit, selbst zu gestalten: Sie kann auch ihr eigenes Business aufbauen, Yogastunden konzipieren, Menschen unterrichten und im Idealfall einen gesunden Lebensstil fördern. Das ist eine wichtige Voraussetzung. Hinzu kommt, dass Smilla ein Talent hat, andere zu begeistern und mitzuziehen.

Auf der Küchentheke hat sich eine Teigpfütze gebildet. Smilla wischt sie weg. »Und bei dir so?« Smilla gibt Teig in die Pfanne mit der geschmolzenen Butter.

»Ich bin an einem nerven- und zeitintensiven Fall dran. Jemand will seinen Ex-Partner wegen Unterhaltsbetrug anzeigen. Bisher nicht erfolgreich für den Klienten. Ich habe ihm von Anfang an gesagt, dass der Fall nicht einfach wird. Und werde immer skeptischer, ob er das überhaupt verstanden hat. Also, es ist gerade etwas mühsam.« Wie gerne würde Maxi ihrer besten Freundin vom gestrigen Abend erzählen! Ja, wie gerne hätte sie Smilla gestern im Casino dabeigehabt. Soll sie einfach berichten, was passiert ist? Auch wenn sie ihr vertraut: lieber nicht. Am Ende zieht sie ihre beste Freundin noch in irgendwas rein. Oder Smilla hält sie für verrückt. Also besser schweigen. »Leider darf ich nicht mehr erzählen.«

»Wie immer halt.« Smilla macht eine Schnute. »Das geheime Leben der Maxi M.« Sie legt einen Pfannkuchen auf einen Teller, als hätte sie nie etwas anderes getan, als die Dinger zu backen. Smilla ist wie Maxi bei einer alleinerziehenden Mutter groß geworden. Manchmal fragt sich Maxi, ob das das Fundament ihrer Freundschaft ist – ansonsten haben Smilla und Maxi wenig Gemeinsamkeiten. Anders als Maxis Mutter kocht Smillas Mutter täglich. Smilla hat von ihr einiges gelernt. Maxis Mutter Fabienne kocht nicht – außer ihr legendäres Boeuf Bourguignon. Maxis Lieblingsgericht.

»Darf ich auch mal?« Maxi zeigt auf die Teigschüssel.

»Klar.« Smilla lehnt sich an die Theke. »Halt, du musst vor dem Teig Öl in die Pfanne geben!«

»Weiß ich eigentlich, ich war nur in Gedanken.«

Bei den jungen Männern. Der Polizei. Und Louisa Seidler. Zudem ist Maxi alles andere als begeistert, wenn sie an morgen, einen langen Observationstag im Auto vor Seidlers Wohnung denkt.

»Essen wir auf dem Balkon?«, fragt Smilla.

»Super Idee.« Maxi wäre nicht darauf gekommen.

Smilla deckt den Tisch, dann backt sie die restlichen Pfannkuchen. Maxi trägt währenddessen einen Wohnzimmerstuhl nach draußen, da nur ein rostiger Metallstuhl auf dem Balkon steht.

Sie setzen sich. Warum ist Maxi so selten hier? Der Blick auf den grünen Innenhof, die sonnenbeschienenen Altstadthäuser, die Luft – es ist herrlich. Maxi muss sich eingestehen, dass es Faulheit ist, die sie davon abhält. Tisch und Stuhl abwischen, alle benötigten Dinge raustragen und nachher wieder reintragen. Meist scheut sie die Mühe. Davon einmal abgesehen ist das Sofa um Welten bequemer.

»Lecker, so ein Marmeladen-Pfannkuchen.« Maxi schneidet sich gleich ein weiteres Röllchen ab.

Smilla lässt bereits auf ihren zweiten Pfannkuchen Zucker rieseln. »Maxi«, sagt sie und macht eine theatralische Pause.

»Schau dich an, du bist überhaupt nicht wiederzuerkennen. So selbstbewusst. Und mutig.«

So direkt hat ihr das noch niemand gesagt. Insgeheim ist Maxi auch ein bisschen stolz, dass sie sich im letzten Jahr etwas Eigenes aufgebaut hat. »Ich wundere mich manchmal selbst. Wenn man mir vor eineinhalb Jahren erzählt hätte, ich würde Privatdetektivin werden …« Sie lacht, sie kann nicht anders. Es klingt wirklich absurd. »Aber es macht einfach solchen Spaß«, sagt sie. »Es ist cool, anderen dabei zu helfen, ihre Familie zu finden. Und das ist einfach spannend.« Maxi lehnt den Kopf zurück und blickt in das Stück Himmel hinauf, das die umliegenden Dächer freigeben. Er ist wieder komplett blau, wolkenweißbefreit, als wäre er geputzt worden.

»Du bist richtig begeistert. Und du strahlst mit allem, was du hast, Maxi!«

»Was hast du gerade gesagt? Du strahlst mit allem, was du hast?«

Beide lachen. Dann entschuldigt sich Smilla: »Auf Englisch sagt man ›You're glowing‹. Ich schätze, das wollte ich auch auf Deutsch ausdrücken, und das ist irgendwie missglückt.«

»Du klingst wie eine Yogalehrerin.« Eigentlich mag Maxi es nicht, wenn Menschen ständig Anglizismen verwenden oder behaupten, ihnen würde nur der englische Ausdruck und nicht der deutsche einfallen. Vielleicht auch, weil Maxi selbst nicht so gut Englisch spricht. Aber bei Smilla kann sie zwei Augen zudrücken.

Smilla sticht mit der Gabel in einen weiteren Pfannkuchen und lädt ihn auf ihrem Teller ab. »Du denkst an unseren Termin morgen?«

Maxi nickt. Es fällt ihr schwer und fühlt sich an, als wäre ihr Halswirbel etwas eingerostet. Wird sie morgen Abend

Zeit haben? Im Notfall wird sie Smilla absagen müssen, auch wenn diese schon seit Monaten von dem Pralinenkurs schwärmt. Mal sehen, was der Observationstag bringt. Der Gedanke an die kommende Woche stört das Friede-Freude-Eierkuchen-Essen auf dem Balkon.

KAPITEL 3

Montagmorgen

Als Maxi kurz nach 7.30 Uhr die Tür zu den Büroräumen öffnet, duftet es nach Kaffee.

»Guten Morgen, meine Liebe.« Regine strahlt sie an. »Schicke Frisur.«

Maxi fasst sich in das ungewohnt kurze Haar. Die Perücke mit dem schwarzen Pagenschnitt drückt ihren Kopf zusammen und fühlt sich an wie ein Fremdkörper. Aber die Maßnahme war nötig: Nach dem Casinobesuch am Samstagabend will sie kein Risiko eingehen, dass Louisa Seidler sie bei der heutigen Observation wiedererkennt. Rückblickend hätte Maxi die Perücke bereits im Casino tragen sollen, dann wäre ihr das heute erspart geblieben. Aber als sie sich am Samstagabend so schick gemacht hat, kam es ihr schlichtweg nicht in den Sinn, so ein ekelhaftes Teil auf den Kopf zu setzen.

»Butterbrezel?«, fragt Regine.

»Gern.«

Regine bringt jeden Montag zur Lagebesprechung etwas anderes vom Bäcker mit. Maxi mag die Geste und die Abwechslung. Grundsätzlich mag sie alles bis auf Schokoladencroissants – da bevorzugt sie die originalen »Pains au chocolat«. Die sind in Frankreich einfach um Welten besser.

Maxi setzt sich auf einen der roten Sessel. Dort steht bereits der Brotkorb, Regine folgt mit zwei Kaffeetassen.

»Und?«, fragt Maxi.

»Du bist heute den ganzen Tag außer Haus?«, stellt Regine eine Gegenfrage.

Maxi nickt. Sie wird wie bereits in der vergangenen Woche Louisa Seidler observieren. Von der Zielperson und deren Leben hat sie bereits einen grundlegenden Eindruck bekommen. Allerdings wenig Anhaltspunkte für den Grund ihrer Recherche: Seidlers Ex-Mann Marcel Abt hat Maxi beauftragt, Beweise für eine neue, feste Beziehung von Seidler mit einem anderen Mann zu finden. Bisher kann Maxi wenig liefern, obwohl sie seit einigen Tagen an dem Fall dran ist.

»Auto?«

»Ja. Aber das meiner Mutter. Mit meinem eigenen stand ich letzte Woche schon oft genug in der Straße herum.«

»Verstehe. Ich habe dir Proviant hergerichtet.« Regine. Mütterlicher als ihre eigene Mutter. Für lange Observationen packt sie ihr immer ein Vesper ein.

Alles andere hat Maxi vorbereitet. Im Auto liegt die übliche Tasche mit Dingen für alle Eventualitäten. Die Handys sind aufgeladen, Notizblock und Stift in der Tasche.

Maxi hat sich für ein unauffälliges Sommeroutfit entschieden: beige Hosen, eine weiße Bluse. Sollte Maxi das Auto verlassen müssen, hat sie eine Sonnenbrille mit großen runden Gläsern und einen Strohhut eingepackt.

»Danke«, sagt Maxi. »Ich habe noch etwas Zeit. In der vergangenen Woche hat Louisa Seidler nie vor zehn Uhr die Wohnung verlassen.«

Regine verzieht die Lippen. Sie scheint nicht überzeugt.

»Ich geh trotzdem gleich los«, sagt Maxi. »Aber gib mir bitte vorher noch ein kurzes Update.«

»Vor einer halben Stunde hat unser Herr Huber wieder angerufen.«

»Oh nein.«

»Ich hab ihm erzählt, dass wir dran sind und uns melden, sobald wir eine Spur haben. Mit der Antwort schien er zufrieden.«

»Hoffen wir, dass es eine Weile anhält.« Maxi kratzt sich an der Perücke.

»Ja, der arme Mann.«

Maxi seufzt. Der demente Herr Huber rief in der Vergangenheit regelmäßig in der Detektei an und erzählte, dass er seine Frau vermisse und jemanden beauftragen wolle, um sie zu finden. Leider ist seine Frau vor einigen Monaten verstorben, wie Regine durch eine Einrichtung für betreutes Wohnen erfuhr.

»Ansonsten zwei Anfragen, die interessant sein könnten. Eine Frau, die ihre Schwester sucht. Eine andere will wissen, ob ihr Mann fremdgeht. Ich habe bereits geantwortet, dass wir diese Woche sehr ausgelastet sind, uns aber so bald wie möglich melden.«

»Sehr gut.« Maxi nimmt den letzten Bissen der Butterbrezel und spült ihn mit Kaffee hinunter. Normalerweise isst sie langsamer.

»Dann hier bitte noch eine Unterschrift. Eine Rechnung und der Observationsbericht im Fall Bruckmann. Würde ich gerne rausschicken, um den Fall abzuschließen.«

Maxi unterschreibt. »Dann zieh ich mal los.«

»Tippi-toppi. Viel Erfolg!« Regine lächelt ihr aufmunternd zu. »Ich bin bis 15 Uhr hier. Und im Notfall immer zu erreichen.« Regines Standardsatz, wenn Maxi geht.

Ihre Assistentin ist unentbehrlich für das Unternehmen geworden.

Mit Proviant und Tasche beladen nimmt Maxi die Treppe nach unten. Sie wird zur Wohnung ihrer Mutter fahren und dort das Auto wechseln.

Später am Montagmorgen

Mit diesem Auto fährt man nicht, man gleitet. Es ist immer noch ein wenig zu gut, um wahr zu sein. Maxi streicht über das glatte Leder des Sitzes. Und blickt auf den eingebauten Bordcomputer mit Navigationssystem, das bis zum Ziel noch zehn Minuten durch den Baden-Badener Stadtverkehr anzeigt.

Maxi hat schon immer von einem schnellen und eleganten Auto geträumt. Der verbeulte Renault ihrer Mutter, ein in jeder Hinsicht typisches Auto einer Französin, hat ihr immer widerstrebt. Für ihre Arbeit als Privatdetektivin war ein Auto unabdingbar. Also hat sich Maxi mit dem Erbe ihres verstorbenen Vaters ein Traumauto gegönnt. Ihre AMG-Kompaktlimousine ist dunkelgrau, sinnvoll bei Observationen und Verfolgungen. Für Letztere gab es allerdings noch keine Gelegenheit.

Maxi biegt in die Straße ein, in der ihre Mutter Fabienne wohnt. Der üppig bepflanzte Balkon hebt sich von dem tristen Grau der Hausfassade ab. Im Sommer blüht er immer über, jetzt jedoch hat Fabienne die Sommerblumen gegen Erikapflanzen und Gräser getauscht. Ihre Mutter steht fast verdeckt hinter den Pflanzen und winkt. Dann verschwindet sie in der Wohnung. Ob sie herunterkommt? Egal. Maxi hat einen Autoschlüssel.

Sie fährt den Renault aus der Garage und öffnet den Kofferraumdeckel, um die Ausrüstung dort zu deponieren.

»Wie siehst du denn aus?« Ihre Mutter kreischt.

»*Maman*, ich will möglichst unauffällig und schnell wieder weg. Das ist Arbeitskleidung.«

»Ich dachte schon, du hast dich im Geschmack verirrt. Schwarze Haare … *mon dieu*.«

»Ich muss jetzt los, *Maman*. Danke für das Auto.«

»Ich habe dich ewig nicht gesehen, *ma poupée.*« Ihre Mutter nennt sie immer noch Puppe. Manche Dinge werden sich nicht mehr ändern.

»Wir können uns die Tage mal wieder treffen. Aber jetzt muss ich arbeiten.« Anders als du, denkt sich Maxi. Ihre Mutter hat nach der üppigen Abfindung ihres ehemaligen Chefs seit einem Jahr keinen Job mehr.

»Ich habe eine Idee, Maxi. Ich begleite dich auf deiner Tour, dann können wir uns im Auto ein bisschen unterhalten, und irgendwann gehe ich nach Hause. Wo musst du denn hin?«

»Ich bleibe in Baden-Baden, nicht weit weg von hier.«

»Super!« Fabienne klatscht in die Hände.

Warum eigentlich nicht, denkt sich Maxi. Wenn ihre Mutter irgendwann aussteigt, sieht es so aus, als habe sie nur eine Bekannte nach Hause gefahren. Danach könnte sie so tun, als habe sie im Auto einen wichtigen Anruf zu erledigen, um einen Vorwand zu haben, noch ein wenig vor dem Haus im Auto sitzen zu bleiben.

»Ich hole nur eben Coco von oben.«

Hm. Der Hund kommt also auch mit. Immerhin handelt es sich um ein älteres Tier mit gemäßigtem Temperament, das ihre Mutter adoptiert hat.

»Na gut. Aber mach schnell«, sagt Maxi. »Und steig hinten ein.«

Montagvormittag

Maxi sieht einen idealen Parkplatz vor Louisa Seidlers Wohnhaus. Jetzt muss sie schnell machen, damit ihn niemand wegschnappt. Maxi fährt wie gewohnt eine Schlaufe durch die Eichelgartenstraße, um ohne auffälliges Wendemanöver auf der rechten Seite einzuparken.

»Super, wir sind da«, sagt sie. Der weiße Wohnblock mit den Milchglas-Balkonen ist nüchtern und gepflegt. Die Thujahecken scheinen unlängst einen frischen Haarschnitt bekommen zu haben. Niemand ist auf der Straße. Optimale Bedingungen.

»Vorsicht, nicht auf Cocos Schwanz treten«, sagt Fabienne, als Maxi auf den Rücksitz klettert, doch der Pudel rührt sich nicht aus seinem tiefen Schlaf.

Maxi stößt mit dem Kopf an die Autodecke und lässt sich in den hinteren Sitz fallen. »Diese Perücke macht mich noch wahnsinnig.« Sie zieht sie zurecht.

»Schwarz steht dir wirklich nicht«, sagt Fabienne.

»Ich möchte nichts lieber, als dieses Ding heute Abend wieder auszuziehen. Es ist stickig hier drin. Und es riecht nach Hund.« Maxi holt einen Fächer aus der Handtasche, klappt ihn auf und wedelt. Die Luftqualität verbessert dies zwar nicht, aber gefühlt wird es etwas kühler. Offene Fenster wären zu gefährlich, man könnte hören, dass sich Menschen im Auto befinden.

»Ich auch, bitte.«

Maxi wedelt in Richtung ihrer Mutter.

»Uns geht's übrigens gut«, sagt Fabienne. Ein leiser Vorwurf der Vernachlässigung schwingt in den Worten mit. Vor zwei Jahren noch war Maxi in den Augen ihrer Mutter zu antriebslos, jetzt ist sie ihr zu beschäftigt.

Mittlerweile ist ihre Mutter mit Coco zu einem »wir« verschmolzen. Maxi würde keinen Hund haben wollen, aber immerhin haart Coco nicht. Und auf ihre Mutter hat der Hund einen positiven Einfluss. Er leistet ihr Gesellschaft und zwingt sie, ihren Bedürfnisradius vom eigenen Zentrum aus zu erweitern.

»Man sieht gar nichts mehr in meinem Auto.« Fabienne zeigt auf die Seitenscheibe.

»Das ist auch Sinn der Sache.« Maxi fächert sich weiter Luft zu. Sie hat nicht nur auf die Rückfenster ihres eigenen Autos, sondern auch auf die des Renaults ihrer Mutter Tönungsfolie geklebt. »Durch die abgedunkelten Scheiben kann uns niemand entdecken«, erklärt sie.

Bisher ist in dieser Straße alles gut gegangen. Kein Anwohner, der Maxi komisch angesehen oder angesprochen hätte, was sie hier tue. Sicher sein kann sie jedoch nicht, dass sie bei ihren Observationen nicht ebenfalls beobachtet wird.

»Maxi, halte deine Hände still.« Ein eisiger Befehl ihrer Mutter. Maxi hat unbewusst an die Autotür geklopft. Als Kind hat sie oft an den Fingernägeln gekaut. Seit ihr das abgewöhnt wurde, sind ihre Hände unruhig geworden. Und geblieben. »Hast du wieder mal was von Johannes gehört?«, fragt Fabienne jetzt. »Er gibt demnächst ein Konzert.«

Warum muss ihre Mutter immer wieder mit ihrem Ex anfangen? Fabienne trauert dem Jazzmusiker immer noch hinterher. Obwohl es seit fast zwei Jahren aus ist zwischen ihm und ihrer Tochter. Ginge es nach Maxi, wären sie noch ein Paar. Dennoch ist der Raum stetig geschrumpft, den Johannes in ihren Gedanken einnimmt. Wie ein Luftballon, dem langsam die Luft entweicht. Ein kleiner Erfolg.

Ein Taxi fährt vor das Haus von Louisa Seidler. Hält an. Ein Mann im Anzug steigt aus. Maxi richtet sich auf, dabei stößt ihr Kopf erneut gegen die Autodecke.

»Warte«, raunt sie ihrer Mutter zu. Der Mann kommt wie gerufen, um das Thema zu wechseln. Maxi hat den Anzugträger noch nie gesehen. Er bleibt auf der Straße stehen. Ist er mit jemandem verabredet? Die Uhr zeigt zehn. Punktgenau.

»Er spielt im Casino. Ich habe den Namen der Band auf einem Plakat gesehen. Wie heißt sie noch mal?«

»Was? Du kennst den Mann?«

»Ich spreche von Johannes.« Fabienne krault den Hund, der davon nichts mitzubekommen scheint. »Wie heißt nun seine Band?«, wiederholt sie die Frage.

»Tumbling leaves«, antwortet Maxi.

»Der Typ vor dem Haus da sieht aus wie Martin Suter vor ein paar Jahren.«

»Wer ist das?«

»Du solltest wirklich mal eines seiner Bücher lesen. Die sind auch für Anfänger geeignet.«

Anfänger. »*Maman*, jetzt reicht's dann.«

Der Mann tritt wenige Meter von ihnen entfernt auf die Straße und winkt nach oben. Maxi hält die Luft an.

»Schau ihn dir an, Martin Suter trägt immer einen Anzug. Und hat auch so längere, zurückgekämmte Haare«, flüstert Fabienne. »Aber so einen Schnauzbart wie der da trägt Suter nicht.«

Maxi zoomt mit dem Teleobjektiv der Kamera heran und macht ein Foto, auch zur Dokumentation von Zeit und Ort.

Eigentlich sollte der Mann sie aus diesem Winkel nicht sehen, aber etwas mulmig ist ihr trotzdem. Diskretion ist eine hohe Kunst, das weiß sie bereits aus Zeiten an der Rezeption des Luxushotels.

Eine Frau in einem langen grünen Flatterkleid tritt auf die kaum befahrene Straße. Louisa Seidler. Der Mann begrüßt die Croupière mit zwei Wangenküsschen. Seine Hand bleibt ein paar Sekunden auf ihrem Unterarm liegen, bevor er sie zurückzieht. Er sagt etwas, beide lachen. Sie scheinen sich gut zu kennen, wirken vertraut, ungezwungen. Allerdings verhalten sie sich nicht wie ein Liebespaar.

Sie setzen sich in Bewegung, gehen die Straße entlang.

Und jetzt?

Maxis Herzschlag beschleunigt sich. Soll sie hier warten? Den beiden allein folgen? Oder zusammen mit ihrer Mutter und dem Hund? Sie muss sich entscheiden. Schnell.

»Wir müssen ihnen folgen. Wir tun so, als wären wir Spaziergänger mit Hund.« Maxi blickt sich kurz um, dann öffnet sie die Tür und springt aus dem Auto.

Die Straße steigt an, Seidler und der Mann sind bereits am Ende ihres Sichtfelds angekommen. Und schon daraus entschwunden.

Fabienne schreitet zügig voran. Coco folgt ihr erstaunlich zielstrebig. Zum Glück schnüffelt der Hund nicht an jedem Grashalm. Der Weg ist ganz schön steil. Etwas knackt unter Maxis Schuh. Sie hebt den Fuß, betrachtet die Schuhsohle. Eine Eichel. Ein Teil davon muss in der Sohle stecken geblieben sein. Maxi tritt uneben auf. Egal. Unter Armeinsatz wie beim Walken schließt sie zu ihrer Mutter auf. Sie sieht, wie das grüne Kleid am Ende des Hügels in den Schrebergärten am Waldrand verschwindet.

»Dranbleiben. Nach links.« Fabienne hat das Kommando übernommen.

Das Verfolgertrio biegt auf einen schmalen Pfad ein, von links ranken Efeuzweige durch den Maschendrahtzaun, von rechts die Äste der Bäume. Zum Glück hat Maxi bequeme Schuhe angezogen. Der Detektiv lernt zwar, immer auf alles vorbereitet zu sein – mit einem Waldspaziergang hätte sie heute Morgen jedoch nicht gerechnet.

Dann kommen sie auf einen etwas breiteren Forstweg, gehen an einem Tümpel vorbei, der aussieht, als hätte man ihn mit Abwasser befüllt. Maxi rümpft die Nase. Der Wald ist nicht ihr Revier.

»Auf geht's, tritt in die Pedale!«, ruft eine Stimme.

Es hört sich an, als würde ein übermotivierter Vater seinem Kind das Fahrradfahren beibringen.

»Treten, jetzt, sonst fällst du um.«

Hinter der Kurve wird die Szene sichtbar: Ein Kind bringt seinem Vater bei, wie man auf einem E-Bike fährt. Verkehrte Welt.

Doch das Radfahrtraining scheint zu klappen: Der Vater setzt die Tipps des Sohnes um. Kurz darauf zieht das Gespann auf seinen motorisierten Rädern an Seidler und dem unbekannten Mann vorbei und ist weg.

Moment. Seidler und ihr Begleiter sind stehen geblieben, er redet auf sie ein, dabei macht er ausladende Armgesten, als wolle er etwas auf sie schütten. Oder sie segnen.

Gerade hatte Maxi noch Angst, die beiden würden ihnen davonlaufen, und schon sind sie fast gefährlich nahe.

»Komm, Coco.« Ihre Mutter beherrscht die Rolle der flanierenden Spaziergängerin mit dem Hündchen an der Leine perfekt. »Coco, nicht überall schnüffeln.« Sie zieht an der Leine und dreht sich zu Maxi. »Wirst du zum Konzert von Johannes gehen?«

»*Maman*, ich habe gerade wirklich anderes im Kopf.«

»Ich verhalte mich nur ganz normal.«

»Das stimmt.« Ausnahmsweise ist es hilfreich, dass ihre Mutter *ganz normal* nervt. »*Merci*.«

Die beiden stehen immer noch da, diskutieren, jetzt sieht es so aus, als würde Seidler mit ihren Armen einen großen Kreis zeichnen. Maxi kann hören, dass sie sprechen, versteht jedoch nichts.

Coco beschnüffelt ihr Umfeld, dann zieht sie weiter. Intuitiv wollte Maxi stehen bleiben, doch das wäre auffällig gewesen.

Also nähern sie sich. Stück für Stück. Kommen gefährlich nahe.

Und da passiert es.

Louisa Seidlers Kopf dreht sich zu Maxi. Ein kurzer Blick, ein Wahrnehmen, dann gehen die beiden weiter.

Sie wurden gesehen. Bewusst wahrgenommen.

Jetzt hilft nur noch eines: weiterlaufen, überholen, sich dabei ganz unauffällig verhalten.

Worüber haben sie sich unterhalten?

Maxis Herz hämmert so schnell wie der Specht, den man mit seinem Schnabel auf einen Baumstamm einschlagen hört.

»Wann findet das Konzert statt?«, fragt Maxi.

Die Antwort nimmt sie nicht wahr.

Dafür hört sie einen Halbsatz des Anzugträgers: »... einen Preis für solche Entscheidungen.«

»Cornelius war schon immer unberechenbar«, antwortet Seidler.

Jetzt drehen sich Seidler und der Mann synchron um.

»Guten Tag«, sagt Maxi.

Die beiden erwidern den Gruß, stellen sich an den Wegesrand, um Platz zu machen. Der Mann nickt, wendet sich dann wieder Seidler zu. Sie sieht hübsch aus, eine leichte Windböe lässt ihre Haare und ihr Kleid wehen. Maxi muss bei ihrem Anblick wieder an Schneewittchen denken.

Das Detektivtrio überholt.

Hat Seidler Maxi wiedererkannt? Es kann nicht sein. Im Casino ist Maxi ihr bestimmt nicht aufgefallen. Und Maxi hat sich alle Mühe gegeben, anders als samstagnachts auszusehen. Die Unsicherheit weicht Maxi jedoch nicht von der Seite. Sie sitzt auf ihrer Schulter und sagt: »Aufpassen.« Maxi weiß nicht, ob es sich um ein Engelchen oder Teufelchen handelt.

Mit jedem Schritt mehr pendelt sich ihr Herzschlag langsam wieder auf die normale Frequenz ein. Die Perücke juckt.

Preis für Entscheidungen. Von Cornelius war die Rede. Unberechenbar.

Die Gesprächsfetzen haben sich in ihr Gedächtnis eingenistet. Trotzdem sollte Maxi das Gehörte so bald wie möglich aufschreiben.

»Wo spielt Johannes noch mal?«, fädelt Maxi den Gesprächsfaden wieder ein. Unter anderen Umständen hätte sie diese Information brennend interessiert.

»Im Casino«, antwortet Fabienne.

»Im Casino?«

»Übermorgen.«

Wieso hat Maxi das nicht mitbekommen? Sie war ja sogar vorgestern im Casino, dort müsste sie doch Werbung gesehen haben. Manchmal wundert sich Maxi über sich selbst. Bei Gelegenheit muss sie noch mal nachsehen. Und googeln.

Johannes hat es nicht für nötig gehalten, ihr Bescheid zu geben. Vor einem Jahr brachte er ihr noch Konzertflyer vorbei, in der Hoffnung, dass Maxi im Hotel Werbung für seine Band machen würde.

Die Verfolger passieren eine lang gezogene Containersiedlung. Hier war Maxi noch nie. Ein Mann sitzt auf einer Bank im Baumschatten und grüßt. Sieht nach einer Unterkunft für Migranten aus.

Die Sonne knallt direkt auf den Kiesweg.

Wenn man vor der Zielperson läuft, kann man nicht mehr sehen, wohin sie gehen. Wo soll Maxi entlang?

Seidler und der Mann sehen nicht aus, als wollten sie eine Wanderung unternehmen. Vielleicht drehen sie nach ein paar Metern wieder um, sogar vor der Flüchtlingsunterkunft.

Maxi würde den Mann in einer Villa auf dem Friesenberg verorten. Vielleicht begleitet Seidler ihn nach Hause?

Die Frage bleibt in der stickigen Mittagshitze hängen: wo entlang?

»Für diesen Impromptu-Spaziergang hast du echt was gut bei mir«, sagt Maxis Mutter.

»*Merci, Maman.* Jetzt müssen wir da durch. Alle. Links geht es Richtung Friesenberg, oder?« Maxi kennt sich in diesem Forst zwar nicht aus, ihr Orientierungssinn ist jedoch nicht schlecht.

Fabienne nickt. »Davor kommt noch der Waldsee.«

»Da gibt's bestimmt eine Bank, oder? Wir gehen jetzt dahin und setzen uns. Vielleicht kommen die beiden ja an uns vorbei.«

»Die sind bestimmt umgedreht. Ich hab Durst.«

»Ich auch. Lass uns demnächst was trinken gehen. Also in einer Bar, als Dankeschön.«

»Ich habe aber jetzt Durst.«

»Weiter.« Coco zieht an der Leine, als hätte der Befehl ihr gegolten. Sie ist erstaunlich leichtfüßig für einen eher kräftigen Pudel.

Unter einem See versteht Maxi etwas anderes als diese dreckige Wasserpfütze. Immerhin ist dort eine Bank. Sie setzen sich, Coco erkundet das Ufer.

Maxi fühlt nichts. Außer Erschöpfung. Absurdität. Maxi fühlt sich mit der Perücke wie an Fasching. Nur dass man sich da freiwillig verkleidet. Und es nicht so heiß ist.

»Noch fünf Minuten, dann gehen wir zurück zum Auto«, sagt Maxi.

Coco richtet das Ohr auf. Maxi würde das Gleiche tun, wäre sie dazu in der Lage. Sind da Stimmen?

Eindeutig.

»Unterhalten wir uns. Nicht umdrehen. Wir sind vertieft in unser Gespräch«, sagt Maxi. Und weiter im Plauderton: »Also Johannes spielt im Casino. Nicht schlecht. Da finden doch sonst sehr hochkarätige Auftritte statt.«

»Johannes ist ja auch sehr leidenschaftlich, was Jazz angeht.«

Die Stimmen werden immer lauter. Louisa Seidler und der Mann laufen tatsächlich hinter ihren Rücken vorbei.

Spur nicht verloren. Maxi würde jetzt gerne einen Jubelschrei von sich geben.

Der Wald verschluckt das grüne Kleid und den Anzug. Kurz warten. Dann folgen.

»Auf geht's, Coco, wir müssen weiter.« Der Hund zieht in die entgegengesetzte Richtung. Doch Fabienne ist stärker.

Der wurzelige Pfad führt mitten durch ein Waldstück aus Nadel- und Laubbäumen. Die vorwiegend dünnen Baumstämme, die wie Stecknadeln in den Himmel ragen, stehen weit genug auseinander, dass Sonnenlicht ins Bild fallen kann. Vögel besingen den schönen Sommertag im Herbst.

Leider geht es nach oben. Steil. Sehr steil.

Coco. Fabienne. Maxi. Alle drei erklimmen den Hügel.

Ohne das Adrenalin, das ihren Körper flutet, hätte Maxi hier kapituliert. Ihre Mutter ist in erstaunlich guter Form. Es muss an den Hundespaziergängen liegen.

Irgendwann kommen sie oben an. Die Zielpersonen sind nicht zu sehen. Was für ein Anstieg! Da sie hinten läuft und niemand sie sehen kann, wischt sich Maxi mit dem Blusenärmel den Schweiß aus dem Gesicht. Die Perücke juckt wie hundert Mückenstiche. Der Riemen der Tasche schneidet in ihre Schulter. Es geht wieder bergab.

»Genau, hier ist der Rosengarten. Warst du schon mal da?« Fabiennes Stimme klingt nun wieder euphorisch.

Maxi tritt auf die Straße. Das sieht nach Friesenberg aus. Am Ende der Straße sind die Silhouetten von Seidler und dem Mann zu erkennen, die nach rechts abbiegen.

Der Rosengarten ist laut einem Schild seit letzter Woche geschlossen. Gärtner wuseln durch die Wege, Rasenstücke und blumenberankten Rundbögen. Der Blick gibt die Dächer Baden-Badens frei, dahinter sind die mit Nadelbäumen bepelzten Hügel des Schwarzwalds zu sehen. Was für ein Panorama! Dass Maxi diesen Teil ihrer Heimatstadt kaum kennt ... Wie gerade eben, als ihre Mutter von Johannes' Konzert berichtete, wundert sie sich über ihre Blindheit bei manchen Dingen um sie herum. Hierher könnte sie jedenfalls mal zum Spazieren kommen. Aber nicht jetzt.

Die Sonne trocknet Maxis durchgeschwitzte Kleidung. Ein Königreich für eine Dusche.

Das Detektivtrio biegt ab. Niemand mehr zu sehen. Mist. Wo sind die beiden hin? Maxi beschleunigt ihre Schritte. Wie ferngesteuert läuft sie als Erste den Berg hinunter. Einfach weiter hinab Richtung Innenstadt. Wenn sie die Zielpersonen noch mal sehen würde, wäre es der Bonus.

Ein Porsche brummt den Berg hinauf.

Maxi hält abrupt an. Da stehen sie auf dem Gehweg und sprechen!

Maxi hält die Luft an und macht zwei Schritte rückwärts. »Zurück«, befiehlt sie ihrer Mutter.

»Wir gehen jetzt heim«, sagt Fabienne wie zur Erklärung an Coco gewandt.

Maxi stellt sich hinter eine Eiche. Sie kommt sich vor wie ein Kind, das Verstecken spielt. Mit der Naivität einer Zweijährigen.

Die beiden diskutieren. Es sieht nicht nach einem Streit aus. Aber sie reden aufeinander ein. Ihre Arme wedeln, ihre Köpfe nicken und werden geschüttelt. Die Bewegungen ebben ab. Dann verabschieden sie sich mit Küsschen. Er verschwindet in Richtung der Villa, die sich hinter der Hecke am Straßenrand abzeichnet. Sie bleibt stehen, als wüsste sie nicht, wohin. Dann geht sie ihm hinterher. Ist ihr noch etwas eingefallen, das sie ihm sagen muss?

Gerne würde Maxi mehr sehen, mehr wissen, auch warum Louisa Seidler dem Mann folgt. Und wann sie wiederkommt. Aber jetzt muss sie vorsichtig sein. Würden sie der Frau nochmals über den Weg laufen, könnte sie argwöhnisch werden.

Was für eine Verfolgung!

Viele Fragen bleiben offen, auch wie Seidler und der Mann zueinander stehen. Und ob das für ihren Klienten relevant ist.

In diesem Moment freut sich Maxi über den Teilerfolg. Sie ist den Zielpersonen gefolgt, ohne aufzufallen, konnte Gesprächsfetzen aufschnappen und den Wohnort des Mannes herausfinden.

Als hätte sie einen Dartpfeil in die Mitte der Scheibe geworfen. Maxi hört den dumpfen Laut und sieht das Pfeilende nachwippen.

Montagmittag

»Regine …« Maxi stützt sich außer Atem auf der Holzplatte am Empfangstisch ab.

Ihre Assistentin blickt vom Bildschirm auf. »Du bekommst ja gar keine Luft mehr, Maxi. Hallo erst mal. Magst du dich nicht setzen?«

Maxi schüttelt den Kopf und berichtet von der Observation am Vormittag. »Der Mann ist in eine Villa in der Bismarckstraße gegangen. Ein kleines Schlösschen mit hellgelber Fassade und Mansardendach. Zwei hochgeschossene Zypressen rahmen den Eingangsbereich. Nicht zu übersehen. Der Mann hat mich heute Morgen bereits bemerkt, ich kann da nicht noch mal hin, ohne aufzufallen. Wir müssen rausfinden, wie er heißt und wer er ist.« Atempause. »Ich habe mir Folgendes überlegt: Du fährst zu der Adresse und tust so, als wärst du eine Kurierfahrerin, die ein Päckchen ausliefern muss. In der Bismarckstraße, für einen Allerweltsnamen, Schneider oder so. Die Geschichte erzählst du aber nur, wenn du zufällig auf ihn triffst. Wenn du am Zaum oder am Eingang einen Namen findest, dann reicht das aus. Wenn da nichts ist, klingelst du. Okay?«

Regine springt auf, als wären sie beim Militär. »Ja.«

»Hast du was Legeres zum Anziehen da? Im Boudoir ist sicher eine Mütze.« Maxis Mutter hat das separate An- und Verkleidezimmer in der Detektei bei ihrem ersten Besuch mit diesem altmodischen Ausdruck bezeichnet und den Raum damit auf diesen Namen getauft.

»Ja, ich schau gleich mal.«

»Ich bastle derweil ein Paket.«

Später am Montagmittag

Maxi reißt sich die Perücke vom Kopf und fühlt sich befreit, als hätte sie einen zehn Kilogramm schweren Rucksack abgesetzt.

Regine ist als Paketbotin verkleidet aufgebrochen. Sie haben vereinbart, dass sie sich spätestens in einer Dreiviertelstunde meldet. Wenn es ein Problem geben sollte, dann früher.

Maxi zieht sich um, streift sich ein schwarzes Kleid über und setzt einen Strohhut auf. Und los.

Den Weg zu Seidlers Wohnhaus muss sie zu Fuß zurücklegen, da dort das Auto ihrer Mutter geparkt ist. Sie geht durch die Fußgängerzone an ihrer Wohnung vorbei. Die meiste Zeit läuft sie auf der Langen Straße, die ihren Namen verdient.

Gut, dass die Observation, die ihre Mutter heute Vormittag spontan begleitet hat, so gut geklappt hat. Das hätte

Maxi gar nicht unbedingt erwartet. In diesem Fall könnte sie Fabienne sogar wieder einmal einspannen, wenn sie Hilfe beim Observieren braucht. Sie nimmt sich vor, es einmal anzusprechen, wenn es sich ergibt.

Am Zielort angekommen, setzt sie sich durchgeschwitzt auf die Rückbank des Renaults.

Ob Louisa Seidler nach dem Spaziergang schon wieder zu Hause ist? Maxi beschließt, das Haus noch eine Weile zu beobachten.

Sie sollte allerdings vor dem Pralinenkurs unbedingt noch duschen. Warum muss dieser ausgerechnet heute Abend stattfinden? Sie hat es kommen sehen, dass der seit Monaten geplante Termin letzten Endes ungünstig liegen wird. Aber Smilla war so stolz, Maxi das perfekte Geschenk zu überreichen. Deshalb wird Maxi ihrer besten Freundin zuliebe heute Abend mitkommen.

Auf der Straße ist es wie immer ruhig. Wohngebiet eben.

Maxis Magen gibt komische Geräusche von sich. Sie trinkt lauwarmes Wasser aus einer Plastikflasche und zieht Regines Proviant hervor. Als sie eine Box öffnet, kommt sie sich vor wie eine Grundschülerin, die ihr Pausenbrot inspiziert. Apfelschnitze. Nein, sie braucht jetzt etwas Richtiges. In einer weiteren Box ist ein Käsebrot – es sieht so ausgelaugt aus, wie Maxi sich fühlt. Maxi beißt dennoch hinein. Ein Kind spaziert auf dem Gehweg der anderen Straßenseite, der Schulranzen halb so groß wie es selbst. Es spielt Fußball mit einem Apfel. Er rollt in Richtung von Maxis Auto. Mist. Maxi macht sich auf der Rückbank flach. Ob das Kind jetzt erst recht bemerkt hat, dass da jemand im scheinbar leeren Auto sitzt? Grundschüler enttarnt Privatdetektivin … Was für eine Schlagzeile. Maxi spürt ein Rumpeln gegen das Auto. Der Apfel? Ein Fußtritt? Bitte geh einfach weiter, denkt sie, die Hände zu Fäusten geballt, als wolle sie sich selbst die Daumen drücken, dass sie unentdeckt bleibt.

Mehrere Minuten rührt sie sich nicht. Dann richtet sie sich auf und dreht sich um. Durch die Heckscheibe ist niemand zu sehen.

Schließlich widmet sich Maxi wieder dem öligen Käsebrot.

Ereignislose Minuten verstreichen. Langsam. Der Zeiger auf der Armbanduhr bewegt sich immer zögerlicher, wie ein ausschwingendes Pendel, kurz bevor es zur Ruhe kommt. Er scheint bei 12.31 Uhr stehen bleiben zu wollen. Dann mobilisiert er doch die letzten Kräfte und zieht weiter.

Eigentlich will Maxi hier nicht mehr sitzen. Sie wird aber noch bis 13 Uhr bleiben. Mal sehen, ob Louisa Seidler wie gewohnt joggen geht. Oder ob ihr der morgendliche Waldspaziergang ausgereicht hat.

13 Uhr. Nichts.

13.05 Uhr. Keine Louisa Seidler in Sicht.

13.10 Uhr. Immer noch nicht.

13.13 Uhr. Da! Louisa Seidler und ein junger Mann treten in Sportkleidung auf die Straße. Er ist groß und dünn. Es muss sich um Elian handeln, den 15-jährigen Sohn der Croupière. Er hat seine Mutter bereits vergangene Woche einmal begleitet. Beide traben los, auf Maxi zu. Sie drückt sich in die Rückbank.

Dann notiert sie die Zeit.

Unglaublich, was diese Frau für eine Energie hat. Maxi reicht der heutige Spaziergang als sportliches Wochenpensum.

Minuten später fährt Maxi los. Autowechsel bei ihrer Mutter und dann ins Büro. Was Regine wohl herausgefunden hat?

Montagnachmittag

Die Stufen der dunklen Holztreppe ächzen, als Maxi zu den Büroräumen hinaufsteigt. Es klingt nach Heimkommen.

Maxi geht direkt zu ihrem Schreibtisch. Dort liegt eine handgeschriebene Notiz von Regine. Eigentlich ein Brieflein. »Hat alles super geklappt. Ein junger Mann kam in den Hof, als er mich gesehen hat. Kein Wachhund.« Darunter ein Zwinkersmiley. »Die Familie, die dort wohnt, heißt Fitz. Ich erzähle morgen mehr. Muss Sofia um 15 Uhr vom Kindergarten abholen. Bis morgen.« Daneben hat Regine ein Herz und eine Sonne gemalt. Maxi lächelt. Regine vergöttert ihre Enkelin, die Liebe scheint beiderseitig zu sein.

Ob Regine mehr zum Familiennamen Fitz zu erzählen hat? Maxi will nicht bis morgen warten. Auf ihrem Rechner tippt sie »Fitz Baden-Baden« in das Suchfeld. Viele Ergebnisse. Ein Link am Anfang der Ergebnisse leitet sie zu einer Website des Immobilienmaklers Karl Fitz. Maxi überfliegt den Inhalt. Es sind nur eine Handvoll Luxusimmobilien inseriert. Alle bis auf eine befinden sich im Ausland. Im Kontakt- und Impressumsbereich findet sich kein Foto. Eine Adresse in Baden-Baden. Nicht in der Bismarckstraße, in der die Villa steht, in die Fitz heute gegangen ist. Aber es ist naheliegend, dass sein Büro an einem anderen Ort ist.

Aber da, das ist er! Anzug. Schwarze, zurückgekämmte Haare. Maxi erkennt ihn auch an seiner Haltung. Die herunterhängenden Schultern, die sich trotz des Sakkos abzeichnen. Karl Fitz lächelt müde, eingerahmt von zwei Frauen in Businessoutfits. Maxi klickt auf das Foto und gelangt zur Website eines Immobilienkongresses. Fitz war dort Speaker. Thema: »Digitalisierung in der Immobilienbranche: Der Einsatz von Proptech-Lösungen zur Optimierung von Verwaltung, Vermarktung und Verkauf von Immobilien«.

Sie hätte Fitz aufgrund seines Alters nicht unbedingt mit Digitalthemen in Verbindung gebracht. Komisch. Der Vortrag war vor drei Jahren. Maxi hat den Immobilienmakler zwar nicht aus nächster Nähe gesehen, sie ist sich jedoch sicher, dass die Haare damals noch schwarz waren und nicht so grau wie heute.

Maxi scrollt weiter durch die Suchergebnisse. Sie stößt noch auf einen relativ aktuellen Zeitungsartikel, in dem »Immobilienexperte und Luxusmakler Karl Fitz« über sinkende Häuserpreise und das rückläufige Geschäft aufgrund des Ausbleibens der russischen Kundschaft lamentiert. Maxis Mitleid hält sich in Grenzen, Fitz scheint ausgesorgt zu haben.

Viel mehr ist über Karl Fitz nicht zu finden. Erstaunlich, da er offenbar in der »Upper Class Baden-Badens« eine Rolle spielt. Er scheint jedoch Wert auf seine Privatsphäre zu legen. Dass Regine einfach so in seinen Vorhof marschieren konnte, verwundert Maxi. Hat Regine dafür etwas Besonderes getan? Ist sie besonders charmant oder gewitzt gewesen? Maxi traut es ihr zu. Sie muss ihre Assistentin morgen fragen.

Maxi wird die Suche später vertiefen oder morgen an Regine delegieren. Jemand muss Eintrag für Eintrag durchgehen.

Jetzt interessiert sie etwas anderes: Cornelius. Der Name, den sie beim Gespräch zwischen Seidler und Fitz aufgeschnappt hat. Sie tippt »Cornelius Fitz« in das Suchfeld. Zu viele Treffer. Jetzt mit der Ergänzung »Baden-Baden«.

Was ist das? Maxi klickt darauf.

Caroline Fitz.

Unter dem Namen ein Sternchen: 03.12.1970. Daneben ein Kreuz: 22.04.2021.

In dankbarer Erinnerung
Karl
Benedikt und Lara
Cornelius
Im Namen aller Angehörigen.

Maxi schluckt. Karl Fitz scheint vor gut einem Jahr Witwer geworden zu sein. Seine Söhne Halbwaisen.

Cornelius scheint der Name seines Sohnes zu sein. Bestimmt hat Karl Fitz mit Louisa Seidler über ihn gesprochen. Etwas anderes ist zwar nicht ausgeschlossen, aber eher unwahrscheinlich.

Fast schon makaber, aber Todesanzeigen sind ein bewährtes Mittel, um mehr über Familien herauszufinden. Das hat Maxi in ihrer Ausbildung gelernt.

Was hat es mit dieser Familie Fitz auf sich? Und wie ist die Verbindung zu Louisa Seidler?

Akribisch sucht Maxi das Netz nach weiteren Informationen zu Cornelius Fitz aus Baden-Baden ab. Alle möglichen Suchkombinationen aus dem Namen, dem Ort und anderen Schlagworten tippt sie in die Suchmaschinen. Sie findet erstaunlich wenig. Morgen früh muss sie Regine fragen, wie der junge Mann aussah, der ihr als Kurierfahrerin Auskunft gab.

Maxis Smartphone vibriert auf der Tischplatte. Sie schreckt zusammen. Eine Nachricht von Smilla.

Der Pralinenkurs!

Maxi war so im Recherchesumpf versunken, dass sie die

Zeit vergessen hat. Und auch, dass sie sich eigentlich unwohl fühlt und duschen wollte.

Wie spät ist es?

Der Kurs beginnt in knapp einer halben Stunde. Keine Zeit mehr, um nach Hause zu gehen und sich in Ruhe frisch zu machen. Maxi stürmt ins Bad im oberen Stockwerk. Feuerwehrdusche. Ohne Föhnen. Ohne Schminken. Was anziehen? Im Boudoir liegt eine schwarze Mom-Jeans. Sie zieht das erste T-Shirt an, das sie in die Finger bekommt. Grenzwertig eng. Was sonst? Vor diesem Kleiderwühlhaufen ist Maxi überfordert, eine Entscheidung zu treffen. Wenn in der Detektei einmal wenig los ist, könnte Maxi Regine bitten, das Ordnungssystem zu verbessern. Maxi wirft einen Pullover über die Schultern und zieht Sneakers an. So kann sie zumindest die wenigen Hundert Meter rennen. Vielleicht schafft sie es pünktlich.

Draußen dämmert es, und es ist frischer als gedacht. Ein Abendgruß des Oktobers, der sich tagsüber in diesem Jahr noch nicht hat blicken lassen.

Montagabend

Im Moment des Glockenschlags tritt Maxi durch die Tür. Geschafft! Wenn sie sich jeden Tag so viel bewegen würde, stiege ihre Kondition exponentiell an.

Im tageslichtlosen Raum strahlt es grell von der Decke.

Das künstliche Licht macht Maxi noch müder. Gerade stand sie noch unter Strom, jetzt ist alle Energie dahin. Sie streicht sich die noch halbnassen Haare aus dem Gesicht und rückt die Brille nach oben.

Die gut zehn Teilnehmer haben sich um einen Edelstahltisch versammelt wie Schüler in Erwartung eines spektakulären Chemie-Experiments. Maxi hat keine guten Erinnerungen an diese Situation. Zwar tragen die Teilnehmer keine Schutzbrillen, aber weiße Schürzen mit dem Aufdruck »Pralinenmeister:in« über der Brust. Über Maxis umgehängtem Sweater wirkt die Schürze äußerst unvorteilhaft.

»Jetzt ist es endlich so weit«, flüstert Smilla ihr zu, während sie in die Runde strahlt. Sie scheint überglücklich, das Geschenk für Maxi endlich einlösen zu können – Maxis Geburtstag liegt bereits mehrere Monate zurück.

Wird Maxi jemals einen Nerv haben, Pralinen selbst herzustellen? Hat sie das Fingerspitzengefühl für die Details? Stricken fällt ihr leicht, aber darin hat sie jahrelange Übung. Zudem kann mit einem Wollknäuel und zwei Nadeln nichts spritzen, überlaufen, umfallen oder kleckern.

»Der Typ da drüben hat dich gerade angelächelt, Maxi.« Smilla stupst sie an.

Das ist das Letzte, was Maxi im Moment interessiert. Eigentlich würde sie jetzt gerne eine Pizza auf dem Sofa essen und eine Folge »Sweet Magnolias« auf Netflix schauen.

Da der Chef-Pralinenmeister die Teilnehmer willkommen heißt, will Maxi jetzt nicht unnötig auf sich aufmerksam machen, indem sie ihren Pulli anzieht, weil ihr wegen der nassen Haare kalt ist.

»Willkommen in der Pralinenmeisterei, ich bin Gustav Ganache, ihr könnt mich Gustav nennen.« Ein Lachen aus mehreren Mündern versetzt den sterilen Raum in Schwingung. Maxi bleibt ungerührt. Was für ein peinlicher Künstlername. Herr Ganache fährt fort: »Bei unserem Kompaktkurs heute Abend werden wir drei verschiedene Pralinensorten herstellen. Champagner-Trüffel, Marzipanpralinen und Salzkaramellkästchen. Als Hilfsmittel braucht ihr nur eine Silikonform, idealerweise eine Zange und ein Pralinengitter. Und die üblichen Küchenutensilien wie Töpfe, Messer und so weiter.«

Mehr als beim Stricken. Maxi streicht die Schürze glatt. Immerhin verdeckt sie das zu knappe T-Shirt.

Ganache spricht ununterbrochen. Ab und zu schwingt er mit dem Schneebesen durch den Topf, in dem die weiße Schokolade für die Champagner-Trüffel schmilzt. Dabei spricht er einfach doppelt so laut weiter. Seine Rührfähigkeiten könnten mit denen einer Küchenmaschine konkurrieren. »Nach und nach geben wir dann die Butter, den Puderzucker, Zitronensaft und …«, er macht eine kleine Kunstpause, »… Sekt hinzu und verrühren alles zu einer homogenen Masse.« Er wirbelt im Topf herum, als ginge es um sein Leben.

»Perfekt. Und jetzt dürft ihr zur Tat schreiten. In Vierergrüppchen formt ihr jetzt die Pralinen«, zwitschert Gustav.

Smilla dreht sich sofort zu den beiden jungen Männern hin, von denen angeblich einer Maxi angelächelt hat.

Gustav fährt fort: »Lassen wir die jungen Leute eine Gruppe bilden und dann die Damen und der glückliche Herr hier und die vier Zucker-Ladys dort drüben.«

Maxi atmet tief ein und aus.

Gustav fährt ohne Pause fort: »Ich hab da mal was vorbereitet: Da die Masse etwas abkühlen muss, bekommt jede Gruppe eine Schüssel mit der Füllung in der richtigen Temperatur. Am besten versucht immer einer, die Füllung mit dem Spritzbeutel auf das Backpapier zu spritzen, und ein anderer, das Gleiche mit zwei Löffeln zu tun. Und wenn jemand einen Sekt möchte …?« Er hebt die Flasche.

Maxi will gerade die Hand heben, da lacht Gustav laut, ein paar andere Teilnehmer stimmen ein. Es scheint ein Witz gewesen zu sein. Maxi spürt, wie etwas Wärme aus ihrem frierenden Körper in den Kopf steigt. Sie errötet.

»Wer meldet sich freiwillig?« Smilla wedelt mit dem Spritzbeutel.

»Du«, sagt Maxi nach zwei Sekunden.

»Und die Löffelmethode?«, fragt Smilla.

Maxi wehrt mit den Händen ab.

»Ich kann es mal versuchen«, sagt einer der Typen. Er ist überdurchschnittlich groß. Maxi fröstelt, wie in der Kühlwarenabteilung im Supermarkt, sie befreit sich von der Schürze.

»Kann ich dir helfen?« Der andere Typ streckt den Arm aus. »Ich bin Noah. Und du?«

»Maxi.«

Noahs Gesichtszüge sind freundlich. Seine braunen Haare haben einen Topfhaarschnitt. Die Brille mit den leicht abgerundeten Gläsern lässt ihn brav wirken. Der unifarbene Pulli und die Jeans unterstreichen diesen Eindruck.

Maxi streift den Hoodie über. Noah reicht ihr die Schürze.

»Danke.« Fehlt nur noch, dass er ihr die Schürze umbindet. »Ich war etwas in Eile«, rechtfertigt sich Maxi für die ungekämmten Haare und das Outfit.

»Stress bei der Arbeit?«, fragt er.

»Ja, sozusagen.«

»Was machst du?«

Eigentlich ist Maxi stolz auf das, was sie tut. Allerdings erzählt sie nicht oft davon. Zumindest nicht umgehend. Es wäre unprofessionell. »Ich arbeite in der Sicherheitsbranche«, sagt sie deshalb.

»Okay.« Noah sieht Maxi mit interessierten Augen an.

Maxi hofft, dass weitere Nachfragen ausbleiben. Noahs Begleiter rettet sie fürs Erste: »Mensch, Noah, jetzt bist du mal dran. Du hast mich schließlich hergeschleppt.«

»Wir sehen, dass alles besser geht mit der richtigen Ausrüstung.« Gustavs Kopf reckt sich über das Backpapier. »Trotzdem sehr schön. Sehr, sehr schön.«

Noah steht dicht bei Maxi. Smilla zwinkert, für alle sichtbar.

»Ich habe euch allen noch mal weiße Kuvertüre geschmolzen, mit der ihr die Pralinen überziehen und in Zucker wälzen könnt. Alternativ könnt ihr sie auf dem Pralinengitter rollen«, sagt Gustav.

»Ich übernehme das mit dem Gitter, Felix«, sagt Noah.

»Will ich auch hoffen«, erwidert dieser.

»Ich bin übrigens Smilla«, stellt sich Maxis Freundin mit ihrem typischen Strahlelächeln vor.

Es folgen die Marzipanpralinen. Die Herstellung ist in einem Satz beschrieben: Marzipan in Schokolade tauchen und eine Walnusshälfte darauflegen. Die große Frage ist seit Jahren: Warum legt man auf diese Pralinensorte Walnüsse, wo Marzipan doch aus Mandeln hergestellt wird? Es wäre eine Frage für Gustav, Maxi ist jedoch zu müde, um sich mit diesem anstrengenden Menschen zu unterhalten.

Noah scheint es anders zu sehen. Er fragt: »Sind die Pralinen eigentlich glutenfrei?«

Gustav kneift die Augen zusammen, er scheint zu überlegen. Dann sagt er: »Ja, doch. Schokolade ist doch glutenfrei, oder irre ich mich?«

»Nein. Also ja, sie ist glutenfrei. Solange keine Waffeln oder Mehl drin sind«, erklärt Noah.

»Nein«, ist sich Gustav sicher. »Du kannst es dir also schmecken lassen.«

Noah lächelt erfreut.

Für die Salzkaramellkästchen bleibt kaum mehr Zeit. Der Mitmach-Teil scheint vorbei, Maxi atmet auf.

Abschließend gibt's einen Flyer mit dem Winterprogramm und dem Link zu Onlinepralinenkursen und dem Webshop. Dazu Applaus für den Meister.

Es folgt ein kollektives Jackeneinsammeln, bis auf Maxi, die ohne Jacke gekommen ist. Alles vor dem Hintergrundgeräusch der mit Pralinen gefüllten, raschelnden Klarsichtfolientüten.

Draußen ist die Temperatur um ein paar Grad gesunken, und es ist dunkel geworden. Die Vierergruppe aus dem Kurs versammelt sich nochmals im Kreis.

Noah öffnet die Lippen. Schließt sie. Öffnet sie. Dann: »Du hast bestimmt eine Visitenkarte, Maxi, oder?«

Soll sie Noah wirklich schon eine überreichen? Oder soll sie so tun, als hätte sie die Karten vergessen?

Maxi spürt Smillas Ellbogen in der Leiste. Sie kramt in ihrer Tasche nach dem Geldbeutel und im Geldbeutel nach einer Karte. Es steht lediglich ihr Name, die Handynummer und eine E-Mail-Adresse darauf. »Hier.«

Noah steckt sie ein.

Smilla grinst »Na dann.«

»Lass uns heimgehen, Smiley«, sagt Maxi, überwältigt von Müdigkeit.

»Kein Drink mehr?«, fragt Smilla ein paar Meter weiter.

»Heute nicht, sorry. Ich bin todmüde. Das war ein krasser Tag.«

»Ist okay«, sagt Smilla. »Schickes Outfit übrigens. Du musst mir unbedingt erklären, wie es dazu kam. Aber ich bin gnädig: nicht mehr heute.«

Später am Montagabend

Maxi hat Hunger. Und zwar auf was Richtiges, nachdem sie so viel Zucker, Schokolade und Pralinen gesehen hat. Gesehen wohlgemerkt, nicht einmal gegessen.

Um in den Kühlschrank zu schauen, müsste Maxi aufstehen. Liegen bleiben oder aufraffen, fragt sie sich. Das Verlangen nach Essen siegt.

Maxi öffnet die Tür, und eine Festbeleuchtung fällt auf die wenigen Dinge darin: Spaghetti Bolognese als Fertiggericht. Maxi nimmt die Packung und schaut auf das Haltbarkeitsdatum. Erst zwei Tage überfällig. Super. Sie stellt das Gericht in die Mikrowelle.

Maxi isst auf dem Sofa. Zum Schutz hat sie es eben mit einer Decke behängt, die kann sie zur Not waschen oder austauschen.

Was für ein Tag!

Heute hat sich die Erde gefühlt nicht nur einmal, sondern bereits zur Mittagszeit mehrmals gedreht.

Der spontane Verfolgungsspaziergang mit ihrer Mutter und Coco. Und dann noch dieser Pralinenkurs. Noah, der im Ernst ihre Nummer haben wollte.

Unglaublich. Maxi ist es seit jeher gewohnt, dass nur Smilla nach ihrer Nummer gefragt wird, wenn sie gemeinsam unterwegs sind.

»Noah.« Maxi sagt den Namen laut vor sich hin. Sie lächelt und schüttelt den Kopf.

Vorhin war Maxi noch müde. Jetzt kann sie ihren Zustand nicht benennen. Ihr Kopf ist so voll, dass er leer ist. Ihr Körper ist so müde, dass Maxi völlig aus dem Konzept gebracht ist.

Sie blickt zum Weinregal. Die zwölf Flaschen scheinen sie mit großen runden Augen anzublicken. Heute nicht.

Montagnacht

Louisa Seidler im Flatterkleid, neben ihr rennt Karl Fitz im Anzug vor Maxi weg. Sie hinter den beiden her. Doch sie sind schneller, laufen immer weiter. Bis zu einer Klippe, und dann …

Maxi steht auf, geht zur Toilette. In der Küche trinkt sie anschließend einen Schluck Wasser. Von den Straßenlaternen in der Fußgängerzone fällt gelbes, gedämpftes Licht ins Wohnzimmer.

Selbst das Ziergras auf dem Balkon schläft noch.

Nachtstille, bis auf den sacht schnurrenden Kühlschrank.

Maxi legt sich wieder ins Bett. Sie stellt den Wecker auf 6 Uhr. Morgen früh muss sie erst einmal den gestrigen Tag sortieren und überlegen, wie es weitergeht.

KAPITEL 4

Dienstagmorgen

Der Wecker schrillt, das Geräusch ist in ihren Ohren so unangenehm wie das Kratzen mit Fingernägeln auf einer Tafel. Maxi bringt ihn zum Schweigen.

Jetzt heißt es aufstehen.

Bestimmt wird Maxi bald wieder einmal ausschlafen können. Heute freut sie sich auf ein paar Minuten Ruhe und Kaffee, eingeklemmt zwischen einer unruhigen Nacht und einem weiteren langen Tag. Zeit für dringend benötigte, frische Morgengedanken.

Sie schaltet die Kaffeemaschine an, die augenblicklich mit ihrem Aufwärmprogramm beginnt. Maxi streicht über die silberne Oberfläche des Geräts. Nach ihrem Erbe hat sie eigentlich gedacht, dass sie viel mehr Dinge kaufen würde. Klar war sie ausgiebig shoppen. Einmal alle Klamotten zu kaufen, die ihr gefallen, ohne auf den Preis zu achten – damit hat sich ein Herzenswunsch erfüllt. Es war ein Höhenflug. Allerdings ein kurzer.

Maxi hängt an ihrer Wohnung. Umziehen kam für sie nicht infrage. Stattdessen erwarb sie ein Haus für das Büro ihrer Detektei in der Baden-Badener Innenstadt.

Die größte Investition in ihrer Wohnung war die Siebträgermaschine. Das alte Filterkaffeegerät hat Maxi ins Büro verfrachtet.

Draußen dämmert es bereits, drinnen ist es noch dunkel. Maxi zündet das Windlicht auf der Theke an.

Sie füllt Kaffeepulver in den Siebträger und drückt es mit dem Tamper fest. Maxi kannte diesen Begriff nicht, bis ihr der motivierte Verkäufer das »Tampern« demonstrierte und einen Probekaffee zubereitete. Maxi kaufte die Maschine.

Gurgelnd tröpfelt der Kaffee in die Schale.

Nun Milch aufschäumen. Dann der Höhepunkt: die Kanne leicht neigen und langsam, kleine Kreise ziehend, den Schaum in den Kaffee gießen. Der perfekte Café au Lait.

Maxi setzt sich auf ihren Lieblingsplatz, den Barhocker, und lässt die Füße baumeln. Die Fußgängerzone darf noch schlafen, bis erst einzelne und dann immer mehr Menschen sie wecken werden.

Sie hat von Karl Fitz und Louisa Seidler geträumt. Was hat es mit diesem Mann auf sich? In welcher Verbindung stehen die beiden zueinander? Sie wirkten wie alte, vertraute Freunde, nicht wie Verliebte. Und doch wären sie ein schönes Paar, auch wenn Seidler mit Sicherheit etwas jünger als Fitz ist.

Soll Maxi der Spur folgen? Oder hat sie sich in den Recherchen zu Karl Fitz und seiner Familie völlig verrannt?

Es bräuchte weitere Observationen.

Maxi muss mit ihrem Auftraggeber sprechen. Ihm klarmachen, dass sie mehr Zeit braucht. Das wiederum kostet Marcel Abt Geld.

Maxi umfasst die Cafe-au-Lait-Schale mit beiden Händen und trinkt.

Je besser der Kaffee daheim schmeckt, desto weniger begeistert ist man vom Angebot der Cafés.

Mit Marcel Abt ist Maxi nicht warm geworden, sie bezweifelt, dass er ihre Arbeitsweise versteht beziehungsweise verstehen will. Er hält Maxi für eine Zauberin. Als könnte sie Beweise aus einem großen schwarzen Zylinder ziehen, sodass er seiner Ex-Frau keinen Unterhalt mehr zahlen muss.

Maxi hat ihm erklärt, dass der Sachverhalt nicht einfach ist. Die Zahlungen können nur gerichtlich angefochten werden, wenn der ehemalige Ehepartner in einer neuen festen Lebensgemeinschaft mit einem wohlhabenden Partner lebt. Dabei geht es um eheähnliche Verhältnisse. Und diese konnte Maxi bei Louisa Seidler bislang nicht annähernd feststellen. Der Brasilianer, den Marcel Abt im Visier hatte, scheint weder wohlhabend noch ein fester Lebensgefährte zu sein. Spannend war natürlich der Auftritt von Karl Fitz. Dieser hat Geld, es bleibt jedoch zu prüfen, ob zwischen ihm und Louisa Seidler überhaupt eine amouröse Verbindung besteht.

Maxi muss aufpassen, dass sie sich nicht verrennt. Wahrscheinlich wird sie für Marcel Abt so einfach keine Beweise finden können. Das muss sie ihm morgen klarmachen. Genauso wie die letzten fünf Observierungstage, für die das Honorar noch aussteht.

Noch ein Schluck Café au Lait. Maxi schließt die Augen.

Und heute? Sie wird Louisa Seidler nochmals observieren. Vielleicht taucht ja einer der Männer bei ihr auf, und eine Spur verfestigt sich, sodass es doch noch einen Hoffnungsschimmer für sie und ihren Klienten gäbe.

Richtig wohl fühlt sich Maxi nicht. Ihre Sympathien liegen eher auf der Seite von Louisa Seidler als auf der ihres Klienten. Wenn sie das gewusst hätte! Sie hätte den Auftrag nicht annehmen sollen. Es ist ihr erster Fall, in dem sie einen Unterhaltsbetrug belegen soll. Maxi hat ihn angenommen, da er das Kerngebiet ihrer Detektei streift: Familie.

Maxi nimmt einen weiteren Schluck Kaffee. Draußen ist es hell geworden, Sonnenstrahlen fallen flach durch die Balkontür auf den Parkettboden.

Die Pralinen von gestern Abend.

Noah. Maxi ist aufgeregt, das hat sie lange nicht mehr

gespürt. Dabei findet sie Noah nicht einmal besonders attraktiv. Sie weiß auch nicht, was mit ihr los ist.

Maxi greift zum Pralinentütchen und entnimmt mit Pinzettengriff einen Champagner-Trüffel. Er könnte von ihr hergestellt worden sein. Sie hält ihn näher an das Teelicht, sodass die Zuckerkruste zu glitzern beginnt.

Zunächst schmelzen die Zuckerkristalle auf ihrer Zunge, dann kommt immer mehr der Füllung durch. Prickelnd-zart-cremig.

Nicht schlecht für eine selbst gemachte Praline. Vielleicht probiert Maxi das Rezept wirklich einmal selbst aus.

Das Handy vibriert. Hat Noah etwa schon geschrieben? Maxi schaut sofort danach. Doch es ist nur eine Nachricht ihrer Mutter: »*Salut, ma poupée*, wie geht's dir? Ich hole mir heute Karten für das Konzert. Petra kommt auch mit. Sabine entscheidet sich heute. Soll ich dir auch eine Karte besorgen?«

Das Konzert von Johannes. Natürlich. Maxi hat ganz vergessen, sich die Details zur Veranstaltung im Casino anzusehen. Irgendein weltfremder Teil ihres Gehirns hat bis zuletzt gehofft, ihr Ex-Freund würde sie persönlich einladen. Ihr schreiben, dass er sich freuen würde, wenn sie käme. Es wird nicht passieren, das weiß sie. Sie wäre neugierig, Johannes auftreten zu sehen. Nach ihrem Arbeitseinsatz am vergangenen Samstagabend würde sie in der festlichen Atmosphäre des Casinos gerne entspannt einem Konzert zuhören. Die Frage ist jedoch, ob sie dies in Gesellschaft ihrer Mutter tun will. Petra, eine ehemalige Arbeitskollegin aus dem Hotel, würde Maxi dagegen gerne wieder einmal sehen. Sie hat lange nichts von ihr gehört. Und Sabine, die beste Freundin ihrer Mutter, wäre okay.

Maxi tippt eine Antwort an ihre Mutter ins Smartphone. »Ja, *merci*!« Sie fügt einen Smiley mit breitem Lächeln an. Dann vereinbaren sie den Treffpunkt für morgen Abend.

Jetzt noch ein Salzkaramellkästchen. Die Schokoladenhülle knackt, als Maxi hineinbeißt und die Füllung erspürt. Salz und Karamell. Eine unschlagbare Kombination.

Maxi schließt die Augen und spürt dem Geschmack der Praline in ihrem Mund nach, solange es geht.

Irgendwann macht sie Bridget Jones mit ihrer »Schokolade zum Frühstück« Konkurrenz.

Mal sehen, was Smilla später zum Kurs gestern zu sagen hat. Und zu Noah.

Aber jetzt erst einmal ab ins Büro.

Später am Dienstagmorgen

Maxi öffnet die Tür. Sie knarzt. Das passt zu einem altehrwürdigen Stadthaus.

»Guten Morgen, Regine.«

»Guten Morgen, Maxi. Alles klar?«

»Ja. Und selbst? Bin gespannt, von deiner Kurierfahrt gestern zu hören.«

»Willst du frühstücken?«

Maxi erblickt auf dem Tisch zwischen den beiden Sesseln einen Korb mit Croissants. Sie schaut auf die Uhr.

»Ja, kurz. Ich werde heute noch mal Louisa Seidler observieren. Um 9 Uhr will ich dort sein. Bevor ich es vergesse: Bitte mach für morgen einen Termin mit Marcel Abt aus. Am besten gleich vormittags. Ich muss unbedingt mit ihm klären, wie es weitergeht.«

Regine verzieht den Mund. »Alles klar.«

»Dann erzähl mir alles bei Croissant und Kaffee.«

»Tippi-toppi.«

Sie setzen sich.

Regine legt los: »Es war relativ einfach. Ich hatte etwas Angst, dass ein Wachhund auf mich zugerannt kommt. War aber nicht der Fall. Stattdessen erschien ein junger Mann, der mir sagte, dass dort keine Schneiders wohnen würden. Und der mir auf meine Nachfrage sofort seinen Familiennamen genannt hat.«

»Gut gemacht. Wie alt war er?«

»Schwer zu sagen, wie jung die jungen Leute sind, wenn man selbst so alt ist. Ich glaube, er war schon erwachsen. Anfang 20, würde ich schätzen.«

»Bestimmt einer der Söhne von Karl Fitz. Sagt dir denn der Name was?«

»Ja klar, das ist doch dieser Immobilienunternehmer.«

»Investor? Makler? Oder Verwalter?«

»Ja.«

»Verwalter?«

»Nein, alles. Glaube ich. Also auf jeden Fall was mit Immobilien. Der war mal in den lokalen Medien, weil er den Verkäufer und den Käufer einer Immobilie gleichzeitig vertreten hat, ohne das offenzulegen. Als das rauskam, gab es schlechte Presse.«

»Klingt auch nicht vertrauenswürdig.«

»Er hat sich entschuldigt und versucht, alles kleinzureden. Es war keine große Sache, eher ein Skandälchen. Danach hat er sich zurückgezogen.«

Erst seit Maxi als Privatdetektivin arbeitet, hat sie die lokale Zeitung abonniert, um künftig über solche Vorfälle Bescheid zu wissen.

»Hat er sich auch beruflich zurückgezogen?«, fragt Maxi.

»Ich weiß nicht. Ausgesorgt scheint er jedenfalls zu haben.«

»Hast du mal was von seinen Söhnen gehört?«

»Nein, ich wusste nicht, dass er zwei Söhne hat.«

»Ich bin in der Todesanzeige seiner Frau darauf gestoßen.«

»Stimmt.« Regine gibt sich selbst einen Klaps auf den Kopf. »Jetzt, wo du es sagst. Kurz darauf starb seine Frau bei einem Unfall. Das war der Auslöser, dass man nichts mehr von ihm gehört hat. Tragisch. Vor allem für die Söhne.«

»Im Internet ist erstaunlich wenig über Karl Fitz zu finden. Vielleicht hat er dafür gesorgt, möglichst keine digitalen Spuren zu hinterlassen.«

»Einfluss hat er ja. Trotzdem wundere ich mich, dass mir der Sohn gestern ganz normal gegenübertrat.«

»Du bist eben vertrauenswürdig. Auch als Paketzustellerin.«

»Oder gerade als solche.« Regine zwinkert.

»Ich muss jetzt los. Ich nehme heute mein Auto, werde mich auch bis auf eine Mütze nicht verkleiden. Kannst du mir den Bericht von gestern abtippen? Und denk bitte an den Termin.«

»Ja klar.«

Maxi schluckt. Warum hat sie Regine erinnert? Sie kennt ihre Assistentin, Regine merkt sich alles, was einmal gesagt wurde. »Wir hören uns, danke«, sagt sie.

»Viel Erfolg.« Regines Lächeln bringt immer einen Extraschwung Motivation. »Ich bin bis 15 Uhr hier. Und im Notfall immer zu erreichen.«

Die Standardverabschiedung. Maxi lächelt.

Dienstagvormittag

Leider musste sich Maxi mit einem Parkplatz weiter oben an der Straße und ohne Sicht auf Seidlers Wohnung begnügen.

Maxi hat einmal zugesehen, wie ein Film gedreht wurde. Dieser Teil ihres Jobs erinnert sie daran: Stundenlanges Warten auf *den* Moment, wenn was passiert. Genau dann muss man parat sein. Höchst konzentriert. Und liefern. Das Warten auf diesen Augenblick, auf den alles zuläuft. Es gehört dazu. Bisweilen ist es hart.

Erstaunlich, wie lange eine Stunde dauern kann. Und je lieber man etwas anderes tun möchte, umso langsamer vergeht die Zeit. Das Handy brummt. Maxi greift danach. Eine Nachricht von unbekannt.

Maxi öffnet sie. »Guten Morgen, Pralinenmeisterin, wie geht's dir? Grüße von Noah Sonnentag«

Wow. Noah hat sich gleich gemeldet. Er fragt, wie es ihr geht. Etwas langweilig.

Was soll sie darauf antworten? So was wie: »Super, ich setze mich gleich den ganzen Tag ins Auto und observiere. Ich weiß nicht mal, ob ich dafür bezahlt werde«?

Maxi trommelt mit den Fingern auf die Knie. Noah sieht, dass sie die Nachricht umgehend gelesen hat. Aber auf ein »Wie geht's« muss sie nicht sofort antworten.

In Louisa Seidlers Haus tut sich nichts.

Dann eine weitere Nachricht. »Sollen wir uns mal treffen?«

Wow. Jetzt geht er es direkt an.

Maxi liest den Satz erneut.

Aufregend. In ihr kribbelt es. Eine stille, glückliche Spannung, die Maxi lange nicht gefühlt hat.

Warum nicht einfach zurückschreiben? »Gern.«

Noah setzt den Chat gleich fort: »Super, wann hast du Zeit? Diese Woche habe ich noch Urlaub, da bin ich flexibel.«

Gleich diese Woche?

Noah tippt.

Nicht mehr.

Hm. Nachdem Maxi morgen mit ihrem Klienten gesprochen hat, könnte sie etwas Luft haben. Morgen Abend ist aber das Konzert von Johannes. Dann übermorgen.

»Donnerstag ginge bei mir.«

»Super! Wann? Sollen wir gemeinsam frühstücken? Magst du zu mir kommen? Oder lieber woanders?«

Er schiebt nach: »Ich mache das beste Frühstück der Stadt.«

Bei ihm zu Hause? Für ein erstes Date schlägt man doch eigentlich einen neutralen Ort vor. Aber bei Noah macht sich Maxi gar keine Sorgen. Er könnte keiner Mücke etwas zuleide tun. Sie hätte kein Problem, ihn bei sich daheim zu besuchen.

Ständig schweift Maxis Blick zur Straße und dem Haus, in dem die Croupière wohnt.

Sie könnte ihn googeln. Lautet sein Nachname wirklich Sonnentag?

Sie tippt »Noah Sonnentag Baden-Baden« ein.

Siehe da. Sein Name. Sein Foto. Position: »Sachbearbeiter Jugendamt.« Noah als Mitarbeiter im öffentlichen Dienst – der Job könnte nicht besser zu ihm passen. Maxi sagt zum Frühstück zu.

Es ist 11.12 Uhr. Maxi trommelt mit der halb leeren Wasserflasche gegen die Autotür. Immerhin sitzt es sich in ihrem eigenen Auto bequemer als im Kleinwagen ihrer Mutter, der sein Haltbarkeitsdatum eigentlich schon überschritten hat.

Gerne würde Maxi ein bisschen spazieren und näher ans Haus herantreten. Das wäre jedoch zu gewagt: Sollte sie jemand von den Häusern gegenüber aus beobachten, könnte derjenige das verdächtig finden. Oder zumindest komisch.

Nichts. Passiert.
11.13 Uhr.
Immer. Noch. Nichts.
11.14 Uhr.
Jede Minute wird zu einer gefühlten Stunde.
11.45 Uhr.
Langsam muss Maxi mal zur Toilette.
11.47 Uhr.
Es ist eng und warm. Heute ist wieder so ein sonnengetränkter Herbsttag. Traumhafte Wetterbedingungen, wenn man Zeit zum Spazieren oder Flanieren hätte.
11.48 Uhr.
Eine zierliche Frau bleibt gegenüber von Maxi stehen. Der Hund mit ähnlicher Statur schnüffelt an einem Efeuzweig, der eine Steinmauer hinabrankt.
Der Hund dreht den Kopf. Die Frau dreht den Kopf. Als horchten sie beide auf. Was haben sie bemerkt?
Es scheint nichts Wichtiges gewesen zu sein. Der Hund zieht weiter.
Vor Louisa Seidlers Wohnhaus bleibt die Hundebesitzerin mit ihrem Tier stehen. Sie starrt in Richtung des Balkons. Als würde da was passieren. Also doch?
Kann man etwas hören? Maxi öffnet das rechte Seitenfenster.
Stimmen! Laute Stimmen. Durcheinander. Gegeneinander. Ein Streit?
Bei ihrer Zielperson?
Maxi muss nachsehen. Heute spielt sie Touristin. Sie zieht ihr Sonnenvisier auf und hängt sich eine Bauchtasche um.
Am Filmset der Detektei Morel tut sich endlich etwas. Hoffentlich kein falscher Alarm.
So lässig wie möglich schlendert Maxi die Straße hinab. Frauchen und Hund stehen und gaffen.

Auf ihrer Höhe wandert Maxis Blick nach rechts. Louisa Seidler wirft gerade etwas vom Balkon. Sie schimpft und zeigt auf einen Mann. Maxi erkennt ihn wieder. Sie hat ihn bereits zweimal gesehen. Es ist Thiago Lima. Angeblich Seidlers neuer Lebenspartner – laut Maxis Klienten. Er muss irgendwann abends oder nachts zu Besuch gekommen sein. Jetzt steht er regungslos neben Louisa Seidler auf dem Balkon.

Maxi ist bei der Frau mit dem Hund angekommen, überholt die beiden, nickt wortlos als Gruß, den die Frau erwidert. Stehen bleiben wäre zu auffällig, also geht sie weiter.

Am Verfassungsplatz ist es zwar grün, jedoch empfängt sie Straßenlärm.

Was nun? Maxi geht widerwillig Richtung Innenstadt. Nein. Sie kann die Streitenden nicht unbeobachtet lassen und muss das Risiko eingehen, entdeckt zu werden. Bei der Ampel dreht sie um. Geht schnellen Schrittes zurück.

Auf dem Weg liegen einzelne gelbe Blätter, die von den Alleebäumen gefallen sind. Sie wirken wie ein Vorbote des Herbstes, der in den Startlöchern steht.

Als Maxi die Eichelgartenstraße passiert, sieht sie die Frau mit dem Hund immer noch dort stehen. Was, wenn Louisa Seidler bedroht wird? Müsste sie die Polizei rufen? Es scheint seltsam viel los zu sein in ihrem Leben.

Maxi nähert sich der Streitstätte.

Bleibt stehen. »Meinen Sie, man sollte die Polizei rufen?«, fragt sie die Hundebesitzerin. Das Tier mit dem schwarzen Fell schnüffelt interessiert an ihren Waden.

Die Frau schaut Maxi an, als wäre sie nicht auf die Idee gekommen, und zuckt mit den Schultern. Maxi fragt sich, ob sie sie überhaupt verstanden hat. Vielleicht hört sie nicht mehr gut oder versteht kein Deutsch. Sie zieht weiter, den Hund an der gespannten Leine.

Aus dem Brüllen ist ein Fauchen geworden. Es ebbt ab. Was nun?

Dienstagmittag

Maxi wartet an eine Mauer gelehnt, tut so, als wäre sie mit ihrem Smartphone beschäftigt.

Die Haustür öffnet sich. Thiago Lima verlässt das Haus mit großen Schritten.

Jetzt wäre sie gerne Pumuckl! Einfach unsichtbar werden, wenn andere Menschen in der Nähe sind, das wäre es.

Maxi folgt ihm wie ein Krokodil, das seiner Beute auflauert. In ihrem Fall heißt die Beute Thiago Lima. Sie will ihn nicht fressen, aber mehr über ihn herausfinden. Im Idealfall könnte sie ihrem Klienten beim morgigen Gespräch doch noch neue Informationen präsentieren. Die Ampel. Lima überquert die Straße. Maxi wartet bis zum nächsten Grün.

Weiter in Richtung Innenstadt. Sie kann das Adrenalin im Körper spüren.

Bin ich zu nah? Zu weit weg? Die Fragen wiederholen sich wie in Dauerschleife in Maxis Kopf.

Da! Er bleibt auf der weißen Brücke über dem Teich der Hector-Berlioz-Anlage stehen. Die Idylle kontrastiert mit dem vorangegangenen Streit.

Es ist ihre Gelegenheit. Jetzt muss sie zuschnappen wie ein Krokodil.

Maxi atmet tief durch. »Hallo, ich glaube, mein Handy hat mich in die Irre navigiert. Könnten Sie mir sagen, wie ich zum Schloss komme?«

»Das ist dort!« Er zeigt in die richtige Richtung. »In die

Innenstadt und dann links.« Er spricht mit einem markanten, aber schönen Akzent. Maxi erkennt den ankerförmigen Kinnbart. Sie war ihm noch nie so nahe. Er sieht apart aus. Seine Kleidung unterstreicht dies: Knielange, dunkelblaue Shorts, weißes Leinenhemd auf gebräunter Haut. Der Streit von eben scheint ihm äußerlich nicht einmal ein Barthaar gekrümmt zu haben.

Maxi bedankt sich. »Oh, da schwimmen riesige Fische im Wasser!«

»Ja, sie sehen so friedlich aus. Manchmal wäre ich auch gern ein Fisch. Im Wasser abtauchen, nichts mehr hören.«

»Bitte nicht springen«, sagt Maxi, überrascht von ihrer eigenen Schlagfertigkeit.

Er lacht.

Ein guter Gesprächsstart. Maxi kann die nächste Offensive wagen: »Wohnen Sie hier oder sind Sie auch zu Besuch?«

»Ich wohne hier.« Er schluckt. »Seit ein paar Monaten.«

Maxi nickt. »Wie schön! Ich bin leider nur zu Besuch. Einer der vielen Touristen.«

Aus dem Steinmund in der Teichmitte schießt unermüdlich Wasser in die Höhe. Maxi muss an den Springbrunnen im ehemaligen Badhotel denken.

»Ich fühle mich oft auch wie zu Besuch«, sagt er in traurigem Tonfall.

Jetzt würde Maxi ihn gerne dazu bringen, etwas von Louisa Seidler zu erzählen. Aber wie? Wäre Maxi wirklich Touristin, würde sie sich spätestens an diesem Gesprächspunkt verabschieden. Sie hat keine Strategie, führt das Gespräch einfach fort, bemüht, es nicht wie ein Interview klingen zu lassen. »Was hat Sie nach Baden-Baden verschlagen?« Es soll so beiläufig wie möglich klingen. Maxis Finger kratzen am Lack des weißen Brückengeländers.

»Die Arbeit. Ich komme ursprünglich aus Brasilien, spreche aber Deutsch, weil ich dort eine deutsche Freundin hatte. Ich wollte Geld verdienen, um eine Operation für meine Mutter zu bezahlen. Dafür arbeite ich in einem Restaurant als Kellner. Jeden Tag, den ganzen Sommer über.«

So wie Lima aussieht, hätte er auch Arzt oder Theaterschauspieler sein können.

Maxi nickt und blickt auf das Wasser. Ein dicker Fisch gleitet unter der Brücke hervor.

Lima redet weiter, als wäre er froh, endlich mit jemandem darüber sprechen zu können: »Weißt du, ich will arbeiten, so viel ich kann. Aber das Geld ist nicht genug. Zu viel Miete. Zu viel alles. Und meine Freundin will nicht mit mir zusammen wohnen.«

Meint er damit etwa Louisa Seidler? Maxi jubelt innerlich über den Gesprächserfolg. Aber nur kurz, denn ihr Klient wird alles andere als angetan über die Information sein, dass Seidlers Freund kein Geld hat.

Lima hat sie geduzt. Sie macht es einfach auch. »Schade für dich«, sagt sie. Ihr fällt nichts Besseres ein.

Lima sieht geradeaus zur Fontäne, schweigt.

Dienstagnachmittag

Maxi verabschiedet sich und wünscht Lima alles Gute. Zuerst geht sie in Richtung Innenstadt, um die Touristen-Tarnung nicht auffliegen zu lassen. Dann wandert sie zurück zum Auto, stets um sich blickend wie ein Radargerät, um eine weitere Begegnung mit Thiago Lima zu vermeiden. Er ist nirgends zu sehen.

Maxi kehrt zum Observationsort zurück. Wie gewohnt geht Louisa Seidler joggen. Unbeeindruckt vom Streit mit ihrem … ja, was ist er eigentlich? Ihr Freund? Ex-Freund? Ihre Affäre? Vielleicht geht sie auch laufen, um sich abzureagieren. Ihr Sohn Elian ist nicht dabei. Dafür verlässt kurz darauf ihre Tochter Samira das Haus. Maxi hat sie noch nicht oft gesehen, sie scheint viel Zeit allein daheim zu verbringen. Optisch ist Samira das Gegenteil ihres Bruders: klein und rundlich. Sie hat die schwarzen Haare ihrer Mutter. Schlabber-Shirt-Look, Blick auf den Boden gerichtet. Eine pubertierende 13-Jährige. Sie scheint gerade keine ganz einfache Phase zu durchleben. Maxi würde sie gerne in fünf Jahren als Erwachsene sehen. Ob ihr dann ihr Äußeres wichtiger sein wird? Egal, Maxis Gedanken sind abgeschweift.

Nach einer Stunde kehrt Louisa Seidler vom Sport zurück, kurz darauf erklärt Maxi die Observation für beendet. Es folgt ein Zwischenstopp im Büro, dokumentieren. Dann eine Shoppingtour – Lebensmittel und ein paar Pralinen besorgen.

Kurz nach 5 Uhr ist Maxi zu Hause. Ihre Vorfreude auf einen ruhigen Abend nach den letzten Wochen ist prickelnd. Später wird sie sich Schinkennudeln kochen. Doch vorher noch eine Runde Mario Kart spielen. Oder zwei.

Dienstagabend

Maxi schiebt den Kochlöffel durch die Pfanne, in der Zwiebel- und Schinkenwürfel brutzeln. Es ist ein paar Wochen her, seit sie das letzte Mal gekocht hat. Einmal abgesehen von der Eierkuchenaktion mit ihrer besten Freundin Smilla. Wie man Schinkennudeln zubereitet, wird sie so schnell nicht verlernen. Eines der wenigen Rezepte in ihrem Repertoire.

Maxi gibt die gekochten Spiralnudeln in die Pfanne, dann die Eier-Käse-Milchmischung. Jetzt heißt es ein wenig warten, bis diese stockt.

Mit einem Messer, mehr groß als scharf, schneidet sie den Schnittlauch in kleine Röllchen. Sie kommt langsam voran, da sie nicht besonders geübt ist und vor jedem Schnitt neu ansetzt. Doch der grüne Schnittlauchfarbtupfer ist die optische Krönung des Gerichts.

Thiago Lima. Dass sie heute einen Streit zwischen ihm und Louisa Seidler beobachtet hat und danach ein Gespräch mit ihm führen konnte, ist ein großer Erfolg. Maxi kann sich nicht vorstellen, dass Lima die Privatdetektivin in ihr gewittert hat. Er scheint ein äußerst freundlicher Mann zu sein. Aber einer von der Sorte, der um seinen Charme weiß. Der Südländer, der mit wenig Akzent und viel Körpersprache Deutsch spricht, sonnig und gelassen. Die wohl interessanteste Erkenntnis war: Er braucht Geld. Und er kann Seidler keines geben. Ist sein Interesse an der Croupìere vielleicht sogar rein finanzieller Natur?

Eigentlich kann es Maxi egal sein. Lima lebt definitiv nicht in einer eheähnlichen Lebensgemeinschaft mit Louisa Seidler. Das hat Lima ihr indirekt gesagt. Jetzt muss Maxi dies nur noch ihrem Klienten Marcel Abt beibringen. Thiago Lima ist offensichtlich raus. Dafür könnte Karl Fitz eine neue Spur sein.

Maxi rümpft die Nase. Es riecht verbrannt. Sie lässt das Messer fallen und hechtet zur Pfanne. Jetzt hat sie sich in ihren Gedanken verstrickt und die Nudeln vergessen. Sie rührt in der Pfanne, auf der Unterseite des Essens gibt es schwarze Stellen. Es sollte jedoch noch genießbar sein. Maxi fährt schwungvoll aus verschiedenen Richtungen durch die Pfanne, bevor sie die Hälfte des Inhalts auf einen Teller lädt. Der Dampf des Essens steigt unter ihre Brille, die beschlägt. Auf dem Teller ragt ein Nudelberg empor. Sie hat bereits großen Hunger. Schnittlauch darauf verteilen und fertig. Schinkennudeln à la Maxi.

Sie balanciert Wasserglas und Teller zum Barhocker. Dort angekommen, greift sie zum Smartphone, um eine Playlist zu starten. Maxi ist in Chanson-Stimmung.

Die Vorfreude auf den ersten Bissen – Maxi genießt sie ebenso sehr wie das Essen selbst. Jetzt sticht sie mit der Gabel in das Gericht. Schiebt sie zum Mund. Schließt die Augen. Kaut. Lecker.

Parallel zum kleiner werdenden Nudelberg nimmt auch Maxis Anspannung ab. Sie hat in den letzten Tagen viel gearbeitet. Und dann kam noch Noah. Immer wieder blitzt sein Bild zwischen all dem Observationstrubel auf wie ein Leuchtsignal mit der Aufschrift: Ich bin auch noch passiert. Übermorgen wird sie ihn treffen. Dates sind aufregend. Können aber auch richtig anstrengend sein, wenn sie blöd laufen. Wenn Maxi an Noah denkt, tut sich etwas in ihr. Er sah so normal aus, nicht der Typ, der sie sofort umhaut. Anders als es bei ihrem Ex-Freund Johannes war.

Maxi blickt nach unten in die Fußgängerzone – jeden Tag aufs Neue wird die Lange Straße von vielen Füßen betrampelt, muss viele Stimmen hören und Menschen ertragen. Sie nimmt es gelassen, scheint zu sagen: Irgendwann gehen sie alle wieder.

Im Café gegenüber löscht jemand das Licht, kurz darauf tritt ein Mann auf die Straße und schließt die Tür.

Der Bettler, der regelmäßig zu Gast in der Langen Straße ist – Maxi kennt ihn vom Sehen –, zieht einen Einkaufstrolley hinter sich her, der schwerer als er selbst zu sein scheint. Wohin er wohl geht?

Aus dem Lautsprecher tönt ein bekanntes Lied.

Avec le temps,
avec le temps, va,
tout s'en va.

Mit der Zeit geht alles. Man vergisst nach und nach alles, man muss es geschehen lassen …

Es ist, als würde Léo Ferré direkt zu Maxi sprechen.

Tränen sammeln sich in Maxis Augen, rinnen die Wangen hinab, ploppen wie Tropfen eines beginnenden Regenschauers auf die Theke. Maxi lässt es regnen, wartet, bis es aufhört.

Helmut.

Lange hat sie nicht an ihren Vater gedacht.

Die Zeit geht. Vergeht.

Der Alltag lenkt davon ab, wie vergänglich das Leben ist.

Maxi streckt den Arm aus, um die Küchenrolle zu greifen. Dabei streift sie das Messer auf ihrem Teller, und es fällt zu Boden. Egal. Sie setzt die Brille ab, mit einem Stück Papier wischt sie sich die Tränen weg und schnäuzt sich.

Maxi hat ihren Vater gekannt, wusste aber nur eine kurze Zeit seines Lebens, dass er ihr Vater ist. Noch immer fühlt sie sich betrogen. Von beiden Elternteilen. Am meisten schmerzt, dass ihr Vater ihr, kurz nachdem sie die Wahrheit erfahren hatte, wieder genommen wurde. Sie hatte überhaupt keine Möglichkeit, ihm alles vorzuwerfen. Ihn leiden zu lassen – und natürlich auch, sich mit ihm zu versöhnen und ihn richtig kennenzulernen.

Familie ist kompliziert.

Was geschehen ist, war so absurd, dass es Maxi manchmal wie ein Traum vorkommt. Die Zeit, die vergeht, lässt die Dinge verblassen. Der Alltag versteckt sie hinter einem großen To-do-Berg. Aber nur zeitweise. In bestimmten Momenten gewinnt ihr Vater an Form, wie das Bild eines Projektors, das scharf gestellt wird. Dann ist plötzlich Helmut da. Verschwindet sofort wieder. Maxi bleibt zurück, überfordert mit ihren Emotionen.

Maxi spielt das Lied erneut ab: Mit der Zeit geht alles.

KAPITEL 5

Mittwochvormittag

Maxi sitzt in ihrem Büro und ist bereit. Sie hat ihre Worte so sorgfältig zurechtgelegt und aufgebügelt, wie sie es mit ihrer Kleidung nie tun würde. Es wird ein heikles Gespräch werden. Maxi hat keine Ahnung, wie es ausgeht.

Marcel Abt hat sich bereits um einige Minuten verspätet. Vor dem Gespräch kann Maxi sich unmöglich auf etwas anderes konzentrieren, auch wenn ein paar Dinge liegen geblieben sind, die sie mit ihrer Assistentin Regine besprechen müsste.

Die Zeitung. Maxi steht auf. Sie hat noch gar nicht geschaut, ob heute etwas von dem Überfall am Samstag in der Zeitung steht. Sie holt das Blatt aus dem Nebenraum und setzt sich wieder an den Schreibtisch. Sie schlägt den Lokalteil auf und scannt die ersten Seiten. Keine Meldung von einem Überfall. Maxi atmet auf.

Dafür sieht sie die Ankündigung des Jazz-Konzerts der Band von Johannes. Heute Abend im Casino. Sie wird dabei sein. Noch immer wundert sich Maxi, dass sie nirgendwo ein Plakat bemerkt hat. Hätte Fabienne sie nicht darauf hingewiesen, hätte sie womöglich nichts davon erfahren. Johannes hielt es offenbar nicht für nötig, sie persönlich einzuladen. Egal. Maxi wird trotzdem hingehen.

Auch wenn sie seit ein paar Wochen eine lokale Zeitung abonniert hat, ist es ihr fremd, Nachrichten in Papierform durchzublättern. Wenn es draußen heiß ist oder wenn es regnet, stinkt das Papier nach Druckfarbe. Jetzt sucht Maxi die Seite mit dem Sudoku. Die ist ihr am sympathischsten. Ohne sie hätte sie wohl längst auf ein digitales Abonnement umgestellt.

Zahl für Zahl von eins bis neun geht sie die leeren Kästchen mit dem Stift in der Hand durch, auf der Suche nach einer Lücke, die einfach zu füllen ist.

Es klopft. Maxi faltet die Zeitung zusammen und legt sie ins Regal hinter sich. Das sieht schlampig aus. Wohin dann? Sie stopft die Zeitung in die Schublade und steht auf, als Regine den Kopf zur Tür hereinsteckt.

»Herr Abt ist da.«

Maxi nickt Regine zu, und ihr Klient betritt den Raum.

Maxi grüßt ihn. Soll sie ihm die Hand geben? Diese Frage stellt sie sich oft, wenn sie jemanden trifft. Hierfür scheint es seit der Pandemie keine verbindliche Regel mehr zu geben. Vorsichtig streckt sie dem Klienten die Hand entgegen. Lustlos erwidert er den Händedruck.

»Bitte setzen Sie sich«, sagt Maxi.

Er gehorcht und fährt sich dabei durch die wenigen, leicht fettigen Haare. Unter seinem Sakko trägt er ein verwaschenes Streifenshirt. Alles an diesem Mann sieht abgenutzt aus. Gebraucht. Wie ein Topf, der zu oft verwendet und zu nachlässig gereinigt wurde. Auch die etwas trüben Augen, die Fältchen im Mundbereich. Und die Uhr.

Maxi kennt sich mit der Materie aus. Als Angestellte an der Rezeption eines Luxushotels hat sie viel teuren Schmuck gesehen. Damals hat sie sich ein Spiel daraus gemacht: Nach und nach hat sie sich die Uhren-Modelle gemerkt, die reiche Leute tragen. Und daraus auf ihren Charakter geschlossen. Denn: Eine Uhr sagt viel über ihren Träger aus.

Marcel Abt hat heute eine andere Uhr als bei ihrem ersten und bis dato einzigen Treffen an. Damals war es eine silberne Omega. Seamaster Diver 300M. Das Modell, das auch James Bond trägt. Heute ziert eine schlichte Uhr von Montblanc sein Handgelenk. Angekratztes Ziffernblatt, abgetragenes Lederband.

Zwei grundverschiedene Modelle. Was sagt das über Marcel Abt? Hoffentlich nicht, dass er eine bipolare Störung hat.

Maxi unterdrückt ein Lächeln über ihren absurden Gedankengang.

Die Luxusuhr irritiert Maxi. Ihr Klient sieht sie an. Er hat die Hände auf der Tischkante abgelegt, wie ein Hund seine Pfoten dort ablegen würde, auf etwas Essbares wartend.

»Herr Abt«, sie atmet lang ein und aus, »wir haben ihre Ex-Frau in den vergangenen Wochen eingehend beobachtet. Leider konnten wir keine Hinweise dafür finden, dass Frau Seidler in einer eheähnlichen Gemeinschaft lebt. Thiago Lima können wir zudem als festen Partner ausschließen. Es tut mir sehr leid, aber …«

Er fällt ihr ins Wort: »Nein, das kann nicht sein. Ich bin doch nicht blind. Ich habe sie zusammen gesehen. Und woher soll sie sonst das ganze Geld haben?«

Jetzt würde Maxi gerne mehrere Anmerkungen auf einmal machen. Erstens, dass der Brasilianer Lima weniger Geld hat, als Abt gerade am Handgelenk trägt. Zweitens, dass Louisa Seidler Vollzeit als Croupière im Casino arbeitet und in einer normalen Wohngegend lebt. Doch sie sagt: »Herr Abt, ich habe es Ihnen bereits bei unserem ersten Gespräch erläutert: Sollte Ihre Ex-Frau einen neuen, wohlhabenden Partner haben, müsste sie mit diesem in einer festen Partnerschaft leben. Dafür gerichtlich belastbare Beweise zu finden, kann ein äußerst langwieriger Prozess sein. In diesem Fall sind die finanziellen Verhältnisse von Thiago Lima ohnehin nicht relevant.«

Marcel Abt blickt auf den Tisch. Seine Finger streichen

über das Glas der Uhr. »Aber … das kann doch einfach nicht sein.« Hofft er, mit diesem Satz die Tatsachen zu beeinflussen, wenn er ihn nur oft genug wiederholt?

»Wir können bereits nach relativ kurzer Zeit ausschließen, dass Thiago Lima eine feste Beziehung mit Frau Seidler führt. Sie können froh sein, dass wir das so schnell herausgefunden haben. Das erspart Ihnen einige Kosten.«

Er faltet die Hände wie zum Gebet. Es scheint, als wüsste er nicht, wie er reagieren soll. Warum sagt er nichts? Weil Maxi die Bezahlung angesprochen hat?

»Wie haben Sie das herausgefunden?«

»Ich habe Ihre Ex-Frau tagelang observiert. Herr Lima wohnt nicht mit Frau Seidler zusammen. Er hat sie innerhalb von zwei Wochen zweimal besucht. Er verbringt keine Zeit mit ihren Kindern. Mit *Ihren* Kindern. Die Verbindung zwischen den beiden ist mutmaßlich gar keine Partnerschaft, geschweige denn eine feste.«

Verstehen Sie das endlich, würde Maxi am liebsten hinzufügen.

Sie könnte auch noch vom direkten Gespräch mit dem Brasilianer erzählen. Tut es aber nicht Es ist ihr Notfall-Joker. Eigentlich ist die Sachlage klar.

Was geht in ihrem Klienten vor? Maxi ist irritiert. Er scheint Louisa Seidler nicht nachzutrauern oder emotional angegriffen zu sein. Genauso sieht es bezüglich seiner Kinder aus. Marcel Abt will kein Sorgerecht oder mehr Kontakt, er will nur keinen Unterhalt mehr für seine Teenager zahlen. Aber warum? Warum investiert er Geld in einen Privatdetektiv? Und das, obwohl Maxi von Anfang an Klartext mit dem Mann gesprochen hat.

»Schade. Was soll ich jetzt tun?«

Warum hatte Maxi Angst, dass der Typ ausrasten könnte? Jetzt wirkt er verloren.

Soll Maxi erzählen, dass Louisa Seidler Karl Fitz getroffen hat? Sie ist hin- und hergerissen. Wenn sie es nicht erwähnen würde und es doch eine Beziehung gäbe, hätte sie ihrem Klienten entscheidende Informationen unterschlagen. Das will sie auch nicht. Zudem könnte sie so ihren Auftrag verlängern.

»Ich habe Frau Seidler zusammen mit einem anderen Mann gesehen. Allerdings muss ich gleich vorwegnehmen: Es gibt auch hier noch keine konkreten Anhaltspunkte, dass die beiden eine Liebesbeziehung haben. Okay?«

Herr Abt hebt den Kopf.

Maxi legt nach: »Mit mehr Observationsaufwand könnte ich natürlich versuchen herauszufinden, wie die Verbindung zwischen den beiden ist. Die Chancen für ein Ergebnis, das Ihnen weiterhelfen würde, sind jedoch weiterhin gering.«

»Was soll ich jetzt tun?«, fragt er erneut.

Maxi will für diesen Mann eigentlich nicht mehr weiter arbeiten. Dafür aber ihre bisherigen Dienste entlohnt haben. Sie versucht es mit Fingerspitzengefühl. Oder Zungenspitzengefühl. »Warum wollen Sie den Unterhalt für Ihre Kinder nicht bezahlen und stattdessen vor Gericht ziehen? Das ist ein hohes Risiko, da der Prozess wahrscheinlich nicht zu Ihren Gunsten ausgehen würde. Finden Sie, dass Ihre Kinder das verdient haben?«

»Das geht Sie nichts an. Ich will meiner Ex-Frau keinen Cent mehr zahlen. Jahrelang habe ich sie unterstützt, bin für alles aufgekommen. Irgendwann reicht es.«

Maxi kann sich nicht vorstellen, dass Marcel Abt im Haushalt und bei der Erziehung seiner Kinder tatkräftig mitgewirkt hat. Sie weiß nicht, was sie erwidern soll.

»Herr Abt. Ich habe mein Möglichstes getan, um Beweise zu finden. Gerne hätte ich Ihnen die geliefert, aber leider gibt es sie nicht. Ich habe Ihnen von Anfang an keine großen

Hoffnungen gemacht.« Maxi pausiert kurz. »Ihre Kinder sind in wenigen Jahren erwachsen – ich würde Ihnen raten, den Unterhalt so lange noch zu zahlen, anstatt Ihr Geld in einen langwierigen Gerichtsprozess zu investieren, der für Sie wahrscheinlich nicht gut ausgeht und einiges mehr kosten wird. Bitte denken Sie darüber nach.«

»Na ja, gut, es war ein Versuch. Dann war's das also?«

Maxi nickt. »Den Abschlussbericht und die Rechnung werde ich Ihnen innerhalb der nächsten drei Tage zusenden.« Ihre Worte hätten so auch aus dem Mund eines Arztes kommen können.

»Dann gehe ich mal.«

Maxi erhebt sich, und Marcel Abt tut es ihr nach.

»Na dann«, er geht zur Tür.

»Ich begleite Sie noch hinaus.«

An der Tür verabschieden sie sich, diesmal ohne Handschlag.

Regine sitzt nicht mehr am Schreibtisch, dafür liegt eine Notiz auf dem Empfangstisch: »Bin schon um kurz nach 11 Uhr in die Mittagspause gegangen.«

Maxi setzt sich in einen der roten Sessel. Das Treffen war unangenehm. Es lief jedoch unspektakulärer als erwartet. Sie hat es geschafft. Sie ist ihren Klienten los.

Sie darf nicht mehr in solch eine Situation kommen. So schnell wird sie keinen Fall mehr annehmen, bei dem es um Unterhaltsbetrug geht. Und keine Klienten, die nicht wissen, was sie tun, und ihr im Grunde unsympathisch sind. Und noch etwas: Beim nächsten zeitintensiven Fall wird Maxi die Kosten für ihre Dienstleistungen in regelmäßigen Abständen mit den Klienten absprechen, um am Schluss keine bösen Überraschungen zu erleben. Es gibt noch viel zu lernen.

Der Fall hat in den letzten Tagen Maxis Leben dominiert. Jetzt plötzlich herrscht diese komische Leere. Wie nach einer Prüfung, für die man wochenlang gelernt hat. Plötzlich ist alles vorbei. Zwar muss sie den gestrigen Tag noch dokumentieren und einen Abschlussbericht schreiben, aber das wird nicht ewig dauern. Vorher könnte sie noch ein wenig bummeln gehen. Vielleicht findet sie ein schönes Kleid für das Konzert heute Abend? Oder soll sie das grüne Samtkleid anziehen, das sie neulich gekauft hat? Das würde gut passen.

Die Tür springt auf, und Regine stürmt herein. »Maxi, dein Klient steht in der Fußgängerzone und diskutiert lautstark mit einem Mann. Dieser scheint ziemlich sauer auf ihn zu sein.«

»Es ist sicher ein Mann und nicht Louisa Seidler?«

»Ja, ganz sicher.«

»Okay. Wo genau sind sie?«

»Gleich unten auf der Straße vor dem Haus.«

Eigentlich will Maxi nichts mehr mit Marcel Abt zu tun haben. Dennoch geht sie nach unten, um nachzusehen – doch da ist niemand mehr.

»Wie lief denn dein Gespräch mit ihm?«, fragt Regine, als Maxi unverrichteter Dinge ins Büro zurückkehrt.

Maxi fasst den Termin kurz zusammen und plaudert noch einige Minuten mit Regine über deren Kinder und Enkel. Dann schnappt sie sich ihre Jacke und geht erneut nach draußen.

Warme Luft strömt ihr entgegen, als sie die Außentür öffnet. Tagsüber ist es ungewöhnlich mild. Ein Herbstsommertag folgt auf den nächsten. Die Jacke hätte Maxi nicht mitnehmen müssen. Sie geht die Gasse in Richtung Fußgängerzone hinab.

»Halt!«, ertönt es hinter ihr. Sie erschrickt. »Warten Sie, stehen bleiben.«

Langsam dreht sich Maxi um.

Es ist Marcel Abt. Maxi schließt kurz die Augen, während sie tief einatmet. Versucht, ihn wegzublinzeln. Ohne Erfolg. Was will der Typ noch von ihr? Hat er ihr aufgelauert? Neben ihm kann sie niemand anders entdecken.

»Ich muss noch mal mit Ihnen sprechen, Frau Morel.« Es klingt wie ein Befehl. Aber von jemandem, der es nicht gewohnt ist, solche zu erteilen.

»Was wollen Sie?« Es klingt gereizter, als Maxi es beabsichtigt hat. Sie ist sich nicht sicher, ob das der richtige Ton war. Vielleicht sollte sie besser höflich-distanziert bleiben.

»Ich lasse mich nicht von Ihnen übers Ohr hauen.« Was meint er damit? Maxi will jedenfalls keine Diskussion auf offener Straße führen. »Gut, lassen Sie uns noch mal in mein Büro gehen.«

Mittwochmittag

Maxi fühlt sich wie im falschen Film. Wenn sie nur diesen Fall nicht angenommen hätte!

Marcel Abt wirkt wie ausgewechselt. Gerötete Wangen, zerzauste Haare. In den verwirrten Blick hat sich Ärger gemischt. Ob der Streit mit dem Unbekannten daran schuld ist, von dem Regine ihr berichtet hat?

»Ich kündige hiermit die Zusammenarbeit«, sagt er im Stehen. Als hätte Maxi das nicht schon getan. »Und bezahlen werde ich sicherlich auch nichts, wenn Sie keine Ergebnisse aufzuweisen haben.«

Maxi schluckt. Weitere Erklärungen würden an ihm abprallen wie Flummis an einer Wand. Wut überkommt sie. Sie kann sich nicht länger zusammenreißen. »Ich bin Ihretwegen tagelang im Auto gesessen, habe dort geschwitzt und gewartet, während ich das Leben Ihrer Ex-Frau ausspioniert habe. Ich bin ihr durch den Wald und zur Arbeit gefolgt. Um irgendetwas herauszufinden. Obwohl ich von Anfang an skeptisch war. Meinen Sie, dass ich das umsonst mache?« Als Maxis Blick ihn trifft, weicht er ihm aus. »Noch mal: Ich war von Anfang an ehrlich zu Ihnen und habe Ihnen nie falsche Hoffnungen gemacht. Dennoch haben Sie einen Vertrag unterschrieben, in dem alle Konditionen stehen. Ich habe meinen Auftrag erfüllt. Sollten Sie das vereinbarte Honorar nicht bezahlen, dann werde ich Sie verklagen.« Maxi ist überrascht von sich selbst. Sie hat einen Mann, der um einiges älter ist als sie, in seine Schranken gewiesen. Die Wut hat sie angetrieben. Trotzdem hat sie erstaunlich präzise Worte gefunden, um die Lage zu beschreiben.

»Ich würde Sie bitten, jetzt zu gehen«, sagt sie in ruhigerem Tonfall.

Er bewegt sich Richtung Ausgang. Regine, die mitten im Empfangsraum steht, ignoriert er dabei. Stattdessen dreht er sich noch mal zu Maxi um. »Mit Ihnen bin ich noch nicht fertig.« Dann knallt er die Tür ins Schloss.

Maxi zuckt zusammen.

»Ist maximal schlecht gelaufen«, sagt sie mehr zu sich selbst als zu Regine. »Ich glaube, er versteht die Sachlage einfach nicht. Und dass er ein Gefühl dafür hat, wie hoch der Rechnungsbetrag sein wird, bezweifle ich ebenso.«

»Lass dich erst mal umarmen.« Ihre Assistentin drückt sie fest an sich und streicht ihr über den Rücken.

»Es gibt überall komische Menschen. So einer ist Marcel Abt eben auch. Ich glaube, der bekommt im Leben gar nichts auf die Reihe und glaubt, alle anderen seien daran schuld.«

»Aber warum der plötzliche Wandel? Hat der Mann, mit dem Marcel Abt sich gestritten hat, ihn beeinflusst?«

»Ich habe leider nicht gehört, was die beiden gesagt haben.«

»Immerhin hast du gesehen, wie er sich gestritten hat. Er wird die Rechnung bestimmt nicht bezahlen …«

»Abwarten, Liebes. Und für den Fall der Fälle gibt es Anwälte. Den Dienstleistungsvertrag hat er ja immerhin unterschrieben.«

Maxi nickt. Sie könnte heulen, es kostet sie viel Energie, um die Tränen zurückzuhalten.

»Morgen um 9 Uhr im Büro?«, fragt sie an Regine gewandt.

»Tippi-Toppi.«

»Ach nein, Quatsch, ich bin ja verabredet. Ich werde gegen 11 Uhr da sein. Passt das?« Sie hat das Date mit Noah ganz vergessen.

»Ja, ich muss nur zur Mittagszeit Sofia vom Kindergarten abholen. Denk bis dahin an was anderes, Maxi, und mach's gut. Bis morgen.«

Mittwochabend

Warm. Voll. Rund. Der Klang des Saxophons erobert den Saal und die Aufmerksamkeit der Zuhörer. Maxi liebt die tiefen Töne des Instruments, insbesondere bei langsamen Stücken. Für sie ist Musik wie Pralinen. Ja, wie ihre Lieblingspralinen mit weißer Schokolade oder mit Marc de Champagne.

Was für ein traumhafter Ort für ein Konzert. Die Spieltische wurden weggeräumt, die Kronleuchter hängen wie gewohnt von der Decke, mitsamt den tausend Kerzen. Wie Johannes es wohl geschafft hat, hier spielen zu dürfen? Jedenfalls hat er es verdient, findet Maxi.

Was ist los mit ihr? Sie kann die Musik ihres Ex-Freundes unbeschwert genießen und freut sich sogar für ihn, dass er im Casino einen Auftritt hat. Heißt das, dass sie über ihn hinweg ist? Das ist ein Grund zu feiern! Darauf sollte sie später unbedingt noch mit Petra anstoßen. Maxi hat ihre ehemalige Kollegin bislang nie privat getroffen, ohne mit ihr die Gläser zu erheben, das gehört einfach zusammen. Wie passend.

Johannes ist ganz versunken. Verschmolzen mit der Musik. Abgerückt von dieser Welt. Maxi hat selten erlebt, dass sich jemand beim Musizieren so vergisst wie Johannes. Er lebt für sein Saxophon. Für die Musik. Das hat Maxi schnell feststellen müssen, als sie damals zusammengekommen sind. Und immer wieder in den wenigen Monaten, die sie zusammen waren, bis er Schluss gemacht hat. Wie es eben so ist mit leidenschaftlichen Menschen.

Das Stück klingt mit einem tiefen, rauen Ton aus. Der Klang zieht sich wie eine Wolke aus weißem Rauch, die aus einem Kamin strömt und durch die Luft wandert, bevor sie sich allmählich verflüchtigt. Und trotzdem nachwirkt. Das Publikum sitzt ergriffen und regungslos.

Das nächste Stück ist dynamischer. Die beiden anderen Bandmitglieder der »Tumbling Leaves« begleiten auf dem Keyboard und am Schlagzeug. Sie heißen Arno und Mike, wenn Maxi sich richtig erinnert. Johannes ist der Frontman, der Star. Wieder bläst er in das Saxophon, eine Tonleiter, Töne wie die Schritte einer Bergziege, die einen steilen Weg nach oben läuft. Kraftvoll und schnell.

Johannes performt, bewegt den Oberkörper vor und zurück. Das Instrument muss doch störend sein, wenn man solch eine Show abzieht. Maxi fand das vorherige Stück schöner. Das aktuelle ist ihr zu wirr, zu unruhig. Johannes trägt sein Markenzeichen, Karohosen. Heute beige, farblich passend zu den stuckverzierten Wänden.

Maxi rollt den Flyer für die Veranstaltung in ihren Händen zu einer Zigarre. Dann streicht sie ihn wieder glatt. Es ist zu dunkel, um auf dem Flyer zu erkennen, wie weit das Konzert fortgeschritten ist, was noch gespielt wird. Und um nachzusehen, wie das vorherige Stück hieß. Bestimmt findet sie es auf Spotify. Es muss neu sein, Maxi hat es noch nie gehört.

In einem fulminanten Akkord und mit einem auf der Bühne herumspringenden Johannes endet das Konzert. Der Applaus ergießt sich reichlich vor der Band. Petra pfeift neben ihr durch die Finger. So laut, dass Maxi errötet. Ob Johannes sie gesehen hat?

Nachdem die Bandmitglieder nochmals die Bühne betreten und sich mehrmals verbeugt und bedankt haben, ebbt das Klatschen ab.

Die ersten Besucher stehen auf und eilen hinaus.

Da legt sich ein Arm um Maxi. »Mensch, Kleine, schön, dass wir uns endlich wiedersehen!«

»Ja«, antwortet Maxi. Es ist Petra, nicht Johannes.

»Dann gehen wir noch was trinken, wenn wir schon mal hier sind, oder?«

Später am Mittwochabend

»Gut siehst du aus«, sagt Petra.

Maxi streicht über ihr Samtkleid, das kurz über den Knien endet. Sie fühlt sich wohl. Eine gelungene Tragepremiere. Es war Liebe auf den ersten Blick zwischen ihr und dem Cocktailkleid. Sie hätte nicht gedacht, dass sie es so schnell zu einem geeigneten Anlass anziehen würde, als sie letzte Woche shoppen war, um ein edles, aber unauffälliges schwarzes Kleid für die Observation im Casino zu erwerben.

Maxi schaut ihre Mutter an. Sie hat die zierliche Figur einer Französin, sodass sie in jedem Outfit schick aussieht. Auch in dem kleinen Schwarzen, mit Pumps und Hochsteckfrisur. Maxi hat die Statur ihrer Mutter leider nicht geerbt. Nur die Größe, plus zwei Zentimeter: Maxi ist 1,63 Meter »groß«.

»Gehen wir?« Fabienne blickt zur Bar. Petra und sie stolzieren dorthin. Sabine, die beste Freundin ihrer Mutter, ist nicht mitgekommen. Dafür die ehemalige Arbeitskollegin aus dem Badhotel.

Im Raum mit den roten Wänden herrscht normaler Spielbetrieb. Louisa Seidler müsste heute Abend noch Dienst haben. Danach hat sie fünf Tage gearbeitet und mindestens 48 Stunden frei. Maxis Blick wandert unwillkürlich zum Roulettetisch, an dem die Dealerin vergangenen Samstag stand. Sie sieht dort nur Männer. Eigentlich kann es Maxi egal sein. Aber sie ist neugierig. Zudem schätzt sie die Chancen, Johannes über den Weg zu laufen, auf dem Flur höher ein als an der Bar oder an einem der Tische sitzend. »Geht schon mal vor, ich komm gleich nach«, sagt sie.

Maxi schreitet in die Mitte des Raumes, scannt die Spieltische ab. Keine Louisa Seidler. Komisch. Es könnte natürlich sein, dass die Croupière heute wegen des Konzertes frei hat. Oder gerade in der Pause ist.

Maxi geht langsam in den Nebenraum. Nichts. Dann kehrt sie in den roten Raum zurück. Heute ist es in den Spielräumen ruhiger als am Wochenende, obwohl sich noch ein paar Konzertbesucher hier tummeln. Maxi stellt sich an einen der Roulettetische und beobachtet, wie ein Croupier die Jetons einkassiert. Die beiden Spieler scheinen leer ausgegangen zu sein. Es hält sie nicht davon ab, weitere Jetons auf dem Tisch zu verteilen. Maxi mag das Geräusch, wenn sie sich berühren und dabei klacken. Der grüne Tischbezug ähnelt in Farbe und Textur ihrem Kleid.

Maxi blickt auf die Uhr. Wäre Louisa Seidler nur in der Pause gewesen, müsste sie jetzt zurück sein. Maxi kann es nicht genau erklären, aber sie wundert sich, warum die Croupière nicht anwesend ist. Ob es die Sorge um Louisa Seidler ist, die Maxi umtreibt, nachdem sie heute eine neue Seite ihres Ex-Mannes kennengelernt hat? Oder der Streit, den sie zwischen Seidler und ihrem Kollegen vor wenigen Tagen beobachtet hat?

Maxi spürt einen Atemhauch in ihrem Nacken. Wer hat sich da an sie herangeschlichen?

Sie dreht sich um und blickt direkt in die Augen eines jungen Mannes. Sein Blick ist kalt und durchdringend, er erinnert sie an den einer Schlange. Ob er schon erwachsen ist? Wenn sie nicht wüsste, dass im Casino das Mindestalter von 21 Jahren kontrolliert wird, hätte sie Zweifel, dass er überhaupt schon volljährig ist.

»Du spielst nicht?«, fragt er.

Maxi schüttelt den Kopf.

»Willst du ein paar abhaben? Hier.« Er streckt ihr einen Jetonstapel entgegen.

Maxi ist verwirrt. Will er sie zum Spielen einladen? Zaghaft nimmt sie den obersten Stein.

In Windeseile platziert er mindestens 15 Jetons auf und zwischen die Spielfelder auf dem grünen Teppich. »Jetzt du«, sagt er.

Maxi legt ihren Jeton auf das schwarze Feld.

Die Kugel dreht sich auf dem glatten Holz des Kesselrands. Maxis Augen können ihr kaum folgen. Sie ähnelt einem einzelnen Bahnradsprinter, der in Höchstgeschwindigkeit fährt.

Allmählich ist ein weißer Punkt zu erkennen, die Kugel wird langsamer. Schließlich bleibt sie stehen. Sie hat sich die Elf ausgesucht.

Das Gewinnstück auf Schwarz wird verdoppelt. Der Croupier verteilt die Jetons um.

»Jetzt hast du deinen Einsatz erhöht«, sagt der junge Mann. Sein beiges Sakko und das hellblaue Hemd darunter sehen aus wie maßgeschneidert. »Ich habe verloren. Bestimmt, weil meine Lieblingsdealerin nicht da ist.« Es klingt nicht, als sei es scherzhaft gemeint.

Maxi horcht auf. Meint er etwa Louisa Seidler? »Du hast eine … Lieblingscroupière? Wie sieht sie aus?«

Der junge Mann lächelt. »Sozusagen meine Glücksfee, ja. Sie hat lange schwarze Haare und ist sehr schön.« Bingo, denkt Maxi. Louisa Seidler.

Ihr Gegenüber wendet sich dem Croupier zu. »Ist denn deine Kollegin heute nicht da?«

»Nein«, erhält er knapp zur Antwort.

»Aber sie hätte kommen sollen?«, fragt er nach.

Der Croupier nickt. »Eigentlich hätten wir zusammen Dienst gehabt, ja.«

»Schade, ich hätte sie hier gebraucht.«

Maxi atmet tief durch. Sie hat die Info, auf die sie brannte. Sie kam nebenbei, wie eine alltägliche Geste, als würde man sich die Haare hinters Ohr streifen.

Aber wo ist Louisa Seidler? Sie ist nicht der Typ, der einfach nicht zur Arbeit erscheint. Es muss etwas passiert sein. Oder sieht sie jetzt schon Gespenster? Was soll sie tun?

»Ich glaube, ich habe heute schon genug Geld verloren. Du scheinst mehr Glück zu haben. Willst du noch mal spielen?«, reißt der junge Mann sie aus ihren Gedanken.

»Nein«, lehnt Maxi ab, »ich bin mit dem Ergebnis ganz zufrieden und will nichts riskieren.«

Der Mann sieht sie offen an. »Darf ich dich dann auf einen Drink einladen?«

»Ja«, sagt sie, ohne lange zu überlegen, und folgt ihm. Der Typ ist viel zu jung für sie, und morgen hat sie ein Date mit Noah. Außerdem hätte sie viel lieber noch ein paar Worte mit Petra gewechselt. Aber es ist die Chance, mehr zu erfahren.

»Wen haben wir denn da? Hallo, Maxi!«

Johannes' Stimme. Maxi macht eine Vierteldrehung.

Es ist doch immer das Gleiche: Man trifft die Leute oder erhält die Nachricht, auf die man so sehnlich wartet, immer dann, wenn man gedanklich ganz woanders ist.

»Hallo, Johannes. Tolles Konzert! Sehr stimmungsvoll.«

»Danke. Dich hätte ich hier gar nicht erwartet.«

»Ich war vor Kurzem im Casino und so angetan, dass ich gleich wiederkommen wollte.«

Johannes starrt den Typen neben ihr an. Ob er denkt, dass er Maxis neuer Freund ist?

»Ich bin Johannes.« Er streckt ihm seine Hand entgegen.

»Cornelius.« Jetzt hat der junge Mann einen Namen. Einen ungewöhnlichen. Wo hat Maxi ihn neulich gehört?

»Na dann, schön, dich mal wiedergesehen zu haben. Wir gehen jetzt was trinken.« Johannes zeigt auf die anderen Bandmitglieder. »Vielleicht sieht man sich noch!«

»Ja.«

»Ciao«, sagt Cornelius und schiebt sie in Richtung Bar.

Johannes sah gut aus, wie immer. Noch länger sollte er

sich die Haare allerdings nicht wachsen lassen, sonst hat er bald einen Bob.

Egal. Maxi ist über ihn hinweg. Er ist ein toller Musiker, der sie gerade gut unterhalten hat, ansonsten ist er ihr egal. Sie hätten auch gar nicht miteinander sprechen müssen. Sie hätten sich nicht einmal begegnen müssen.

Am Tresen lässt Maxi den Blick schweifen auf der Suche nach ihrer Mutter und Petra. Die rote Lockenmähne ihrer ehemaligen Kollegin sticht heraus wie ein Fliegenpilz auf Moosboden. Die beiden sitzen in einer Art Insel. Ein runder Tisch, fast ganz von einer Eckbank umgeben. Es könnte auch eine Einheit eines Fahrgeschäfts sein. Gut, dann weiß Maxi jetzt, wo sie die beiden gleich findet.

»Champagner?«, fragt Cornelius und gibt schon die Bestellung auf.

Er lächelt und schaut ihr in die Augen. Jetzt weiß sie, was sie an ihm irritiert: Er blinzelt nicht.

Der Barkeeper stellt eine geöffnete Flasche Champagner auf den Marmortresen und schenkt ein. Wie viel die wohl kostet?

»Bist du öfter hier?«, fragt Maxi.

»Gelegentlich.«

»Und was machst du sonst so?«

»Du meinst beruflich?«

»Zum Beispiel.«

Er grinst. War das schon irgendwie doppeldeutig?

»Ich habe ein Jahr International Business Management studiert. Vor ein paar Monaten aber aufgehört, war nicht so meins. Mein Dad würde sich wünschen, dass ich bei ihm im Unternehmen einsteige. Mittlerweile wäre es für ihn auch okay, wenn ich keinen Uniabschluss habe. Aber ich weiß echt nicht, ob ich da Bock drauf hab. Mein Bruder hat die Firma schon mehr oder weniger übernommen, ich weiß echt nicht, was ich da noch machen soll. Vielleicht starte ich auch was Eigenes.«

»Was wäre das?«

»Ich hab so viele Ideen. Vielleicht ein eigenes Schmuck-Label. Oder ein Start-up im Bereich künstlicher Intelligenz. Ein KI-Tool, das Unternehmen bei der Content-Erstellung hilft.«

Die Antwort war erstaunlich präzise.

»Was macht dein Vater?«, fragt Maxi weiter.

»Er ist Immobilienmakler.«

Ach du meine Güte! Wenn das mal nicht der Sohn von Karl Fitz ist. Maxi erinnert sich an die Todesanzeige, dort stand der Name Cornelius. Und ein anderer männlicher Vorname, es könnte der des Bruders gewesen sein. Maxi kann es kaum glauben.

Cornelius' Gesichtszüge sind eigentlich attraktiv, sie haben etwas Aristokratisches. Aber jetzt sieht er Maxi wieder so komisch an, in einer Mischung aus anzüglich und eindringlich, als würde er in sie hineinsehen. Irgendwas stößt Maxi von ihm ab und zieht sie gleichzeitig an, wie zwei entgegengesetzte Magnetpole, die gleichzeitig auf sie einwirken.

Maxi trinkt aus Verlegenheit das Glas leer. Er gießt unverzüglich nach, so schwungvoll, dass der Champagner überläuft. Maxi tritt automatisch zur Seite. Der Barkeeper wischt die Theke bereits wieder trocken. Cornelius ignoriert den Vorfall und reicht Maxi das wieder volle Glas.

Sie hat also zufällig den Sohn von Karl Fitz getroffen und steht nun mit ihm an der Casinobar, überlegt Maxi. Wie absurd. Wo soll das jetzt hinführen? Wie kommt sie aus der Nummer wieder heraus? Kann sie von Cornelius noch mehr über Louisa Seidler erfahren? Soll sie das Gespräch nochmals auf die Dealerin lenken?

Plötzlich blickt Cornelius auf sein Smartphone, die Stirn

in Falten gelegt. »Sorry, Maxi, ich muss los. Man sieht sich …«, sagt er und eilt davon.

Er hat nicht bezahlt.

Muss Maxi jetzt für die Flasche Champagner aufkommen? Das könnte sehr teuer werden. Ihr Herz beginnt zu rasen. Kurz entschlossen rennt sie Cornelius hinterher. Da ist er, sie erreicht seinen Arm. »Hey, der Champagner …«

»Sorry, ich hab völlig vergessen zu zahlen. Tut mir leid.« Er geht zur Bar und legt ein paar grüne Scheine auf die Theke. Dann kommt er zurück und hebt zum Abschied die Hand. »Sorry noch mal, echt.«

Maxi blickt zur Frauenstatue neben sich, als wolle sie sich bei ihr rückversichern, dass das eben gerade wirklich passiert ist. Das war sehr schräg. Aber sie hat die Information erhalten, dass Louisa Seidler nicht zur Arbeit gekommen ist. Und den Sohn von Karl Fitz kennengelernt, über den er beim Spaziergang mit Louisa Seidler gesprochen hat. Alles auch beunruhigend.

Maxi geht zum Tisch, an dem ihre Mutter und Petra sitzen.

»Wir haben uns gerade darüber unterhalten, wie toll das Konzert war«, sagt Fabienne. »Johannes hat seine Sache gut gemacht. Ein toller Mann.« Warum tut ihre Mutter das schon wieder? Ihr Tonfall und Blick sind ein einziger Vorwurf. Weil Maxi nicht mehr mit Johannes zusammen ist. Fabienne lässt keine Gelegenheit aus, ihrer Tochter zu signalisieren, wie gerne sie ihn als Schwiegersohn gehabt hätte. Sofort bereut Maxi, sich noch zu den beiden gesetzt zu haben. Sie dreht sich zu Petra.

»Ich bin eigentlich kein großer Jazz-Fan, aber es war echt fetzig.« Petra wippt mit dem Kopf, als wäre sie auf einem Rockkonzert. Es passt weder zu Jazz noch zu den Loungeklängen, welche die Bar erfüllen. »Aber dieser Johannes, also auf mich wirkt der nicht sympathisch.«

Die umfangreiche Getränkekarte hat Maxi zwar bereits am vergangenen Samstag eingehend studiert, vertieft sich jetzt aber dennoch darin. Ihr ist nach einem Cocktail.

Vielleicht nimmt sie einen Hugo – Holunderblüten-Sirup, Prosecco, Minze, Limette. Dabei muss sie an den Gärtner in ihrem alten Hotel denken. Den *ehemaligen* Gärtner. Er hieß ebenfalls Hugo. Auch seine Frau Rosa hat als Zimmermädchen dort gearbeitet. Erst nach der Hotelschließung hat Maxi die beiden in Baden-Baden lebenden Spanier zum ersten Mal privat getroffen. Genau wie Petra.

»Hast du noch Kontakt zu Hugo und Rosa?«, fragt Maxi nun. »Ist Rosa inzwischen schwanger?« Das Paar hat ihr in der Vergangenheit von seinem Kinderwunsch erzählt. Wenn das jemand weiß, dann Petra. Sie ist eine wandelnde Nachrichtenzentrale.

»Nein, bisher leider nicht. Sehr schade. Sonst geht es den beiden gut. Sie arbeiten in einem anderen Hotel in Baden-Baden, wieder als Gärtner und Hausmädchen.«

Maxi nickt. Lieber hätte sie gehört, dass die beiden in ihr Heimatland zurückgekehrt sind. Maxi bestellt beim Kellner einen Bellini. Fabienne winkt ab, ihr Cocktailglas ist noch fast voll.

»Und du so? Deine Mutter hat mir gerade erzählt, dass du richtig durchgestartet bist.«

Maxi blickt zu Fabienne, die tatsächlich ein klein wenig stolz aussieht. Doch der heutige Tag war ein ziemlicher Rückschlag. »Lass uns heute Abend über was anderes reden«, winkt sie daher ab.

Der Cocktail kommt. Maxi hebt das Glas. Auf den offiziellen Johannes-ist-Geschichte-Tag, denkt sie.

»Auf das Leben! Und das Großelternsein«, kreischt Petra.

Maxi blickt sie an. »Du wirst Oma?«

Petra strahlt. »Tanja bekommt Nachwuchs. Auch wenn sie sonst nichts in ihrem Leben auf die Reihe bringt, immerhin macht sie mich zur Oma.«

Die Gläser berühren sich, durch die Musik geht das Klirren unter.

Sollte Maxi wegen Louisa Seidler etwas unternehmen? Soll sie überhaupt etwas tun? Immer wieder reisen Maxis Gedanken zur Croupière, die heute nicht zur Arbeit gekommen ist. Sollte sie noch bei ihrem Haus vorbeischauen, ob dort Licht brennt?

Nachdem sie ausgetrunken hat, zahlt Maxi für alle, stillschweigend von allen akzeptiert und mit einem »Danke« quittiert.

Sie holt ihren Mantel und verlässt das Casino. Die Nacht hat sich auch über Baden-Baden gelegt. Sie geht die Treppen hinab, der Kies auf dem Weg und die Pumps bringen sich gegenseitig zum Knirschen. Maxi bleibt zwischen zwei mehrarmigen Laternen stehen, die wie aufgestellte Kronleuchter aussehen. Sie dreht sich. Das Kurhaus leuchtet vor einem tintenblauen Himmel. Es könnte auch ein griechischer Tempel sein.

Der Mond hat seit Samstag ein bisschen zugenommen. Maxi hofft, dass sie selbst durch den Stress in den vergangenen Tagen eher abgenommen hat.

Die Luft ist kühl und klar, ein Gegensatz zu dem verwirrenden Tag, den Maxi erlebt hat.

Marcel Abt.

Johannes.

Louisa Seidler.

Noah.

Petra.

Hugo.

Rosa.

Die Namen ploppen auf wie sich unkontrolliert öffnende Tabs eines Browserfensters. Heute war Maxi mit vielen Menschen und Schicksalen konfrontiert.

Sie freut sich unbeschreiblich auf ihr Bett, schlägt dann aber den Weg zu Louisa Seidlers Wohnung ein.

Mittwochnacht

In den Kurhaus Kolonnaden kommt ihr ein Händchen haltendes Paar entgegen. Maxi biegt links in die Kaiserallee ab. Sie fühlt sich nachts allein auf der Straße nicht wohl, daher geht sie schnell. Immerhin hat sie sich für halbhohe Mary-Jane-Schuhe entschieden, in denen sie einigermaßen schnell vorankommt.

Das Wasser der Oos hat den gleichen Weg wie sie.

Die von innen beleuchtete Trinkhalle auf ihrer linken Seite könnte nach dem Kurhaus architektonisch der nächste edle Tempel sein.

Auf der Langen Straße rollen einzelne Autos an ihr vorbei. Sie bleibt so lange wie möglich auf dieser Strecke, da sie bei Nacht nicht durch den Park laufen will.

Jetzt wird es spannend. Sie biegt in die vertraute Straße ein. Die oberste Etage des Hauses, in der Louisa Seidler wohnt, ist dunkel.

Maxi wäre froh gewesen, wenn sie Licht gesehen hätte – ein Lebenszeichen von ihr oder ihren Kindern. Die dunkle Wohnung kann heißen, dass alle schon schlafen. Immerhin ist es schon nach 23 Uhr. Oder es kann bedeuten, dass niemand in der Wohnung ist. Das wäre beunruhigend.

Maxi hat alles gesehen. Sie kann schlecht klingeln und fragen, ob alles in Ordnung ist. Also dreht sie um. Mit jedem Schritt, den sie der Fußgängerzone und ihrer Wohnung näher kommt, fühlt sie sich wohler.

Richtig wohl fühlt sie sich allerdings erst, als ihre Wohnungstür ins Schloss fällt. Sie nimmt den direkten Weg übers Bad ins Bett.

KAPITEL 6

Donnerstagmorgen

Sie öffnet die Augen. Es ist noch dunkel draußen. Wobei das nicht zwingend heißen muss, dass es noch sehr früh am Morgen ist, denn bis zur Zeitumstellung Ende Oktober in zwei Wochen wird es erst gegen halb acht hell. Sie blickt auf die Uhr und stellt fest, dass es noch eine Stunde dauert, bis der Wecker klingelt. Maxi steht trotzdem auf. Heute wird sie Noah vom Pralinenkurs zum Frühstücken treffen.

Mit einem Kaffee in der Hand setzt sie sich aufs Sofa. Der Tag erwacht langsamer als sie, und Maxi sieht ihm dabei zu. Die Aufregung prickelt in ihr wie kaltes Mineralwasser mit Kohlensäure. Sie hat nach Ewigkeiten mal wieder ein Date. Wird sie Noah überhaupt gut finden? So lange schon ist in ihrem Leben, was Männer betrifft, nichts mehr los gewesen. Dann kommt plötzlich Noah um die Ecke, ein paar Tage später trifft sie Johannes wieder und lernt im Casino auch noch diesen Cornelius kennen. »Entweder keiner oder alle auf einmal«, pflegt Smilla für gewöhnlich zu diesem Thema zu sagen.

Zudem schiebt Maxi immer wieder die Frage beiseite, ob sie wegen Louisa Seidler etwas unternehmen sollte. Die dunkle Wohnung Seidlers gestern hat nichts zu bedeuten, es war schon spät, dennoch wüsste sie gern, ob es der Croupière gut geht. Maxi könnte nach dem Date bei Seidler zu Hause vorbeischauen. Dann wird sie sehen, ob Seidler wie gewohnt zu ihrer Joggingrunde aufbricht.

Ihr Outfit für heute hat Maxi sich bereits im Geiste zurechtgelegt: Jeans, weißes T-Shirt – es soll ja wieder warm werden –, Streifenpulli, Goldschmuck. Sie duscht, schminkt sich, flechtet einen Zopf und zieht sich an. Dann macht sie sich auf den Weg.

Später am Donnerstagmorgen

Sie hat kein Mitbringsel für Noah! Völlig vergessen. Er hat sie zum Frühstück eingeladen, und sie hat nichts dabei. Jetzt ist es zu spät. Sie ist schon im Treppenhaus.

Maxi folgt den Stufen in die nächste Etage. Noah steht bereits im Türrahmen. »Guten Morgen, Maxi.«

»Guten Morgen, Noah.«

Wie begrüßt man sich in solch einer Situation? Noah scheint sich die gleiche Frage zu stellen.

Während Maxi zum Handschlag ansetzt, öffnet er seine Arme. Maxi kommt näher, erwidert die zaghafte Umarmung mindestens ebenso zurückhaltend. Sie wartet kurz und hält den Kopf still, aber es folgen keine Wangenküsschen.

Noah bittet Maxi herein, sie zieht die Schuhe aus, er nimmt ihr die Jacke ab. »Bist du gut hergekommen?«, fragt er.

»Ja, es ist so ein schöner Tag heute.« Maxi ärgert sich über sich selbst, dass sie tatsächlich über das Wetter redet.

»Bist du zu Fuß gegangen?«

»Nein.« Maxi hätte die knapp drei Kilometer nach Lichtental durchaus an der Oos entlanggehen können. Aber sie hat das Auto genommen, um danach sofort weiter ins Büro oder zu Seidlers Wohnung fahren zu können. Allerdings wäre sie so oder so mit dem Auto gekommen, da sie nicht verschwitzt oder zu spät erscheinen wollte. Aber das muss ja niemand wissen. »Ich bin mit dem Auto da, weil ich davor noch etwas erledigen musste.« Hoffentlich fragt Noah nicht nach, was genau das war. »Es riecht gut hier«, wechselt sie schnell das Thema.

»Ich habe Brot gebacken.«

»Wow. Ich habe leider gar nichts mitgebracht, tut mir leid.«

»Das wäre auch gar nicht nötig gewesen. Willkommen bei mir daheim. In der Wohnküche stehst du schon halb drin, du darfst ruhig weitergehen.«

Maxi betritt den weitläufigen Raum. Was für ein großes Bücherregal! Und es quillt auch noch über. Der Esstisch ebenfalls. Er ist für zwei Leute gedeckt, doch es stehen so viele Köstlichkeiten darauf, dass man meinen könnte, Noah habe die gesamte Nachbarschaft zum Brunch eingeladen.

»Schön«, sagt Maxi aufrichtig. Die Wohnung ist schlicht und gemütlich eingerichtet.

Maxi blickt zur Kochinsel. Dort steht eine Schüssel, deren Inhalt sie irritiert. »Was ist das?«

»Eingeweichte Chia-Samen. Ich vertrage kein Gluten, daher backe ich mir mein eigenes Brot. Mit Buchweizenmehl und Chia-Samen. Mein Lieblingsrezept. Du darfst gerne probieren. Aber ich habe auch normales Bauernbrot gebacken.«

»Puh, ich dachte schon, das wäre Froschlaich.«

Noah lacht. »Setz dich. Willst du einen Kaffee?«

»Auf jeden Fall.« Maxi nimmt auf dem Korbstuhl vor einem der Gedecke Platz.

Noah bringt den Kaffee und setzt sich ebenfalls. »Greif zu.«

»*Merci*. Du liest gerne?« Maxi nickt in Richtung des Bücherregals.

»Jep. Und ich koche und backe. Damit weißt du schon relativ viel über mich. Sonst gehe ich noch gerne spazieren und wandern. Das sind meine wichtigsten Hobbys.«

»Spazieren gehe ich auch gerne«, erklärt Maxi. Zumindest macht sie das lieber als lesen und kochen. Auch wenn sie die kurze Strecke eben mit dem Auto gefahren ist, hat sie Spaziergänge im letzten Jahr für sich entdeckt. Gerne bummelt sie durch die Lichtentaler Allee oder durch die anderen Parks in Baden-Baden. Nicht nur die Shoppingmeile hoch und runter.

»Pralinenbacken gehört noch nicht zu meinen Hobbys«, schiebt sie nach. »Der Kurs war ein Geschenk meiner besten Freundin.«

»Zu meinen Hobbys gehörte das bisher auch nicht. Aber der Kurs hat mich inspiriert. Auch wenn Gustav Ganache ein sehr spezieller Typ ist.«

»Das kannst du laut sagen.«

»Schön, dass du dir heute Morgen freinehmen konntest«, sagt Noah. Er beißt in eine Scheibe Brot, die er üppig mit Avocadoscheiben belegt hat.

»Als Selbstständige ist man flexibel. Es hat gepasst.«

Mehr oder weniger, denkt Maxi. Der Gedanke an Louisa Seidler klopft immer wieder an. Nein, eigentlich trommelt er ungeduldig mit den Fäusten gegen die Stirn. Sollte sie doch gleich etwas unternehmen, statt hier gemütlich zu frühstücken?

»Bedien dich, Maxi. Sag, wenn du noch was brauchst«, unterbricht Noah ihre Gedanken. »Was machst du eigentlich genau in der Sicherheitsbranche?« Offensichtlich hat er sich gemerkt, was sie beim Pralinenkurs erzählt hat.

»Ich bin in der Beratung. Ist gar nicht so spannend, wie es klingt«, antwortet Maxi ausweichend. »Und du?«

Noah schaut Maxi skeptisch an, wie ein Lehrer, der unzufrieden mit der Antwort eines Schülers ist. Doch er ist zu sehr Gentleman, um nachzubohren, und geht auf den Themenwechsel ein.

»Ich bin Verwaltungsfachangestellter. Beim Jugendamt.«

Eine Berufsbezeichnung sperrig wie ein Kleiderschrank. Noahs Antwort überrascht sie nicht, Maxi hat ihn bereits gegoogelt. Es ist ihr etwas unangenehm, dass sie im Vorfeld in seinem Leben gegraben hat, und schiebt es auf ihre Detektivarbeit. »Und was machst du da so?«, erkundigt sie sich unschuldig.

»Ich organisiere die Aktivitäten und Einsätze der Sozialarbeiter und kümmere mich um Anträge. Es geht viel um Pflegefamilien und -kinder.«

»Spannend.« Zumindest der nichtadministrative Teil.

»Wie bei dir klingt es besser, als es ist. Aber ich will mich nicht beschweren.«

Louisa Seidler. Ob es ihr gut geht? Soll Maxi nicht doch am besten sofort zu ihr fahren? Sie blickt auf die Uhr.

»Hast du noch was vor?«, fragt Noah.

»Sorry, ja, aber erst später – es ist so eine ungute Angewohnheit von mir, auf die Uhr zu schauen, auch wenn es bis zu meinem Termin noch Stunden hin sind.« Maxi nimmt ein Brötchen und bestreicht es. Es geht nicht, sie kann Noah hier nicht sitzen lassen, nachdem er sich so viel Mühe gegeben hat.

»Wie bist du denn zu deinem Job gekommen?« Noah fragt doch weiter.

»Es hat sich so ergeben. Vor einem Jahr hat das Hotel dichtgemacht, in dem ich als Rezeptionistin gearbeitet habe. Da war ich bereit für was Neues.«

»Du hast aber nicht in dem Hotel gearbeitet, das abgebrannt ist, oder?«

»Doch, im Badhotel.«

Noah verzieht bedauernd das Gesicht. »Oje. Schlimme Sache.«

Wenn er wüsste, denkt Maxi. Sie beißt in das Brötchen. »Leckerer Aufstrich. Selbst gemacht?«

Noah nickt.

»Ist da Knoblauch drin?«

Er nickt wieder. »Sorry, das hatte ich ganz vergessen zu sagen, ja.« Seine Gesichtsfarbe wird um zwei Nuancen röter.

»Ist nicht schlimm, so lecker, wie der schmeckt. Kommst du eigentlich aus Baden-Baden?«

»Nein, ich wohne erst seit ein paar Jahren hier. Aufgewachsen bin ich in Tübingen. Meine Eltern wohnen noch dort. Auch meine Schwester mit ihrem Mann und den Kindern.«

»Du bist Onkel?«

»Ja, von zwei Mädels.« Noah lächelt.

Alles an ihm und seiner Geschichte ist so normal, aber im positiven Sinne. Seine Familiensituation klingt so sehr nach heiler Welt, dass es Maxi einen leichten Stich versetzt. »Schön«, antwortet sie.

»Und du?« Noah nimmt sich vom Obstsalat.

»Ich habe keine Geschwister. Bin bei meiner Mutter hier in Baden-Baden aufgewachsen. Die Sache mit meinem Vater ist kompliziert. Kein Thema für heute.« Der Gedanke an Helmut versetzt Maxi einen noch größeren Stich. Sie kann Noah nichts darüber erzählen, was im Badhotel vorgefallen ist. Nichts über ihren Vater. Die Zeit davor, die zwei abgebrochenen Ausbildungen und die Party-Exzesse lässt sie auch lieber weg. Und über ihren jetzigen Job sollte sie ebenfalls besser diskret schweigen. Es ist ein einziges Ausweichen und Umschiffen. Von Dingen, die sie eigentlich gerne jemandem erzählen würde. Aber es geht nicht.

Maxi bestreicht die andere Brötchenhälfte mit Marmelade. Wie immer kommt sie im Vergleich zu anderen kaum mit dem Essen nach.

Sie stellt weitere Fragen zu Noahs Familie, lobt das Frühstück. Nach zwei Stunden verabschieden sie sich, und Maxi fährt ins Büro. Sie muss kurz mit Regine sprechen. Und dann Louisa Seidler finden.

Donnerstagvormittag

»*Salut*, Regine.«

Maxis Assistentin weicht zurück, als Maxi sich auf der Empfangstheke aufstützt. »Sorry, ich habe Knoblauch gegessen. Riecht man das?«

»Hallo, Maxi. Nein, keine Sorge, so nah bist du mir nicht gekommen. Hier ist einiges liegen geblieben. Hast du Zeit?«

»Ja klar. Aber vorher muss ich dir noch was anderes erzählen.« Maxi lehnt sich gegen die Theke und blickt Regine nachdenklich an. Normalerweise hätten sie sich gesetzt und einen Kaffee getrunken, aber heute überkommt Maxi ein Gefühl von Eile. »Louisa Seidler ist gestern nicht zur Arbeit erschienen.«

»Echt? Woher weißt du das?«

»Ich war gestern Abend wegen eines Konzerts im Casino, da habe ich es zufälligerweise mitbekommen. Sie hätte eigentlich Dienst gehabt.« Maxi streicht über ihren Flechtzopf. Eine Strähne hat sich gelöst.

»Und jetzt machst du dir Sorgen um sie?«

»Ja, ich meine, sie wurde mutmaßlich letzte Woche von einem Unbekannten überfallen, hatte Streit mit einem Kollegen, ihr Ex-Mann ist sauer auf sie. Seit gestern auch auf mich. Ich habe ein ungutes Gefühl. Vielleicht komme ich mir auch ein bisschen schuldig vor.« Maxi umklammert ihren Zopf mit einer Hand. Dann lässt sie ihn los und trommelt auf die Holzfläche der Theke. »Und noch was: Ich habe den Sohn von Karl Fitz getroffen.« Maxi erzählt von der merkwürdigen Begegnung mit ihm im Casino.

»Hast du seine Nummer?«

»Nein. Ich hätte gerne mehr von ihm über seinen Vater oder Louisa Seidler erfahren. Aber leider war er plötzlich total in Eile.« Maxi versucht, die lockere Strähne wieder in den Zopf zu basteln.

»Und was willst du nun machen? Louisa Seidler suchen?«, fragt Regine.

»Ich wäre erleichtert, wenn ich sie sehen würde und wüsste, dass es ihr gut geht. Ich denke darüber nach, noch mal vor ihrer Wohnung zu observieren. Ohne Auftrag.«

»Mich hat der Auftritt von diesem Marcel gestern auch nicht losgelassen, wenn ich ehrlich bin. Zu gerne würde ich wissen, warum er sich mit dem Mann gestritten hat.«

»Wie sah er aus? Wer, glaubst du, ist er?«

»Das habe ich mich auch die ganze Zeit gefragt. Vielleicht ein Freund? Oder *sein* Freund? Ich hab sie nur kurz gesehen. Er war eher klein und nicht gerade schlank – aber auch nicht wirklich dick. Er hatte eine tiefe Stimme, das ist mir aufgefallen. Sein Alter kann ich schwer schätzen, vielleicht genauso alt wie Marcel Abt.«

»Hm. Wir wissen, wo Marcel Abt wohnt.«

»Soll ich hinfahren?«

»Würdest du das tun?«

»Ja klar.«

»Danke. Dann fahre ich in der Zwischenzeit zu Louisa Seidlers Wohnung.«

Donnerstagmittag

Und wieder sitzt Maxi an einem lauen Oktobertag im Auto vor Louisa Seidlers Wohnung. Eigentlich hätte sie gedacht, dass das nicht mehr erforderlich wäre. Sie könnte sich permanent verfluchen, dass sie sich überhaupt auf Marcel Abt eingelassen hat. Doch jetzt wartet sie hier als Privatdetektivin ohne Auftrag und macht sich Sorgen um ihre ehemalige Zielperson.

Und das alles an dem historischen Tag, an dem sie nach langer Zeit endlich mal wieder ein Date hatte. Der Gedanke an Noah lässt sie noch immer keine Purzelbäume schlagen oder ihr Herz schneller klopfen. Er löst kein Feuer aus, aber eine gewisse wohlige Wärme, als würde man ein Teelicht anzünden. Noah ist lieb zu ihr gewesen und irgendwie süß. Was er wohl von ihr denkt, nachdem sie sich bedeckt gehalten hat und seinen Fragen oft ausgewichen ist? Er muss sie seltsam finden. Gleichzeitig muss Maxi heute immer wieder an Johannes denken. Und an Cornelius komischerweise. Wie unterschiedlich die drei Männer doch sind.

Später am Donnerstagmittag

Es ist Viertel nach eins. Louisa Seidler ist nicht zu ihrer üblichen Joggingrunde aufgebrochen. Auf dem ausladenden Balkon ihrer Wohnung ist niemand zu sehen. Dabei wäre es das passende Wetter, um sich dort aufzuhalten. Die Balkontage für dieses Jahr sind jetzt, Mitte Oktober, eigentlich gezählt.

Natürlich könnte Louisa Seidler an ihrem freien Tag auch einfach etwas anderes vorhaben. Vielleicht einen Ausflug allein oder mit der Familie. Es muss nichts bedeuten, dass Maxi die Croupière seit gestern Abend nicht gesehen hat. Aber sie wird das Gefühl nicht los, dass ihr etwas zugestoßen sein könnte.

Hoffentlich kann Regine mehr über den Mann herausfinden, der gestern Marcel Abt zusammengestaucht hat.

Auf dem Gehweg nähert sich ein Mann. Er wird langsamer. Karl Fitz!

Er bleibt stehen. Er ist legerer gekleidet als vor ein paar Tagen, trägt heute T-Shirt und Jeans. Sein Jackett hat er über die Schulter geworfen, sein Finger dient als Kleiderhaken. In der anderen Hand hält er einen Strauß Sonnenblumen.

Maxi bleibt der Mund offen stehen.

Er biegt in Richtung Louisa Seidlers Wohnhaus ab. Und verschwindet aus Maxis Sichtfeld.

Sie muss sehen, was passiert. Rasch steigt sie aus dem Auto aus und lugt um die Buchsbaumhecke. Wenn sie jetzt jemand beobachten und zur Rede stellen würde, wäre es extrem blöd. Egal ob ein Nachbar oder Karl Fitz oder Louisa Seidler selbst. In diesem Fall würde Maxi einfach erzählen müssen, was sie tut. Einen besseren Plan hat sie nicht.

Maxi sieht den Rücken von Karl Fitz. Er klingelt und tritt einen Schritt zurück.

»Bitte mach auf«, sagt Maxi leise zu einer imaginären Louisa Seidler.

Bitte. Sei. Da.

Die Tür wird geöffnet. Maxi ist erleichtert. Aber nur für den Bruchteil einer Sekunde. Da steht nicht Louisa Seidler, sondern ihre Tochter. Samira Seidler und Karl Fitz tauschen ein paar Sätze aus, die Maxi nicht verstehen kann. Er wedelt mit den Blumen. Sie schließt die Tür. Er dreht sich um. Maxi spurtet zurück zum Auto und setzt sich auf die Rückbank. Sie richtet sich leicht auf. Karl Fitz geht auf der gegenüberliegenden Straßenseite in Richtung Wald.

Maxi steigt erneut aus dem Auto und läuft ihm mit einigem Abstand hinterher.

Es geht den Berg hinauf, ihr Atem wird lauter, sie ist kurz davor zu schwitzen. Karl Fitz ist jetzt nur noch ein Punkt am Rande ihres Sichtfeldes. Déjà-vu: Er geht den gleichen Weg wie vor drei Tagen gemeinsam mit Seidler, als sie den beiden mit ihrer Mutter und Coco im Schlepptau gefolgt ist. Am Montag trug Maxi eine schwarze Perücke, daher wird er sie bestimmt nicht wiedererkennen, sollte sie ihm zu nahe kommen.

Zarte Wolkenschleier hängen wie halb durchsichtige Vorhänge am Himmel. Der Wind haucht ihr gelegentlich ins Gesicht.

Nach den Schrebergärten geht es nach links, dann rechts in den Wald. Maxi bleibt stets so weit zurück, dass sie Fitz gerade noch sieht oder höchstens ganz kurz aus den Augen verliert. Bisher hat er sich nicht zu ihr umgedreht.

Plötzlich bleibt Fitz stehen. Er verlässt den Weg, läuft querwaldein. Was macht er jetzt? Sieht nicht nach Pilze suchen aus. Muss er mal?

Maxi wartet, streichelt gedankenverloren die Blätter einer Buche. Ein Schwarm Mücken hat sie entdeckt, sie wedelt ihn mit der Hand aus ihrem Blickfeld.

Wie viel Zeit ist vergangen, seit Fitz verschwunden ist? 30 Sekunden? Fünf Minuten? Er ist nicht wieder erschienen, also muss sie nachsehen. Sie spaziert gemächlich weiter zu der Stelle, an der er in den Wald eingebogen ist. Die Blätter auf dem Boden rascheln, die Steinchen auf dem Waldweg knirschen. Je leiser sie sein will, desto lauter kommen ihr die eigenen Schritte vor.

Maxis Blick wandert nach rechts in den Wald, wohin er verschwunden ist. Da sitzt er! Auf einem Baumstamm. Die Augen geschlossen, das Gesicht der Sonne entgegengestreckt.

Umzudrehen könnte auffällig sein, daher geht Maxi weiter, biegt nach rechts ab. An der nächsten Kreuzung blickt sie auf die Armbanduhr. Sie zeigt 13.45 Uhr. Zeit für den Rückweg. Möglichst unauffällig an der Stelle vorbeigehen, wo Karl Fitz im Wald sitzt.

Die Sonne lässt die grüngelben Baumblätter leuchten. Wäre Maxi nicht beruflich unterwegs, würde sie die Stimmung als idyllisch beschreiben. Gleich wird sie auf der Höhe von Karl Fitz sein. Sie lugt nach links – da sitzt er. Die Augen immer noch geschlossen.

Vom Weg her nähern sich Schritte. Es klingt eher wie ein Trampeln. Ist das ein Mensch? Ein kleines weißes Geschoss kommt auf sie zu wie eine Roulette-Kugel, die mit Schwung in den Kessel geschubst wurde.

Maxi verharrt regungslos, hält die Luft an. Ein Hund. Weiß, mittelgroß. Will er spielen? Wo ist sein Besitzer?

Ihr Herz rast so schnell, wie der Hund läuft. Er kommt näher und näher. Sie vermag nicht zu sagen, ob das Tier ihr freundlich gesinnt ist. Dann erscheint ein Mensch und ruft:

»Ares. Komm her. Ares.« Das Tier ignoriert ihn. Gleich ist es bei Maxi.

Ares wird jetzt langsamer, kommt jedoch weiter auf sie zu. Er bellt nicht. Knurrt düster. Kein gutes Zeichen.

Der Besitzer ist noch ein ganzes Stück entfernt. Der Hund ignoriert weiterhin sein Rufen. Er zieht die Lefzen hoch, entblößt zwei kräftige Zahnreihen.

»Ares. Aus. Sitz!« Das Kommando kam nicht vom Besitzer, sondern aus dem Wald. Karl Fitz!

Der Hund blickt nach rechts. Da steht Karl Fitz und geht auf den Hund zu.

Der Hundebesitzer, ein Mann mittleren Alters in Cargohosen, kommt angehetzt. Er leint den Hund an, zieht ihn zurück. »Es tut mir leid, wir sind im Training, Ares hört noch nicht.«

»Dann sollten Sie ihn auch nicht von der Leine lassen«, sagt Fitz.

Die Cargohose nickt wie ein eingeschüchtertes Kind.

»Die junge Frau hier könnte Sie anzeigen.« Dann wendet er sich zu Maxi. »Ist Ihnen etwas passiert?«

Maxi schüttelt den Kopf. Ihr Herz rast noch immer.

»Tut mir leid. Das kommt nicht wieder vor«, versichert der Mann und geht – seinen Hund im Schlepptau – eilig weiter.

»Karl Fitz.« Er streckt ihr die Hand entgegen.

»Maxi Morel.« Oh nein. Sie bereut sofort, ihren Namen genannt zu haben.

»Danke«, sagt sie schnell. »Sie können offenbar gut mit Hunden umgehen. Wo sind Sie so plötzlich hergekommen?«

»Ich saß dort drüben im Wald und habe auf eine Bekannte gewartet. Soll ich Sie nach dem Schreck noch aus dem Wald begleiten? Meine Bekannte kommt sicher gleich angejoggt. Sie läuft jeden Tag bis zum Louisfelsen hinauf.« Maxi kann hören, wie beeindruckt er von dieser Tatsache ist. Sie selbst ist es auch, sie könnte nicht einmal einen Kilometer ohne Pause joggen.

»Nein, das ist nicht nötig«, wehrt sie höflich ab. »Ich danke Ihnen sehr. Auf Wiedersehen.«

»Okay, machen Sie's gut.« Karl Fitz geht wieder hinüber zu seinem Baumstamm und setzt sich. Davor liegen noch die Sonnenblumen.

Maxi marschiert los. Und ist noch immer schockiert darüber, dass sie dem Mann eben wirklich ihren Namen genannt hat. Wie unprofessionell! Sie muss noch einiges lernen. Sie wird sich jetzt erst einmal ins sichere Auto setzen.

Donnerstagnachmittag

Maxi setzt sich auf die Rückbank und schließt die Autotür, die ihr wie ein Schutzwall gegen die Außenwelt vorkommt. Sie ist in Sicherheit. Sie zieht ihr Smartphone aus der Tasche. Im Mail-Postfach der Detektei befindet sich nichts Relevantes. Maxi checkt die Mailbox mehrmals täglich, beachtet berufliche Mails jedoch nur, wenn sie dringend sind. Ihre Assistentin bekommt ebenfalls alle E-Mails und sammelt die wichtigen, die sie dann zusammen besprechen.

Sie hat eine Textnachricht von Smilla erhalten. »Und?«, schreibt sie, dazu einen Zwinkersmiley. Maxi nimmt sich vor, ihre beste Freundin heute Abend anzurufen.

Keine Nachricht von Noah. Maxi könnte ihm schreiben und sich für das leckere Frühstück bedanken. Nein, besser, sie wartet noch ein bisschen. Das steigert die Spannung. Und sie weiß nicht, ob sie ihn direkt schon wiedertreffen will.

Wie viele Stunden sie bereits an dieser Stelle gestanden und durch die verdunkelte Scheibe ihres Autos Louisa Seidlers Wohnung beobachtet hat? Bislang ist es immer reichlich unspektakulär gewesen. Im positiven Sinne. Aber heute ist es anders. Nicht nur, dass sie knapp dem Angriff eines Hundes entgangen ist. Zu allem Überfluss hat ausgerechnet Karl Fitz sie aus der Situation gerettet. Und sie hat sich mit Namen vorgestellt. Einfach nur bescheuert.

Für die Zukunft muss sie sich einen fiktiven Namen ausdenken, den sie ohne nachzudenken nennen kann. Sie könnte sich später welche von einem Namensgenerator vorschlagen lassen.

Hat Seidlers Tochter Karl Fitz erzählt, dass ihre Mutter auf ihrer Joggingrunde ist und er wollte sie daher im Wald überraschen? Maxi streicht über das weiche und glatte Leder der Sitze. Ihr Adrenalinpegel ist immer noch erhöht. Was für ein Schreck. Aber jetzt ist die Gefahr vorbei.

Nach einiger Zeit bewegt sich etwas auf dem Bürgersteig. Zwei Menschen. Sonnenblumen. Sie sind es. Karl Fitz muss Louisa Seidler wie geplant im Wald abgepasst haben.

Louisa Seidler scheint es gut zu gehen. Maxi atmet auf. Sie kann sich nicht erklären, warum Seidler nicht zur gewohnten Zeit zum Joggen aufgebrochen ist. Vielleicht wollte sie eine größere Runde als gewohnt drehen. Das würde auch erklären, warum Karl Fitz auf sie warten musste.

Die beiden spazieren auf der anderen Straßenseite an Maxis Auto vorbei. Louisa Seidler spricht gerade, sie scheint aufgebracht zu sein. Ihr Pferdeschwanz mit den langen schwarzen Haaren wippt bei jedem Schritt.

Nach der Buchsbaumhecke biegen die beiden zu Seidlers Wohnung ab. Wie stehen sie zueinander? Maxi wüsste es gerne. Jetzt kann sie sie nicht mehr sehen. Hätte sie doch mit Fitz zusammen im Wald auf Seidler warten sollen, um mehr zu erfahren?

Wenige Minuten später verlässt Samira die Wohnung.

Maxi hat genug gesehen. Sie fährt ins Büro zurück.

Später am Donnerstagnachmittag

Maxi war die letzte halbe Stunde so auf ihr Mario-Kart-Spiel konzentriert, dass sie die Welt um sich herum vergessen hat. Regine ist immer noch nicht zurück. Auch keine Nachricht von ihr. In einer Viertelstunde haben sie sich hier im Büro verabredet.

Maxi wischt mit dem Finger die Kekskrümel auf dem Teller neben ihr zusammen.

Sie lehnt sich zurück. Noch ein Rennen. Als sie die App öffnet, geht die Tür auf. Regine setzt sich auf den zweiten roten Sessel.

»Und?«, fragt Maxi.

»Hast du Louisa Seidler gesehen?«, antwortet Regine mit einer Gegenfrage.

Maxi nickt. »Ja.«

»Da bin ich froh.«

»Magst du erst erzählen?«

Regine grinst. »Bei dem Mann handelt es sich wohl tatsächlich um den Partner von Marcel Abt. Sein Name ist Tino Berger. Beide Namen stehen auf dem Briefkasten. Sie wohnen also zusammen. Das habe ich zuerst nachgesehen und dann einige Zeit im Auto gewartet. Leider konnte ich nicht direkt vor dem Haus parken, sondern erst ein paar Meter weiter. Dort saß und saß ich. Irgendwann kam Herr Berger vorbei. Er hat einen weißen Hund an der Leine geführt.«

»Er ist es. Dem Hund bin ich vorhin auch begegnet. Erzähle ich dir gleich.«

»Ich bin ihm gefolgt und habe beobachtet, wie er die Haustür aufgeschlossen hat.« Regine fasst sich an die Kette aus blauen und silbernen Kugeln an ihrem Hals. Farblich passend zum Pullover. »Ich hab die beiden nicht zusammen gesehen, aber wir können davon ausgehen, dass sie zusammen sind. Es steht ja am Briefkasten.«

»Es könnte natürlich sein, dass die beiden nur in einer Art WG zusammenwohnen. Auch wenn ich es für eher unwahrscheinlich halte bei Männern in dem Alter.«

»Sehe ich auch so.«

»Danke, Regine.«

»Ist doch mein Job.«

Maxi entgegnet nichts. Sie wissen beide, dass Regine offiziell nur als Sekretärin angestellt ist und eigentlich keine Außendiensteinsätze mitmachen müsste. Genauso wenig müsste sie das Büro reinigen und die Pflanzen der Dachterrasse pflegen.

»Kaffee?«, fragt Maxi.

»Nein danke«, lehnt Regine ab. »Aber wie war es bei dir?«

Maxi nimmt einen Schluck aus ihrer Tasse. Dann erzählt sie von Karl Fitz. Dem Hundeangriff. Samira. Louisa Seidler, die vom Joggen kam.

Ihre Assistentin hat ihr mehr als genug geholfen und sollte bald in den Feierabend entlassen werden.

»Jetzt wissen wir auf jeden Fall einiges mehr als heute Morgen. Es sieht so aus, als wäre unser Auftraggeber für den ganzen Schlamassel hier von seinem Freund beeinflusst worden.« Maxi setzt sich gerade hin. »Ich bin erst mal beruhigt. Und wegen der ausstehenden Rechnung von Marcel Abt warten wir einfach ab. Morgen um 8 Uhr Frühstück und Lagebesprechung?«

»Ja, tippi-toppi. Bis dann, hab einen guten Tag!« Regine ist schon in der Mitte des Raums, dreht sich nochmals um und lächelt Maxi an, bevor sie hinausgeht. Die Tür fällt schwungvoll hinter ihr ins Schloss.

Donnerstagabend

Die Musik läuft. Die Kerze brennt. Das Sofa wartet.

Es ist vorbei. Maxi wird für die letzten beiden Wochen vielleicht nicht bezahlt, aber sie sollte alles als Lerneffekt verbuchen: keinen Fall von Unterhaltsbetrug mehr annehmen. Vorsichtig bei merkwürdigen Klienten oder Anliegen sein. Und verdammt noch mal nicht einfach so leichtfertig ihren richtigen Namen nennen.

Louisa Seidler geht es gut. Heute Morgen noch hätte sie viel für diese Information gegeben. Dann hätte sie das Frühstück mit Noah vielleicht mehr genießen können.

Maxi hat sich eigentlich darauf gefreut, ein Glas Sekt zu trinken, wenn dieser Auftrag erledigt ist. Aber jetzt ist ihr nicht danach. Der Fall steht irgendwie immer noch im Raum. Unfertig. Wie ein angebissenes Brötchen. Maxi hat in den letzten beiden Wochen genug von Louisa Seidlers Leben mitbekommen, um sich Sorgen um sie zu machen. Sie hat die Geschichte ihres brasilianischen Freundes oder Ex-Freundes erfahren, die ihr nahegegangen ist. Sie hat den Immobilienmakler Karl Fitz gesehen, der irgendwie zur Lokalprominenz gehört. Und dann hat sie gestern auch noch seinen Sohn Cornelius getroffen.

So viele Leute sind auf der Bildfläche aufgetaucht. Aber niemand davon kennt Maxi so richtig. Sie weiß nicht, wie ihre Geschichten verwoben sind. Oder was sie bewegt, antreibt. Sie hat immer nur observiert. Zugeschaut und beobachtet, wie im Theater. Und plötzlich bricht die Aufführung ab, der Vorhang schließt sich.

Maxi mag gar nicht daran denken, was alles im Büro liegen geblieben ist. Anstatt nach Sekt ist ihr jetzt nach Wein. Sie öffnet den Kühlschrank, darin befindet sich eine Flasche Sauvignon Blanc. Sie gießt sich ein Glas ein, schnuppert daran. Zitrone. Sie liest das Flaschenetikett. »Aromen von Apfel und Birne«, steht dort. Keine Zitrone. Sie hat sich wohl verrochen.

Maxi stellt das Weinglas auf dem Couchtisch ab. Sie braucht dringend ein Gespräch mit Smilla. Kurz entschlossen ruft sie ihre beste Freundin an, die auch gleich rangeht.

»Hallo, Maxima.«

»Hallo, Smiley.«

»Und? Was ist mit Noah?«

»Ich weiß auch nicht. So süß, was er heute Morgen alles zum Frühstück vorbereitet hat. Und er selbst ist auch irgendwie süß. Aber …«

»Aber?«

Aber er ist nicht Johannes, denkt Maxi. Beim ersten Date mit ihrem Ex-Freund hatte sie Herzklopfen. Ihre Finger haben gezittert, und sie hat es zu verstecken versucht. Als sie mit Johannes zusammenkam, fühlte sie sich so leicht, dass sie ein paar Zentimeter über dem Boden zu schweben schien. Alles außer ihm war unwichtig. Das Leben war einfach nur schön. Für kurze Zeit.

»Ich weiß noch nicht, was ich von ihm halten soll. Und er umgekehrt bestimmt auch nicht.« Sie macht eine kurze Pause. »Weißt du, für mich war es komisch heute Morgen, weil ich vieles von mir nicht erzählen konnte. Vom Hotel, von Helmut, meinem Job. Ich habe mich gefühlt, als müsste ich ständig irgendwelchen Hindernissen ausweichen. Nichts Falsches sagen, obwohl es mein echtes Leben ist.«

Smilla sagt nichts. Sie scheint aufmerksam zuzuhören.

»Ich hatte überhaupt nicht bedacht, wie beklemmend es bei einem ersten Date sein könnte, wenn man so vieles über sich nicht preisgeben kann.«

»Aber du warst in den letzten Monaten so stolz, so selbstbewusst, vergiss das nicht. Wahrscheinlich hat Noah das auch an dir gefallen. Und du musst ihm auch beim ersten Date nicht gleich deine ganze Lebensgeschichte ausbreiten. Lasst euch Zeit. Lass dir Zeit.«

»Das stimmt. Aber heute habe ich auf einmal Zweifel bekommen, als ich vor Noah saß und mich so bedeckt halten musste. Wie soll ich da jemals jemandem näherkommen, egal ob Noah oder einem anderen Mann?«

»Geduld, Maxima. Es war ein erstes Date, da muss man nicht gleich alles erzählen. Du hast dich bestimmt auch interessant gemacht, indem du nicht alles gesagt hast.«

»Na ja. Und bei dir?«

»Ich lerne und übe und bin glücklicher denn je. Bald darf ich eine erste Probestunde konzipieren. Kann ich dich dafür mal als Versuchskaninchen hernehmen?«

»Ich soll deine Yogaschülerin spielen?«

»Sein, nicht spielen.«

»Aber das ist nicht so meins.«

»Bitte, Maxima … Wir machen eine Einheit für komplette Anfänger.«

»Dann hast du aber was gut bei mir.«

Smilla erzählt noch weiter von ihrer Ausbildung. Die Energie, die sie dabei versprüht, kommt übers Telefon bei Maxi allerdings nicht richtig an.

Ist sie wirklich auf dem richtigen Weg mit ihrer Detektei? Und ihrem Leben? Sollte sie vielleicht irgendwo weit weg vom Badhotel etwas ganz Neues anfangen? Einen ganz gewöhnlichen Job?

Den Gedanken, ihre Heimatstadt Baden-Baden zu verlassen, hat sie noch nie ernsthaft verfolgt.

KAPITEL 7

Freitagmorgen

»Hast du die Zeitung gelesen?« Eine Nachricht von ihrer Mutter, ergänzt mit einem Gespenstersmiley.

Maxi kneift die Augen zusammen, das Licht ihres Handydisplays sticht so direkt nach dem Aufstehen in ihren Augen. Sie setzt die Brille auf und geht in die Wohnküche. Dort klappt sie als Erstes den Laptop auf, öffnet die Website der Lokalzeitung und erstarrt beim Lesen des Aufmachers.

»Sohn von Immobilienmakler tot aufgefunden«.

Cornelius?

Maxi ist wacher als nach drei Tassen Kaffee.

Sie klickt auf den Artikel.

> ***Baden-Baden*** *– Nach einem schockierenden Gewaltverbrechen sucht die Polizei nach einem Mörder. Der Sohn eines bekannten Immobilienmaklers wurde tot im Haus seines Vaters aufgefunden. Es gibt offenbar Spuren eines Einbruchs.*

Weiter geht es nicht, der Text ist hinter der Bezahlschranke versteckt, und Maxi hat keinen Account. Mist! Im Büro liegt jedoch die gedruckte Ausgabe der Zeitung.

Sie macht sich im Turbo-Modus fertig und rennt die zehn Minuten zum Büro, als wäre jemand hinter ihr her.

Was ist passiert? Cornelius Fitz! Kann das sein?

Später am Freitagmorgen

»Guten Morgen, Maxi«, sagt Regine. Es riecht nach Kaffee. Im Brotkörbchen sind Brezeln und Croissants.

»Hast du die Zeitung schon reingeholt?«

Regine merkt, dass etwas passiert sein muss. Maxi nimmt ihr die Tageszeitung aus der Hand, blättert zum Regionalteil und liest:

> ***Baden-Baden*** *– Nach einem schockierenden Gewaltverbrechen sucht die Polizei nach einem Mörder. Der Sohn eines bekannten Immobilienmaklers wurde tot im Haus seines Vaters aufgefunden. Es gibt offenbar Spuren eines Einbruchs.*
> *Bei dem Opfer handelt es sich um Benedikt F. Der 25-Jährige wurde am Donnerstagabend leblos in der Villa seines Vaters aufgefunden.*
> *Laut ersten Ermittlungsergebnissen der Polizei Baden-Baden deutet alles auf ein Gewaltverbrechen hin. Zum genauen Tathergang machten die Ermittler keine Angaben. Die Polizei geht davon aus, dass die Tat am Donnerstagnachmittag erfolgte. Die Polizei sucht nach Zeugen und bittet alle, die im fraglichen Zeitraum verdächtige Beobachtungen in der Bismarckstraße und Umgebung gemacht haben, dies zu melden. Sachdienliche Hinweise nimmt jede Polizeidienststelle und die Kriminalpolizei in Baden-Baden entgegen.*

Maxis Finger zittern, das Zeitungspapier in ihren Händen raschelt.

Es ist nicht Cornelius, sondern sein älterer Bruder Benedikt. Cornelius hat einmal erwähnt, dass er einen Bruder hat. Maxi hat seinen Namen zudem in der Todesanzeige der Mutter gelesen.

Der Sohn von Karl Fitz wurde ermordet. Der Sohn des Mannes, den sie gestern observiert hat. Zufall?

»Schrecklich.« Regine stellt sich neben Maxi.

»Ich kann es nicht fassen.«

Die Wörter klingen wie bedeutungslose Floskeln. Einem jungen Menschen wurde das Leben genommen. Auch wenn Maxi ihn nicht kannte, hat das Opfer einen Namen. Benedikt Fitz. Das lässt sich nicht in richtige Worte fassen. So unmöglich, wie man Wolken greifen kann.

Regine fährt sich durch ihre kurzen Haare, dann legt sie die Hand zurück auf die Brust, als wolle sie sagen, dass es ihr im Herzen wehtut. Leidet ein Mutterherz bei einer solchen Nachricht noch mehr?

Wie es Karl Fitz wohl geht?, fragt Maxi sich unwillkürlich.

»Ich muss mich erst mal sortieren«, sagt sie nach einer Weile.

Kann es Zufall sein, dass Benedikt Fitz an dem Nachmittag ermordet wurde, an dem Maxi seinen Vater gesehen hat? Oder womöglich – sie mag gar nicht daran denken – *als* sie seinen Vater gesehen hat?

Das Alltagsgeschäft kann warten. »Verschieben wir unsere Lagebesprechung auf morgen früh?«

»Mir würde ein freier Tag ehrlich gesagt entgegenkommen.« Regine hat nach wenigen Monaten in der Detektei bereits einen Berg an Überstunden angehäuft. »Morgen ist Samstag. Soll ich ins Büro kommen?«

»Nein. Ich meinte natürlich am Montag.«

»Ich mache noch die Kaffeemaschine aus, bevor ich gehe, ja?«

»Danke.« Maxi setzt sich, blickt auf die Zeitung. Liest den Artikel nochmals.

Irgendetwas zieht Maxi zur Villa von Karl Fitz. Sie muss sehen, was dort los ist. Sie verlässt das Büro und geht in Richtung Friesenberg.

Freitagvormittag

Die ganze Stadt wirkt verändert. Wie in Schockstarre. Das Theatergebäude. Die Kastanienbäume in der Lichtentaler Allee. Das Frieder-Burda-Museum. Die Holzbänke an der Oos. Das Stadtmuseum. Von der Sonne kommen erste Strahlen an. Ihre Wärme prallt über Baden-Baden ab. Man atmet Unsicherheit, Angst und Schrecken.

Oder bildet sich Maxi das alles nur ein?

Wer hatte einen Grund, den Sohn von Karl Fitz zu ermorden?

Maxi biegt ab. Je näher sie ihrem Zielort kommt, desto unheimlicher wird ihr. Eine Frau mit Hund kommt ihr entgegen, nickt wortlos im Vorbeigehen. Sonst ist niemand zu sehen. Die Menschen scheinen sich in ihren Villen verbarrikadiert zu haben. Maxi geht schneller. Sie kommt sich vor wie in einer Geisterstadt.

Ihr Atem beschleunigt sich, was nicht nur an der Steigung liegt.

Maxi biegt in die Bismarckstraße ein. Dort stehen mehrere Polizeiautos.

Die Villa scheint über Nacht den Charme eines Lost Place bekommen zu haben. Die beiden in das Mansardendach eingelassenen Fenster starren wie zwei Augen auf die Straße, die spitz zulaufenden Giebel bilden die Augenbrauen. Der gelbe Fassadenanstrich, der zuvor warm und einladend gewirkt hat, erscheint heute kalt. Als wäre das Haus krank, als hätte es Gelbsucht oder Leberprobleme.

Zypressen bewachen den Eingang des Anwesens wie zwei Totenwächter. Zwischen ihnen ist rot-weiß gestreiftes Absperrband gespannt, das in der Sonne glänzt. Ein paar Schaulustige haben sich davor versammelt. Maxi mischt sich unter sie. Sie hört zu und beobachtet – diese Tätigkeit ist mittlerweile zu ihrem Spezialgebiet geworden. Nach den beiden vergangenen Wochen ist sie besonders gut in Übung.

Zwei Menschen von der Spurensicherung, in weißen Ganzkörperanzügen, die wie Malerkittel aussehen. Sie sprechen mit einer Frau und einem Mann. Sind es Kriminalkommissare? Maxi schiebt die Brille in die Haare, schärft den Blick. Es ist nicht die Frau, mit der sie im letzten Jahr ein Gespräch führen musste. Nach dem Brand im Hotel musste Maxi eine Zeugenaussage machen, dabei war sie gezwungen, gewisse Dinge zu verschweigen. Die Polizistin, die sie jetzt sieht, hat eine zierlichere Statur.

Den Mann kennt Maxi definitiv auch nicht.

Die Eingangstür der Villa öffnet sich. Eine Polizistin schaut heraus und ruft: »Denninger.«

Ein Mann, der in der Einfahrt bei einem Auto steht, geht zielstrebig in Richtung Villa, als hätte er auf das Kommando gewartet. Wahrscheinlich handelt es sich um einen Zivilbeamten. Neben der Polizistin taucht ein weiterer Mann auf. Es ist Karl Fitz! Der Zivilbeamte bleibt vor der Tür stehen, spricht mit Fitz, dann mit der Polizistin. Schließlich wird der Immobilienmakler zwischen den beiden zum Auto geleitet. Trägt er etwa Handschellen? Maxi kneift die Augen zusammen. Nein, sie hat sich geirrt, seine Arme hängen beide locker neben dem Oberkörper herab. Für Sekunden dachte Maxi, Karl Fitz würde von der Polizei verhaftet. Wahrscheinlich aber wird er nur routinemäßig auf dem Polizeirevier vernommen.

Karl Fitz sieht zu Boden. Maxi beobachtet die drei, wie sie langsam zum Auto gehen. Dabei nimmt sie im Augenwinkel einen Mann neben sich wahr.

»Schrecklich, was da passiert ist«, sagt er und zieht am roten Schild seiner Baseballkappe.

»Ja.« Mehr fällt Maxi nicht dazu ein. Wie betreibt man Small Talk an einem Tatort?

Eine Autotür fällt zu. Maxi blickt dem Wagen nach, in dem Karl Fitz weggefahren wird. Dann sieht sie, wie die Polizistin wieder zur Villa geht.

Der Mann neben ihr starrt sie immer noch an. Ihre Blicke treffen sich.

Irgendwoher kennt sie ihn. Kann es sein, dass er der Hundebesitzer von gestern ist? Maxi kann keinen Hund in seiner Nähe entdecken. Dennoch ist er es. Maxi ist sich ziemlich sicher. Was macht der Typ hier? Sie rückt automatisch einen kleinen Schritt von ihm ab. Irgendwie ist er ihr unheimlich.

Die Polizistin verschwindet hinter der Haustür. Zwei Schaulustige ziehen weiter. Der Mann neben ihr wendet sich ebenfalls zum Gehen. Er dreht sich nochmals zu Maxi und sagt: »Entschuldigen Sie nochmals wegen gestern.« Dann spaziert er, die Hände in den Hosentaschen, fort.

Maxi ist wie paralysiert. Er hat sie ebenfalls wiedererkannt. Warum war er hier? Wohnt er in der Nähe? Wollte er Maxi einschüchtern?

Am Tatort tut sich nichts mehr. Maxi wartet dennoch eine Weile. Dann geht auch sie.

Später am Freitagvormittag

Die Kastanie fühlt sich kalt und glatt an. Maxi schiebt sie von der einen in die andere Hand.

War es wirklich Zufall, dass sie den Hundebesitzer innerhalb so kurzer Zeit zweimal in der Nähe von Karl Fitz getroffen hat?

Die Sonne wirft ihre Strahlen durch die Baumkrone hindurch, auf der Holzbank und ihrem Körper zeichnet sich das Muster der Kastanienblätter ab.

Das Wasser der Oos, das in Richtung Innenstadt fließt, schimmert kristallblau.

Es ist ein wunderschöner Herbstmorgen, unbeeindruckt von dem, was gestern hier in der Nähe geschah. Die düstere Stimmung scheint verflogen. Einer dieser Tage, an denen Wetter und Stimmung nicht korrespondieren. Wobei man das auch nicht erwarten kann. Der Gedanke, dass das Wetter sich Maxis Gemütszustand anpassen müsste, ist natürlich unlogisch. In dieser Stadt wohnen Tausende Menschen. Jeden Tag erhält dort jemand schlimme Nachrichten: der Tod eines Angehörigen, die Diagnose einer schlimmen Krankheit, eine Kündigung. Für all diejenigen müsste es regnen. Am selben Tag werden andere jubeln und sich an den großen und kleinen Wundern des Lebens erfreuen. Für sie sollte die Sonne scheinen. Das Wetter kann nicht zur Stimmung aller passen.

Dennoch wirkt die strahlende Sonne über Baden-Baden an diesem Oktobermorgen fast höhnisch.

Karl Fitz wurde von der Polizei mitgenommen. Ist er verdächtig? Bei rund der Hälfte aller Tötungsdelikte sind die Täter enge Familienangehörige der Opfer. Da liegt es nahe, dass der Vater des Opfers vernommen wird. Und der Bruder? Die Freundin?

Kommt der Zeitraum, in dem Maxi Karl Fitz gestern im Wald gesehen hat, als Tatzeitpunkt infrage? Vielleicht sollte Maxi zur Polizei gehen und ihr von der Begegnung berichten. Oder hat das der Hundebesitzer schon getan? Vermutlich nicht.

Die Lehne der Holzbank drückt gegen ihren Rücken. Maxi steht auf, folgt dem schmalen Weg durch die Wiese. Die Kastanie in ihren Händen ist mittlerweile warm.

Sie möchte nicht zur Polizei gehen. Die Sache wird ihr aber auch keine Ruhe lassen. Maxi hat das Bedürfnis, mit jemandem darüber zu sprechen. Mit ihrer Mutter? Mit Smilla? Regine? Nein, Maxi sollte ihre Assistentin heute nicht mehr behelligen. Maxi holt das Smartphone aus der Tasche, sucht den Kontakt und drückt auf den grünen Hörer. Es klingelt. Und klingelt.

Niemand geht ran. Smilla ist nicht da. Schade.

Im seichten Wasser stehen drei Stockenten und blicken sie an.

Maxi versucht es bei ihrer Mutter. Nach einem Klingeln geht sie ran. »*Salut, ma poupée*, hast du es jetzt gelesen?«

»Ja, ich weiß Bescheid. Können wir uns treffen?«

Freitagmittag

Die marmorne Augusta blickt aus einigen Metern Entfernung auf Maxi herab. Ein Vogel setzt sich auf ihren Kopf und flattert sogleich weiter. Offenbar war die Büste kein bequemer Sitzplatz. Oder das Tier fühlte sich beobachtet.

Maxi wartet seit ein paar Minuten am Treffpunkt, dem Denkmal für die Kaiserin. Da kommt eine zierliche Gestalt schnell auf sie zu, neben ihr ein kleiner Hund. Ihre Mutter Fabienne. Sie umarmt ihre Tochter. »Ich kann nicht sagen, warum, aber ich habe mir Sorgen um dich gemacht, nachdem ich den Artikel in der Zeitung gelesen hatte.«

Maxi blickt sich um. Niemand ist in Sichtweite. »*Maman*, weißt du, dass wir den Vater des Opfers bei unserem Spaziergang am Montag gesehen haben?«

»Der Mann war Karl Fitz?« Fabienne hält sich die Hand vor den Mund. »Vor ein paar Jahren war er, glaube ich, in der Zeitung. Ich hätte ihn nicht wiedererkannt.«

»Ja, anscheinend gab es einen kleinen Skandal um seine Firma. Lass uns ein paar Meter gehen. Und leise sprechen.«

Fabienne eilt voraus, hält dann wieder an. Unmöglich, dass Maxi und ihre Mutter nebeneinandergehen. Mit Coco, die immer wieder stehen bleibt und schnüffelt, ist es noch schwieriger geworden, einen gemeinsamen Laufrhythmus zu finden. Aber dafür ist Maxi jetzt wenigstens nicht mehr allein schuld, wenn es für Fabienne zu langsam vorangeht.

Maxi fährt fort: »Jedenfalls habe ich diesen Karl Fitz gestern gesehen. Sogar kurz getroffen. Ist eine lange Geschichte, erzähle ich dir zu einem anderen Zeitpunkt. Ich bin ihm in den Wald gefolgt. Ohne Auftrag. Und da hat er mich vor einem Hund gerettet.« Maxi fasst das Geschehene und die Begegnung mit dem Mann, seinem Tier und Karl Fitz im Wald zusammen. »Heute Morgen habe ich gesehen, wie Karl Fitz von der Polizei mitgenommen wurde. In der Zeitung stand, dass Zeugen gesucht werden. Jetzt frage ich mich, ob ich zur Polizei gehen sollte.«

»Warum?«, fragt Fabienne. Der Hund zieht auf die Wiese. »Nein, Coco.«

Maxi sieht ihre Mutter an. »Ich habe einen eventuell Verdächtigen zur eventuellen Tatzeit gesehen. Bin ich es Karl Fitz nicht schuldig, eine Aussage zu machen?«

»Vielleicht schon.«

Fabiennes Kommentare helfen Maxi bisher wenig.

»Andererseits habe ich keine besondere Lust, zur Polizei zu gehen. Was soll ich denen sagen? Dass ich Fitz als Privatdetektivin ohne Auftrag gefolgt bin?«

»Wenn es die Wahrheit ist …«

»Aber das klingt doch verrückt! Die nehmen mich doch nicht ernst.«

»Das wirst du dann schon sehen.«

»Du meinst, ich soll hingehen?«

Fabienne schweigt.

»Ich hätte dich gar nicht erst fragen sollen«, winkt Maxi verärgert ab.

»Warum hast du es dann getan?«

»Da war gestern noch so ein Mann. Also der Besitzer von diesem Hund, der mich gestern angegriffen hat. Ich habe ihn gerade am Tatort gesehen. Warum auch immer war er auch da.«

»Du meinst, er könnte ebenfalls zur Polizei gehen? Hast du ihn gefragt, ob er das vorhat?«

»Nein, ich war viel zu perplex, als ich ihn erkannt habe. Und er mich.«

»Glaubst du, dass er eine Zeugenaussage machen wird?«

»Keine Ahnung.«

»Lass mich mal überlegen.« Fabienne kneift die Augen zusammen, die Falten auf ihrer Stirn werden tiefer.

»Die Polizei muss deine Aussage auf jeden Fall vertraulich behandeln. Sie wird sich nicht über dich lustig machen. Geh hin und sprich mit ihnen. Dann hast du ein beruhigtes Gewissen. Und falls der Typ irgendetwas anderes Komisches tut oder sagt, dann bist du auf jeden Fall gleich bei der Polizei gewesen und hast berichtet.«

»Du meinst, dass ich dann auf der sicheren Seite wäre?«

»Ja.«

»Lass uns umdrehen«, entscheidet Maxi.

Schweigend gehen sie in Richtung Stadt zurück. Eine Kastanie fällt vor Maxi auf den Boden, als wolle sie sie zu ihrem Vorhaben ermuntern. Maxi hebt sie auf.

»*Merci, maman*«, unterbricht Maxi nach einer Weile die Stille. Nun läuft sie vor ihrer Mutter. Sie muss es hinter sich bringen. Nicht weiter nachdenken und einfach machen.

Bevor sie in der Fußgängerzone in Richtung Büro abbiegt, verabschiedet sie sich von ihrer Mutter. Sie holt ihre Notizen von gestern und macht sich auf den Weg zum Polizeirevier.

Freitagnachmittag

Maxi starrt auf die graue Wand gegenüber. Ihre Identität wurde bereits geprüft, und sie wurde über ihre Rechte aufgeklärt. Nun wartet sie, dass jemand sie abholt und ihre Aussage aufnimmt. Schlimmer noch als Warten an sich ist das Warten auf etwas Unangenehmes. Oder an einem unangenehmen Ort.

Das Smartphone vibriert, sie sucht es in der Tasche und zieht es heraus. Eine Nachricht von Noah ist eingegangen. »Es war sehr schön, dass du gestern da warst. Melde dich, wenn du Lust auf einen gemeinsamen Spaziergang hast.«

»Frau Morel? Guten Tag, Kriminalkommissar Haselmeyer. Bitte entschuldigen Sie die Wartezeit, kommen Sie doch mit.«

Maxi steckt das Smartphone in ihre Tasche. Vor ihr steht ein schlaksiger junger Mann. Maxi folgt ihm, geht in den angewiesenen Raum.

»Setzen Sie sich doch.« Das Brillenmodell des Polizisten gleicht dem von Maxi, schwarz umrandet und rund.

Er setzt sich ihr gegenüber an einen Schreibtisch, auf dem ein Bildschirm und ein Telefon stehen. »Sie möchten eine Zeugenaussage zum Mordfall Benedikt Fitz machen?«

Maxi nickt. Ihr wäre es lieber, eine Frau säße ihr gegenüber. Der junge Mann ist ihr etwas zu selbstsicher. Eine Überlegenheit ausstrahlend, als wisse er genau, was er tue. Anders als Maxi.

»Nach dem Mordfall ist bei uns die Hölle los. Bitte schildern Sie so genau wie möglich, was Sie gesehen haben. Ich werde Ihre Aussage protokollieren.« Seine Hände wandern zur Tastatur.

»Ich weiß nicht, ob es relevant ist. Aber ich habe Karl Fitz gestern Nachmittag gesehen. So um kurz nach eins.«

Herr Haselmeyer nickt. »Wo?«

»Hier in Baden-Baden. In der Eichelgartenstraße. Ich habe beobachtet, wie er in den Wald gegangen ist.« Maxi trommelt mit den Fingerspitzen aneinander. Sie hatte gehofft, gar keine Details erzählen zu müssen. Die letzten Worte waren aber wohl bereits so verwirrend, dass sie weiter ausholen muss.

Der Kriminalkommissar runzelt jedenfalls die Stirn.

»Die Sache ist die: Ich bin Privatdetektivin und habe mir Sorgen um eine Zielperson gemacht. Besser gesagt um eine ehemalige Zielperson. Ich habe befürchtet, dass ihr etwas zugestoßen sein könnte. Daher bin ich gestern Nachmittag zu ihrer Wohnung gefahren und habe gewartet, in der Hoffnung, sie wohlauf zu sehen. Bei dieser Gelegenheit habe ich Herrn Fitz beobachtet, wie er zu ihrer Wohnung kam. Nachdem er dort geklingelt und mit der Tochter der Zielperson gesprochen hat, ist er in Richtung Wald weitergegangen. Ich bin ihm gefolgt.« Maxi macht eine kurze

Pause. Sie hat das Gefühl, sich immer weiter ins Schlamassel reinzureden. Warum hat sie erzählt, dass Seidler eine ehemalige Zielperson war? Maxi hatte sich eigentlich einen Text zurechtgelegt, in der Aufregung aber etwas ganz anderes von sich gegeben.

Ihr Gegenüber hört auf zu tippen und sieht sie an. Grinst er? Macht er sich über sie lustig?

»Als mich ein Hund angegriffen hat, kam mir Herr Fitz zur Hilfe.« Maxi spürt, wie sie rot wird. Es ist ihr unangenehm, gerade deshalb schießt ihr noch mehr Blut in den Kopf.

»Ein Hund hat Sie angegriffen?«

Maxi hat das Gefühl, dass er sie überhaupt nicht ernst nimmt. Sie sieht ihn bereits am Feierabend zwischen ein paar Kollegen oder Freunden, wie er die Geschichte zum Besten gibt: »Ihr glaubt nicht, was ich heute erlebt habe. Es gibt echt immer mehr Verrückte.«

Maxi schluckt. Dann schildert sie die Begegnung mit Ares und dem Mann. In ihren Ohren würde die Geschichte auch absurd klingen, hätte sie sie nicht selbst erlebt.

»Erinnern Sie sich an die genaue Uhrzeit?« Der Kommissar setzt eine ernste Miene auf.

Maxi holt die Handtasche auf den Schoß und sucht darin nach ihrem Notizheft. Die rechte obere Ecke ist eingeknickt, Maxi faltet sie gerade. Sie blättert im Buch, bis sie die richtige Seite gefunden hat. Der Kommissar runzelt wieder die Stirn, als hätte ihm das zu lange gedauert.

Maxi führt aus: »Er hat um 13.11 Uhr an die Tür meiner ehemaligen Zielperson geklingelt. Ich habe wie für eine übliche Observation alles notiert.« Sie merkt, wie sie entschuldigend klingt.

»Und dann ging Herr Fitz laut Ihrer Schilderung in den Wald?«

Maxi nickt. »Er hat sich auf einen Baumstamm gesetzt und gewartet. Bis der Hund auf mich zugestürmt kam. Ich bin um 14.02 Uhr zu meinem Auto zurückgekehrt. Um 14.28 Uhr kam Herr Fitz zusammen mit meiner Zielperson aus dem Wald. Die beiden sind in die Wohnung der Frau gegangen. Und ich bin in mein Büro gefahren.«

Einen Moment, bitte.« Herr Haselmeyer verlässt den Raum.

Was soll das? Erzählt er einem Kollegen, dass in seinem Büro eine Frau sitzt, die sich eine absolut unglaubwürdige Geschichte ausgedacht hat, nur um etwas Aufmerksamkeit von der Polizei zu bekommen?

Nichts tut sich. Maxi wiegt den Oberkörper leicht vor und zurück. Sie presst ihre Fingerspitzen, so fest es geht, aneinander. Lässt wieder los.

Aneinanderpressen. Loslassen.

Maxi braucht ein neues Strickprojekt. Für sie und ihre unruhigen Hände ist Stricken die beste Medizin.

Maxi seufzt. So fühlt sich Folter ohne Gewalt an.

Irgendwann stößt jemand die Tür auf. Eine Frau kommt herein, gefolgt von Herrn Haselmeyer.

»Kriminalhauptkommissarin Müller, guten Tag«, begrüßt sie Maxi. Frau Müller sieht so normal aus, wie ihr Name klingt. Mittelgroß, weder dick noch dünn, schulterlange braune Haare. Jeans und Langarmshirt in gedeckten Farben. Sie lächelt weder besonders herzlich noch unfreundlich. »Bitte entschuldigen Sie, bei uns geht's wirklich rund.« Die Frau hat strähnige Haare, Augenringe. Sie muss müde sein. »Jedenfalls ist Ihre Aussage für uns interessant. Sie konnten Herrn Fitz eindeutig identifizieren, wie mir scheint.«

Maxi nickt.

»Da Sie selbst Privatermittlerin sind, wollte ich Sie persönlich kennenlernen. Das kann nie schaden. Wie lange machen Sie den Job schon?«

»Meine Detektei gibt es seit bald einem Jahr. Ich habe mich eigentlich auf die Suche von Personen, insbesondere Familienangehörigen, spezialisiert.«

Die Kriminalhauptkommissarin nickt. »Fällt Ihnen sonst noch etwas ein, das uns helfen könnte?«

»Ja.« Maxi nickt. Die Sache hätte sie beinahe vergessen. »Der Mann mit dem Hund im Wald. Ich habe ihn am nächsten Morgen am Tatort wiedergesehen. Zuerst habe ich ihn nicht erkannt, weil er ohne das Tier da war. Aber er hat sich dann bei mir entschuldigt. Er war es ganz sicher.«

»Können Sie den Mann beschreiben?«

»Er hatte beide Male eine Mütze auf. Ich habe seine Haare nicht gesehen. Er trug Cargohosen. War eher klein, stämmig. Und hatte einen Ohrring im rechten Ohr.«

»Sonst noch etwas Auffälliges?«

»Nein.«

Die Polizistin nickt, sie sieht nicht zufrieden aus. Aber Maxi weiß nicht, wie sie den Mann noch besser beschreiben soll.

»Wenn Ihnen noch etwas einfällt, dann melden Sie sich bitte. Es kann sein, dass wir im Laufe der Ermittlungen noch Fragen zu Ihrer Aussage haben. Dürfen wir Sie dann kontaktieren?«

Maxi bejaht und übergibt ihr eine Visitenkarte.

»Danke schön. Hier auch noch meine Karte, falls Sie etwas vergessen haben. Kriminalkommissar Haselmeyer wird das Protokoll zu Ende führen, dann können Sie gehen.«

Man scheint Maxis Aussage hier doch ernst zu nehmen. Immerhin. Trotzdem kommt sie sich bloßgestellt vor. Warum ist diese Frau Müller kurz erschienen? War sie wirklich interessiert oder einfach nur neugierig, wer diese Privatermittlerin ist?

Maxi zeigt dem Kommissar auf einer Karte noch den genauen Ort, an dem Karl Fitz saß. Sie nennt auch Louisa Seidlers Namen.

Nachdem sie das Protokoll gelesen hat, unterschreibt sie.

Geschafft. Sie verlässt das Polizeigebäude mit eiligen Schritten.

Draußen atmet sie einige Male tief ein und aus. In ihrem Kopf surrt es wie in einem Bienenstock, ihr Körper fühlt sich an, als wäre sie vor einem Raubtier davongelaufen.

Jetzt ist klar, was Maxi braucht: eine Runde shoppen – zur Belohnung und Ablenkung. Dann einen gemütlichen Abend zu Hause.

Später am Freitagnachmittag

Sie streicht über den kuschligen Stoff des neuen Pyjamas. Das Oberteil ist rot, die Hose blau mit roten Herzen. Dazu die schönen Bündchen, die im Winter warm halten. Die kalte Jahreszeit kann kommen. Sie legt den Schlafanzug neben sich auf die Theke. Ihre Beine baumeln auf dem Barhocker, der Blick wandert hinab durch das Küchenfenster in die Fußgängerzone. Dort herrscht Hochbetrieb. Menschen ziehen in beiden Richtungen über die Pflasterstraße, einige sehen aus wie Rennpferde, andere wie mit Einkaufstüten beladene Packesel. Es ist Freitagnachmittag, für viele beginnt gerade das lang ersehnte Wochenende.

Maxis Zustand lässt sich schwer beschreiben. Sie ist unsicher, verwirrt, verängstigt. Über ihr Leben. Ihr Privatleben. Wegen allem, was diese Woche passiert ist. Ihr ist, als stünde sie in einer dieser Gassen, über die in der Luft viele bunte Regenschirme aufgespannt sind. Doch über ihr hängen keine Schirme, sondern Fragezeichen.

Maxi steht auf, sucht das Smartphone. Es liegt auf dem Sofa. Sie nimmt es und wiegt es in der Hand. Soll sie Noah antworten? Wie gerne würde sie mit ihm spazieren gehen. Umarmt werden. Würde auch Noah das gerne tun?

Nein. Sie kann sich noch nicht bei ihm melden. Denn sie kann ihm unmöglich schon erzählen, was sie gerade bewegt.

KAPITEL 8

Samstagmorgen

Maxi stellt den Kaffeebecher ab. Die Fußgängerzone ist entvölkert, der Himmel pastellfarben blau-gelb getupft. Maxi macht eine halbe Drehung auf dem Barhocker. In der Spüle steht viel Geschirr, durcheinander wie ein Müllhaufen. Sie wird sich später darum kümmern.

Sie checkt ihre Nachrichten. Ihre Mutter fragt, ob sie zur Polizei gegangen ist. In den privaten Mails befinden sich nur Newsletter. Im Postfach der Detektei ist eine Nachricht vom Absender »Karl Fitz Immobilien«. Betreff: Gestern.

Sie hält die Luft an.

Ihr Herz klopft wie ein auf Höchststufe tickendes Metronom. Sie klickt auf die Mail:

Sehr geehrte Frau Morel,

wir sind uns gestern im Wald begegnet – Sie erinnern sich bestimmt an den Vorfall mit dem Hund. Ich habe Ihren Namen nachrecherchiert und Ihre Detektei gefunden. Daraufhin habe ich mir erlaubt, Sie zu kontaktieren.
Erst einmal möchte ich mich bei Ihnen bedanken. Vielleicht können Sie sich denken, warum. Zusätzlich möchte ich eine Sache mit Ihnen besprechen. Können wir uns so bald wie möglich treffen?

Ich freue mich auf Ihre rasche Antwort und verbleibe mit freundlichen Grüßen

Karl Fitz

Sie hat gestern den unentschuldbaren Fehler begangen, unüberlegt ihren Namen zu nennen. Sie könnte darüber noch jetzt im Boden versinken. Ja, sie stand wegen des Hundes unter Schock. Dennoch hätte das nicht passieren dürfen. Was will Karl Fitz von ihr? Erhofft er sich Hilfe bei der Aufklärung des Mordes an seinem Sohn?

Maxi holt ihren Laptop und tippt:

Sehr geehrter Herr Fitz,

danke für Ihre Nachricht. Ich bin in der Tat überrascht, dass Sie mir schreiben.

Sie löscht den letzten Satz wieder.

Wir können uns heute Vormittag in meinem Büro treffen. Um 10 Uhr?

Mit freundlichen Grüßen
Maxi Morel

Samstagvormittag

Wie tritt man jemandem gegenüber, der am Tag zuvor seinen Sohn verloren hat? Soll sie ihm als Erstes ihr Beileid bekunden? »Mein Beileid.« Zwei Worte, die zu einem Anlass gehören wie »Herzlichen Glückwunsch«. Maxi spricht sie ungern aus. Selbst wenn es gut gemeint ist, ist die Gefahr groß, dass das Gegenüber die Fassung verliert und in Tränen ausbricht. Das bisschen Beileid wird dem Tod nicht gerecht.

Jetzt steht Karl Fitz vor ihr und reicht ihr die Hand. Er erweitert den Handschlag, indem er auch mit der linken Hand um ihre rechte fasst.

»Sie haben mich gerettet. Danke.« Er lässt los.

»Meine Zeugenaussage?«

Er nickt. Maxi zieht sie ein wenig zurück, es wird ihr unangenehm. Er lässt sie los, bevor er weiterspricht.

»Sie haben nach meinem Alibi gefragt. Es ist absurd, nur daran zu denken, dass ich meinen Sohn …« Er spricht es nicht aus. »Als ich gestern im Wald war, hatte ich keines. Doch dann hieß es plötzlich, ich könne gehen. Sie sagten, jemand habe mich zur mutmaßlichen Tatzeit gesehen. Außer Ihnen und dem Hundebesitzer habe ich niemanden getroffen. Dass dieser verantwortungslose Mann zur Polizei gegangen ist, konnte ich mir nicht vorstellen. Also blieben nur Sie übrig.«

»Ich freue mich, dass ich Ihnen helfen konnte«, sagt sie, und ihr eigener Überschwang ist ihr sofort peinlich.

»So hatte es für mich etwas Gutes, dass ein Hund Sie anfallen wollte und ich eingeschritten bin.« Karl Fitz lächelt müde.

»Wollen wir uns setzen?« Maxi zeigt auf die roten Sessel.

Karl Fitz setzt sich und rückt sein schwarzes Sakko zurecht.

»Es tut mir sehr leid, was passiert ist.« Das Wort »Beileid« kommt Maxi nicht über die Lippen, es bleibt auf dem Weg hängen.

»Danke.« Karl Fitz wirkt gefasst. Aber auch unnahbar, als hätte er eine Schutzmauer um sich gezogen. Vor ihr sitzt nicht der trauernde Vater, sondern der professionelle Geschäftsmann. Dennoch sieht er mitgenommen aus. Unter seinen Augen sind keine Ringe, sondern dunkle Halbkreise.

»Was für ein Zufall, dass Sie gestern im Wald waren.« Er schaut sie an. »Es war doch Zufall?«

Was ahnt er?

»Also …« Maxi zieht die Mundwinkel nach oben. Sie kann nicht einschätzen, ob ihr Lächeln so aufgesetzt wirkt, wie es ist.

Fitz sieht sie weiterhin an.

»Sie meinen, wegen meines Berufs?«, weicht Maxi aus.

»Ja.« Er lässt nicht locker.

Maxi fährt mit den Fingern über das rote Leder, bis es quietscht. Wieder hätte sie jetzt gerne etwas zu stricken, um ihre nervösen Finger zu beschäftigen.

»Ich war dienstlich unterwegs. Mehr oder weniger. Ich habe jemanden beobachtet.« Soll sie Seidlers Namen nennen? Er wird es sich ohnehin zusammenreimen können.

»Sie kennen Louisa Seidler?« Wieder weicht sie mit einer Frage aus.

»Allerdings. Was wollten Sie von ihr?«

»Ich hatte einen Auftrag. Die Dinge haben sich allerdings ein wenig … merkwürdig entwickelt. Gestern wollte ich sehen, dass es Louisa Seidler gut geht, weil ich mir ein wenig Sorgen um sie gemacht habe.«

»Da haben wir etwas gemeinsam. Wer hat Sie beauftragt?«

»Das kann ich Ihnen nicht sagen.«

»Ich verstehe. Dann lassen Sie mich raten, und Sie sagen mir, ob ich recht habe. War es ihr Ex-Mann?«

Maxi zuckt mit den Schultern.

Karl Fitz fährt sich mit Zeigefinger und Daumen über den Schnauzbart. »Das sieht ihm ähnlich. Ein totaler Versager, wenn Sie mich fragen. Der lebt in seiner eigenen Welt. Hat sich nie für seine Familie interessiert oder gar um sie gekümmert. Louisa hat vor einiger Zeit erwähnt, dass er keinen Unterhalt mehr zahlen will. Ich nehme an, dass es darum geht? Er sollte sich in Grund und Boden schämen …«

Dass sein neuer Partner Tino Berger ihn dazu angestiftet haben könnte, erwähnt Maxi nicht.

»Wissen Sie, was Herr Abt beruflich macht?«, fragt Maxi. Ihre Suche im Netz hat nichts Konkretes ergeben.

»Früher hatte er ein Uhrengeschäft. Für Sammlerstücke. Er hat die Dinger auch repariert. Ich glaube, es lief mal ganz gut, aber während der Pandemie hat sein Laden gelitten. Und jetzt, wo die Russen wegbleiben … Ich weiß es nicht genau. Aber ich schätze, dass er das Geschäft deswegen geschlossen hat.«

Karl Fitz sitzt tatsächlich vor ihr. Für Maxi ist die Situation immer noch unwirklich. Sie hat ihn bisher meist nur von Weitem gesehen. Es ist, als wäre er aus einem Fernsehbildschirm zu ihr gestiegen. Maxi stellt die nächste Frage: »Wie stehen Sie zu Louisa Seidler?«

»Wir sind befreundet. Schon seit einer ganzen Weile. Unsere Söhne haben im gleichen Verein Fußball gespielt. Mein Cornelius ist nur fünf Jahre älter als ihr Sohn Elian. Wir hatten beide eine schwere Zeit.« Er macht eine Pause. »Louisa hatte sich gerade von ihrem Mann getrennt. Ich habe sie ermutigt, ihren Weg zu gehen, auf eigenen Beinen zu stehen und die Ausbildung zur Croupière zu machen … Ich würde mich als eine Art Unterstützer sehen. Förderer. Mentor. Nennen Sie es, wie Sie wollen.«

Maxi fragt nicht, ob das auch die finanzielle Seite betrifft. Sie hakt nicht nach, da sie Karl Fitz nicht verärgern will, solange er bereitwillig erzählt.

»Louisa hat mir auch geholfen. Mein Sohn Cornelius ist schon immer, sagen wir mal, etwas besonders. Nach dem Tod meiner Frau vor drei Jahren verlor er ein wenig das Gleichgewicht. Ich war ein bisschen hilflos. Louisa konnte sein Vertrauen gewinnen, zumindest eine Zeit lang. Sie hat mir gute Ratschläge gegeben. Unsere Beziehung kann man wohl als eine Art Symbiose beschreiben. Wir haben uns gegenseitig unterstützt und gutgetan.« Es klingt abgemildert, wie Karl Fitz den Zustand seines Sohnes beschreibt.

»Wie stehen Frau Seidler und Ihr Sohn zueinander? Inwiefern hat Sie Ihnen geholfen?«

»Ich denke, Cornelius hat in ihr nach dem Tod meiner Frau jemanden gefunden, dem er vertraut. Kein Ersatz für seine Mutter, aber jemanden, dem er sich ein wenig geöffnet hat. Er hat Louisa auch – wie soll ich sagen – ein bisschen bewundert, angehimmelt. Cornelius hatte sich dem Alkohol zugewendet. Und sobald er ins Casino durfte, auch dem Glücksspiel. Louisa hat ein wenig auf ihn aufgepasst, wenn ich das so sagen darf. Das wiederum hat Cornelius nicht gepasst. Da hat er sich wieder zurückgezogen.«

Maxi hat viel erfahren. Eine unerwartete Offenbarung. Was sie tagelang aus der Ferne beobachtet hat, wurde mit Details angereichert, mit Leben gefüllt. Wie ein Malen-nach-Zahlen-Bild füllt Karl Fitz mit jedem Satz ein Kästchen nach dem anderen.

Sie hätte noch so viele Fragen. Ist es auch eine Liebesbeziehung zwischen ihm und Seidler? War zwischen den beiden jemals etwas? Soll sie weiterfragen? Maxi hat Angst, Fitz zu verärgern. Ihr Kontingent an persönlichen Fragen an ihn wird irgendwann ausgeschöpft sein, genau wie seine Geduld.

»Sagen Sie, haben Sie bei Ihren Observationen auch mich auf dem Schirm gehabt?«, unterbricht Karl Fitz ihre Gedanken mit einer Gegenfrage. Einer unangenehmen Gegenfrage.

Maxi merkt, wie sie rot wird.

Er weicht zurück, drückt sich in seinen Sessel hinein. Die Stirn faltig, die Nase gerümpft.

Jetzt hat sie ihn doch verärgert, aber nicht durch eine Frage. Sie kann Fitz verstehen. Zu erfahren, dass man beobachtet wird, würde niemandem gefallen. Jeder hat Dinge, die er nicht preisgeben will. Bestimmt fragt er sich, wobei sie ihn noch beobachtet hat.

»Ich habe einmal mitbekommen, wie Sie Louisa Seidler getroffen haben. Mehr nicht.«

»Gestern?«

»Nein, vor ein paar Tagen. Gestern wollte ich nur wissen, ob sie wohlauf ist. Sie ist vor der üblichen Zeit zur Joggingrunde aufgebrochen, sodass ich etwas irritiert war.«

»Louisa war offenbar aufgewühlt, dass sie eine größere Runde gelaufen ist.«

»Und da haben Sie dann mich gesehen und dachten, Sie könnten in der Zwischenzeit einfach mal mir folgen?«

Jetzt spürt sie, dass sie knallrot anläuft.

Karl Fitz scheint es bemerkt zu haben. »Schon in Ordnung, Sie haben einen guten Job gemacht. Ich habe nichts geahnt.« Er lächelt. »Warum ich eigentlich hier bin: Louisa macht im Moment einiges durch. Sie hat mir von Problemen mit ihrem Kollegen erzählt. Und da möchte ich Sie ins Spiel bringen.« Er setzt sich aufrecht hin. »Lassen Sie es mich ausführen. Dieser Croupier hat es auf Louisa abgesehen. Er ist neidisch. Wie so viele, wenn eine Frau Erfolg hat. Und dann noch gut aussieht.« Er seufzt. »Schon länger macht er Louisa das Leben schwer. Er hat ihr Informationen vorenthalten, vor den Vorgesetzten schlecht über sie geredet, war gehässig zu ihr. Solche Dinge eben. Mobbing. Letzte Woche haben seine Intrigen ein neues Level erreicht: Er hat ihr heimlich Geld in die Hosentasche gesteckt. Und dann herumerzählt, Louisa habe Bestechungsgelder angenommen.«

Maxi nickt leicht, um zu bestätigen, dass sie ihrem Gegenüber folgt. Es muss sich um den Mann handeln, den sie am Samstag zusammen mit Seidler beobachtet hat. Langsam, aber sicher lichtet sich auch der Nebelschleier über ihm.

»Kennen Sie seinen Namen?«

»Ole Woytas.«

»Warten Sie, ich muss mir das notieren.« Maxi steht auf, mit Notizheft und Kugelschreiber in der Hand setzt sie sich kurz darauf wieder. Sie nickt, um ihm zu signalisieren, dass er fortfahren kann.

»Wussten Sie, dass bei Croupier-Uniformen normalerweise die Außentaschen zugenäht sind, um genau so etwas zu verhindern? Louisa hat mir das erzählt. Sie fand das albern und meinte, ohne Taschentuch in der Hose käme sie sich verloren vor. Aus diesem Grund waren die Taschen ihrer Kleidung nie zugenäht. Und jetzt passiert ausgerechnet ihr so etwas Abwegiges.« Karl Fitz schüttelt den Kopf. »Der angebliche Betrug hat in den vergangenen Tagen die Runde in der Casinobelegschaft gemacht. Eigentlich sollte schnell geklärt werden können, dass dieser Woytas ein Lügner ist. Alle stehen auf Louisas Seite, sie kommt gut mit ihren Kollegen aus und ist gern zur Arbeit gegangen. Wenn nur dieser Woytas ihr nicht das Leben schwer machen würde.«

Was Karl Fitz erzählt, klingt nachvollziehbar. Dennoch ist Maxi klar, dass es sich um einen Bericht über zwei Ecken handelt. Fitz erzählt offenbar das, was Seidler ihm erzählt hat. Aber hat sie ihm die Wahrheit gesagt? Beide sind nicht neutral.

»Ich mache mir Sorgen um Louisa. Von ihrem Arbeitgeber sollte sie nichts zu befürchten haben. Aber ich habe Angst, dass dieser Woytas ihr etwas antut. Weil er sich davon bedroht fühlt, dass die Wahrheit herauskommt. Aus diesem Grund möchte ich Sie bitten, ein Auge auf Louisa zu haben.«

Maxi schluckt. »Ich habe am vergangenen Samstag eine Auseinandersetzung zwischen einem Croupier und ihr beobachtet.«

»Was genau ist passiert?«

»Es war Samstagnacht, neben dem Casino. Ich habe gehört, wie sich zwei Leute streiten, und bin näher gekommen. Louisa Seidler schien aufgebracht und hat ihren Kollegen angeschrien. Er stand eine Weile einfach nur da. Natürlich hätte Louisa Seidler keine Chance gegen ihn gehabt, der Mann war so viel größer als sie. Irgendwann hat er sie kurz an den Schultern angefasst, als würde er sie zurechtrücken, und dann ist er gegangen. Wäre er handgreiflich geworden, hätte ich natürlich Hilfe geholt.«

Karl Fitz deutet ein Nicken an, als wollte er zeigen, dass er sich bestätigt fühlt. »Das passt zur Vorgeschichte. Ich sage ja, der Typ mobbt Louisa. Er könnte ihr gefährlich werden. Bitte helfen Sie mir, Louisa zu beschützen. Sie sind Privatermittlerin und bereits eingearbeitet. Ich bezahle gut. Nennen Sie mir Ihren Stundensatz, ich kann gerne im Voraus bezahlen.«

»Wie soll ich das machen? Ich habe nicht viel Personal. Ich kann Louisa Seidler unmöglich 24 Stunden am Tag beobachten. Eine ausgebildete Leibwächterin bin ich ebenso wenig.«

»Im Zweifel rufen Sie die Polizei. Mehr müssen Sie nicht tun. Mir wäre schlichtweg wohler, wenn ich regelmäßig hören würde, dass es Louisa gut geht.«

»Warum rufen Sie sie nicht einfach regelmäßig an? Oder schreiben ihr eine Nachricht?«

»Ich will nicht den Eindruck erwecken, als würde ich ihr nachspionieren oder als müsste sie beschützt werden. Sie ist eine unabhängige Frau, die das nicht wollen würde.«

Ob das so stimmt, überlegt Maxi. Sie selbst würde es als aufmerksam empfinden, wenn ein Mann sich um sie sorgt.

»Und je öfter jemand nach ihr sieht, desto besser«, fügt Karl Fitz an.

Ganz überzeugt ist Maxi nicht. »Wenn Sie glauben, Frau Seidler befände sich in Gefahr, sollten Sie dann nicht besser gleich die Polizei informieren?«

»Die Polizei kann in solch einem Fall nichts tun.« Karl Fitz schluckt, sein Blick verdunkelt sich.

»Wie wäre es dann mit einem Bodyguard?«, fragt Maxi.

»Wie ich sagte, sie will nicht bevormundet werden.«

»Einem Inkognito-Bodyguard? Oder einer größeren Detektei mit mehr Kapazitäten?«

»Nein, ich will, dass Sie das machen. Bei Ihnen habe ich ein gutes Gefühl. Sie haben den Job bisher ausgezeichnet gemacht. Bitte. Ich bezahle, was Sie verlangen.«

Dass Menschen mit viel Geld das immer betonen müssen.

»Und wenn Louisa dennoch etwas passiert?«

»Ich verspreche Ihnen, dass ich Ihnen nicht die Schuld geben werde. Sie tun, was Sie können, und ich bin Ihnen dankbar dafür. Ehrenwort.«

Kann sie dem Immobilienmakler trauen? Sagt er die komplette Wahrheit? Kennt er die Wahrheit überhaupt? Ist er wirklich nur wegen des Croupier-Kollegen um Louisa besorgt? Oder befürchtet er etwas anderes, Schlimmeres?

Immerhin hat Maxi beobachtet, wie Louisa Seidler vor gut einer Woche nach der Auseinandersetzung mit ihrem Kollegen noch von einem anderen Unbekannten angesprochen oder überfallen wurde.

»Okay, lassen Sie mich darüber nachdenken«, sagt sie schließlich.

Fitz sieht aus, als habe er vor, solange zu warten und sie anzustarren, bis sie Ja sagt.

Seine Sorge um Louisa Seidler kann Maxi nachvollziehen. Mit diesem Auftrag würde sie, anders als für Marcel Abt, etwas Sinnvolles tun.

Und sie würde bezahlt werden. Bisher hat die Detektei nur Miese gemacht. Die Schonfrist der Anfangszeit ist irgendwann vorbei. Maxi will all denen, die nicht an sie glauben, zeigen, dass sie es schafft. Dazu gehört auch, dass sich das Unternehmen wirtschaftlich trägt.

Sie könnte ihre Mutter fragen, ob sie bei der Observation hilft. Die Teamarbeit hat beim spontanen Verfolgungsspaziergang unerwartet gut geklappt. Mit vollem Einsatz und Fabiennes Hilfe wäre es möglich, Seidler durchgehend zu observieren.

Maxi atmet lang ein und aus. Dass ausgerechnet Karl Fitz vor ihr sitzt, ist abstrus. Es wundert sie, dass seine Gedanken um eine Freundin kreisen – einen Tag nachdem sein Sohn ermordet in seiner Villa aufgefunden wurde. Er müsste doch hauptsächlich an seine Familie denken. An seinen zweiten Sohn. Warum scheint er sich um Seidler mehr Sorgen zu machen als um sich selbst oder um Cornelius? Vielleicht ist die Croupière doch mehr als eine gute Bekannte. Oder vielleicht lässt er Cornelius bereits durch jemand anderen schützen.

So viele Gedanken, so wenige Antworten. Dafür der fordernd-flehende Blick von Karl Fitz. Bevor Maxi den Auftrag annimmt, muss sie den Mord an Benedikt ansprechen, auch wenn es ihr widerstrebt.

»Meinen Sie, dass Frau Seidler durch jemand anderen als ihren Kollegen drangsaliert werden könnte? Könnte es einen Zusammenhang zwischen dem Mordfall in Ihrer Familie und der Bedrohung von Louisa Seidler geben?«

»Nein.« Er schüttelt vehement den Kopf. »Nein. Da fällt mir wirklich gar nichts ein.«

Seine Verneinung kam schnell. Zu schnell?

Er streicht wieder über seinen Bart. »Ich … Ich halte das Ganze hier gerade nur aus, indem ich die meiste Zeit verdränge, was passiert ist, es nicht an mich heranlasse. Sonst hätte ich mir wahrscheinlich selbst schon etwas angetan. Aber ich muss stark sein. Für Cornelius. Für Louisa. Für Lara – die Freundin von Benedikt.«

Was soll Maxi darauf sagen? Dass sie ihn für seine Stärke bewundert? Das klingt zu pathetisch.

»Sie machen das gut«, lobt sie stattdessen. »Es tut mir leid, dass ich das Thema anspreche, aber können Sie mich auf den aktuellen Stand der Ermittlungen bringen? Ich nehme an, die Polizei hält Sie auf dem Laufenden.«

»Nicht wirklich. Ich glaube, ich bin trotz des Alibis, das Sie bestätigt haben, noch verdächtig. Der Mörder wollte es so aussehen lassen, dass es naheliegt, dass ich die Tat begangen habe. Dabei habe ich keine Ahnung, was passiert ist, und gar nichts damit zu tun. Ich weiß nicht mal, was Benedikt in meinem Haus getan hat, warum er hier war. Wir waren nicht verabredet. Im Haus sind ein paar Sachen durchwühlt worden. Vielleicht hat der Täter etwas gesucht. Oder etwas Wertvolles mitgehen lassen. Es ist ein Albtraum, der sich in meinem Zuhause abgespielt hat. Am schlimmsten ist natürlich, dass ich meinen Sohn verloren habe. Aber mir wurde auch mein Zuhause genommen, der

Ort, an dem ich gerne trauern würde.« Die Lippen von Karl Fitz vibrieren.

Maxi fände es auch schlimm, von jetzt auf gleich nicht mehr in ihre Wohnung zurückkehren zu können. »Ein bisschen klingt es danach, als wäre jemand eingebrochen und Benedikt wäre dem Einbrecher in die Quere gekommen.«

»Aber ich habe keine Ahnung, warum Benedikt bei mir war. Die Polizei scheint mir das nicht zu glauben. Wenn man in irgendeiner Weise Erfolg hat, dann hat man natürlich immer Neider. In diesem Land besonders. Ich habe mich daran gewöhnt, dass die Leute über mich reden. Aber ein Einbruch? Und ein Mord? Ich kann es mir nicht erklären.« Er macht eine kurze Pause. »Benedikt wollte die Firma übernehmen. Für Cornelius wäre auch Platz gewesen, aber er hat kein Interesse gezeigt. Meine beiden Söhne standen sich nie besonders nahe. Cornelius tat sich schwer, seine Rolle in der Familie zu finden, da der Posten des fleißigen und intelligenten Schülers schon besetzt war. Meine Frau und ich haben ihm nie das Gefühl gegeben, er sei weniger wert. Im Gegenteil haben wir uns sehr bemüht, ihm viel Zuneigung entgegenzubringen. Aber es hat nie so richtig geklappt. Cornelius war unser Sorgenkind.«

Die Ringe unter Karl Fitz' Augen haben sich ausgeweitet, er sieht unglaublich müde aus.

»Ich schweife ab. Nichts ahnend bin ich gestern nach Hause gekommen und sah die offene Haustür. Es war natürlich komisch, aber ich habe mir erst einmal keine Sorgen gemacht. Vielleicht habe ich die Haustür nicht richtig zugemacht oder vielleicht ist die Putzfrau gekommen, um die Wäsche zu versorgen, dachte ich mir. Ich bin wie gesagt kein übervorsichtiger Mensch. Im Wohnzimmer dann der Schock meines Lebens. Da lag mein Benedikt. In einer Blutlache. Sonst sah er ganz friedlich aus.« Fitz hält inne. In seinen Augen sammeln sich Tränen. Seine Lippen zittern. Er scheint um seine Fassung zu ringen. Und gewinnt sie wieder. »Ich bin auf die Straße gerannt und habe um Hilfe geschrien, ich war so verwirrt, ich habe nicht einmal ans Handy gedacht. Die Nachbarin zwei Häuser weiter hat die Polizei und den Notarzt angerufen.« Er dreht energisch den Kopf, als wollte er seine Emotionen ausschalten.

»Falls jemand eingebrochen ist: Haben Sie keine Alarmanlage?«

»Doch, aber eine alte. Ich weiß nicht mal, ob sie eingeschaltet war. Mein Zuhause ist kein Hochsicherheitstrakt, und Wachhunde gibt es dort auch nicht, ich fand so etwas immer überzogen. Ein Profi hat das Türschloss laut Polizei knacken können. Ohne große Mühe. Wenn ich gewusst hätte, dass es so kommt … Nun habe ich die Quittung für meine Gutgläubigkeit erhalten.« Er räuspert sich. »Jetzt wissen Sie alles. Es ist das Schlimmste, was es gibt, sein Kind zu verlieren. Aber selbst den Mord dafür in die Schuhe geschoben zu bekommen, ist noch das i-Tüpfelchen. Ich hoffe einfach, dass die Polizei schnell den Verbrecher findet.« Er legt seine Hände auf die Oberschenkel. »Sie können mich jederzeit anrufen, wenn Sie sich entschieden haben. Ich wohne im Hotel Orlena.«

»Ich muss noch eine Sache abklären, dann melde mich umgehend bei Ihnen, Herr Fitz, versprochen.«

»Ich danke Ihnen aufrichtig, Frau Morel.« Er steht auf.

Maxi verschränkt die Finger ineinander. Noch nie hat sie einen Auftrag nach einer komischen Vorgeschichte angenommen. Egal, sie schiebt den Gedanken beiseite. Unter Umständen kann sie Louisa Seidler helfen. Und sie wird sicher dafür bezahlt.

»Danke«, wiederholt Karl Fitz und reicht Maxi zum Abschied erneut die Hand. Verharrt. Er erstarrt wie ein

Wildtier im Scheinwerferlicht eines Autos. Dann gibt er einen Laut von sich, als hätte er Schluckauf. Er schluchzt, ruckartig, immer stärker. Karl Fitz zieht ein Taschentuch aus seiner Hose, bedeckt seinen Mund und dämpft die Geräusche. »Es … Es tut mir leid.« Er dreht sich weg und verlässt das Büro.

»Sie müssen sich nicht entschuldigen«, ruft Maxi ihm nach.

Die Tür fällt hinter ihm ins Schloss.

Maxi lehnt sich an die Theke im Eingangsbereich. Der Mann tut ihr leid. Sie geht zum Fenster und beobachtet, wie er die Pflastergasse hinuntergeht. Der Himmel hat sich während ihres langen Gesprächs verdunkelt, es sieht aus, als würde es bereits dämmern, obwohl es erst Mittag ist. Herbsttage.

Maxi holt ihr Smartphone, sucht den Kontakt ihrer Mutter und ruft an.

»*Salut, ma poupée.*«

»*Salut, maman.* Du erinnerst dich an unseren Waldspaziergang mit Coco und die Beschattung? Das hat sehr gut geklappt mit uns beiden. Könntest du dir vorstellen, mir in dem Fall nochmals zu helfen?«

»Inwiefern?«

»Wir müssen diese Frau weiter beobachten. Eventuell ist sie in Gefahr. Und ich kann das nicht 24 Stunden am Tag alleine machen.« Maxi weiß nicht, ob ihre Mutter jetzt eher Angst bekommt oder neugierig geworden ist. Leider kann sie ihren Gesichtsausdruck nicht sehen. Erst herrscht Schweigen.

»Du willst mit mir zusammenarbeiten?«, hört Maxi ihre Mutter dann sagen. Sie klingt überrascht.

»Ja.«

»So eine Art Familienunternehmen?«

Maxi lacht. Wobei solche Dinge oft im Scherz entstehen. Wer weiß, vielleicht wird sie ihre Mutter bald wirklich noch anstellen. »Sieh es als Probearbeiten.«

Jetzt lacht auch Fabienne. »Also gut.«

»Tausend Dank, *maman*! Ich bin wirklich froh. Dann nehme ich den Auftrag meines Kunden an und baue auf deine Hilfe. Ich melde mich bald.«

Maxi steckt das Smartphone ein und steigt hinauf zur Dachterrasse. Zu ihrer Linken im Osten ist der Himmel hellgrau. Richtung Süden ist er mittelgrau, und auf der westlichen Seite hat er sich dunkelgrau gefärbt. Mit einem bissigen Gelbstich. Der Wind versetzt nicht nur die Buchsbäumchen in Unruhe. Bunte Blätter rennen die Pflastergasse entlang, eine Passantin eilt in Richtung Fußgängerzone.

Maxi sollte so schnell wie möglich nach Hause gehen, wenn sie das Gewitter nicht vom Büro aus betrachten möchte.

Sonntagmittag

Draußen wehen ihr mehrere Haarsträhnen ins Gesicht. Schlagartig verdunkelt sich der Himmel noch mehr, als hätte man ihn heruntergedimmt. Maxi geht, so schnell sie kann, ohne zu rennen. Ein erster Regentropfen landet auf ihrer Stirn. Auf den Pflastersteinen sind bereits ein paar dunkle Tupfer.

Ein Donner. Weit weg, aber bedrohlich. Sie beginnt zu rennen. Hoffentlich warten die Wolken noch zwei Minuten, bevor sie sich im großen Stil entleeren.

Maxi atmet auf, als sie die Wohnungstür aufschließt. Gerade noch rechtzeitig.

Sie stellt sich vor die Balkontür, um die schaurig-schöne Gewitterstimmung von einem geschützten Platz aus direkt mitzuerleben. Maxi hat die Gewalt der Natur schon immer fasziniert.

Jetzt klappern Regentropfen dicht aneinandergereiht auf das Balkongeländer. Und auf den Boden, den Metallstuhl und Tisch, die umliegende Dächerlandschaft.

Ein Blitz zuckt über den Himmel. Mit etwas Abstand folgt ein heftiger Donner, wie ein Brüllen. Ob Benedikt Fitz auch so laut geschrien hat, bevor er gestorben ist? Wie wurde er umgebracht? Maxi kennt keine Details. Aber sie wollte Karl Fitz mit ihren Fragen nicht länger quälen.

Ob er ihr die Wahrheit gesagt hat? Er klang irgendwie ehrlich, jedoch kann Maxi ihn nicht genau einschätzen. Ein ermordeter Sohn, der eigentlich gar nicht im Haus des Vaters hätte sein sollen. War es ein Einbruch? Oder ein simulierter? So richtig passt es nicht zusammen.

Der Wind schlägt um sich, peitscht den Regen in alle Richtungen. Nach dem Gespräch mit Karl Fitz, allen Informationen und Emotionen, Gedanken und Zweifeln fühlt sie sich, als sei sie selbst in einen Sturm geraten. Das Wetter hat sich, anders als gestern, ihrer Stimmung angepasst.

Maxi geht nach drinnen und schließt die Balkontür.

Ein weiterer Donner ertönt, sie fährt zusammen. Die Natur wütet mit all ihrer Kraft. Ein Gewitter hat immer etwas von Weltuntergang.

Ein Blitz, kurz darauf kracht es, als würde in ihrem Wohnhaus ein Felsbrocken die Treppe hinunterrollen. Das Gewitter ist ganz nah.

Dann vergrößern sich die Abstände zwischen Blitz und Donner allmählich wieder. Es wird leiser, ruhiger.

Wie geht es nun weiter? Louisa Seidler hätte dem normalen Turnus folgend nach zwei freien Tagen heute Abend wieder Dienst. Das heißt für Maxi: ein weiterer Abend im Casino.

Bis dahin ist noch Zeit. Maxi macht sich einen Kräutertee und ein Brötchen. Dann holt sie nach Ewigkeiten ihre Stricksachen hervor. Mit der Haarschleife ist sie noch nicht weit gekommen. Allerdings handelt es sich auch um ein überschaubares Projekt, das sie heute Nachmittag fertigstellen könnte, wenn sie dranbleiben würde.

So weit kommt es nicht. Kaum hat Maxi die Stricknadeln in die Hand genommen, legt sie sie auch schon wieder weg und widmet sich stattdessen den Handy-Spielen.

Samstagabend

Der erste alkoholfreie Cocktail hat um Längen besser geschmeckt als der vierte. Maxi kippt den letzten Schluck hinunter. Sie wippt leicht im Rhythmus der Musik. Eine Frau im Glitzerkleid stolziert vorbei. Nicht nur Maxis Blick folgt ihr. Mit ihrem auf die mit Goldplättchen besetzten Säulen an der Wand abgestimmten Outfit sieht die Frau aus, als gehöre sie zum Inventar. Ganz anders Maxi. Sie fühlt sich hier nicht gerade heimisch, auch wenn die Welt des Casinos ihr beim dritten Besuch innerhalb weniger Tage schon ein wenig vertrauter ist.

Louisa Seidler ist zur Arbeit erschienen. Ihren Kollegen Woytas hat Maxi an keinem der Tische gesehen. Immer wieder wirft sie einen Blick zur Dealerin, die gewohnt professionell die Kugel am Roulettetisch rollen lässt, Jetons einsammelt und umverteilt. Nichts Auffälliges ist zu entdecken.

Maxi blickt auf die Uhr. Sie könnte einen weiteren Rundgang durchs Casino machen. Sie steht auf und durchschreitet die Räume. Der Saal, in dem die massiven, mit unzähligen Kerzen bestückten Kronleuchter hängen, ist am beeindruckendsten. Es könnte auch daran liegen, dass das Konzert von Johannes hier noch nachwirkt. Ein Jubelschrei an einem Black-Jack-Tisch ertönt. Freud und Leid im Casino liegen haarscharf beieinander.

Maxi betritt den nächsten Raum. Im roten Salon passiert sie Seidlers Tisch, geht weiter in Richtung Bar.

Dort steht Cornelius, an die Theke gelehnt.

Mit ihm hat sie nicht gerechnet.

Sie bleibt stehen. Soll sie ihn grüßen oder hoffen, dass er sie noch nicht wahrgenommen hat?

Er schaut in ihre Richtung. Jetzt ist es zu spät.

Maxi geht auf ihn zu. Sein Anzug sitzt perfekt, ein paar seiner dunklen Haarsträhnen fallen ihm ins Gesicht. Maxi lächelt und hebt zaghaft die Hand zum Gruß, als sie näher kommt. Er steht da wie eine Skulptur. Sieht sie an und doch an ihr vorbei. Erkennt er sie etwa nicht wieder?

Er rührt sich nicht. Maxi geht weiter, setzt sich an einen der Tische hinter der Bar. Sie findet sein Verhalten komisch.

Es ist spät, in einer Stunde stehen die Chancen gut, dass Louisa Seidler nach Hause geht. Maxi wird ihr folgen, um sicherzugehen, dass ihr nichts zustößt. Und dann Feierabend machen. Ob sie bis dahin noch einen letzten Cocktail trinken soll? Maxi zieht eine Karte zu sich heran.

»Hallo. Du bist doch die Maxi, wir kennen uns.« Cornelius steht vor ihr. Seine Aussprache klingt verwaschen.

»Wir haben uns hier mal kurz getroffen«, bejaht Maxi.

»Komm mit, wir gehen eine Runde spielen.« Er bewegt seine Hand leicht auf Maxis Handgelenk zu. Dann stützt er sich auf die Tischplatte.

Nein, denkt Maxi. Bitte nicht zum Roulettetisch von Louisa Seidler. »Ich muss leider bald los.«

»Lieber ein letzter Drink?«

Es wäre die Gelegenheit, mehr von Cornelius zu erfahren. »Aber bitte keine ganze Flasche Sekt diesmal«, sagt Maxi.

Er lacht. »Was willst du?«

Nach den süßen Cocktails ist Maxi nach einem Kontrast. »Whisky?«

»Du gefällst mir. Warte hier.«

Nach fünf Minuten ist Cornelius zurück, setzt sich neben sie. Er schweigt. Sein Blick ist intensiv, eisig.

Maxi muss das Eis brechen. Aber wie? Es wäre ihr unangenehm, ihn danach zu fragen, wie es ihm geht. Auch wenn er nicht weiß, dass sie weiß, wer er ist. Und dass gestern sein Bruder ermordet wurde.

Maxi lächelt. »Und?«, fragt sie.

»Und du?«, antwortet er.

So wird das nichts.

Cornelius nimmt sein Glas. »Prost. Auf unser Wiedersehen im Casino.« Er ext den Whisky.

Maxi nippt an ihrem Getränk. »Was führt dich heute hierher?«, fragt sie.

»Ich bin hier quasi zu Hause.« Plötzlich sieht Cornelius aus, als hätte man ihm ins Gesicht geschlagen. Hat der Ausdruck »zu Hause« etwas in ihm ausgelöst?

»War ein ziemlich beschissener Tag heute«, fügt Cornelius an. Er öffnet die Lippen, als wollte er weitersprechen. Schließt sie wieder. Presst sie zu einem dünnen Strich zusammen. Atmet ein. Entspannt sich. »Aber sonst geht's mir gut.«

So plötzlich, wie diese Gefühlsregung kam, ist sie wieder verschwunden. Der gewohnt kalte, undurchdringliche Blick, der nur in die eine Richtung wirkt. Maxi fühlt sich wieder, als würde er sie ausleuchten. Mehrere Leute haben Maxi gesagt, man könne ihr ansehen, wie es ihr gehe. Aus ihr lesen wie aus einem offenen Buch. Aber Cornelius kann unmöglich wissen, was sie weiß. Unmöglich.

Mist. Cornelius war ein My davor, sich zu öffnen. Liegt es daran, dass er nicht mehr nüchtern ist? Betrunkene und die Wahrheit und so. Es wäre die Gelegenheit gewesen. Wie gerne hätte sie mehr über seine Familie erfahren, aus seiner Perspektive. Mutter. Vater. Bruder. Erste und Letzter verstorben.

»Tut mir leid«, sagt Maxi.

»Kannst du nichts dafür. Wie gesagt, ich bin okay.« Cornelius lächelt. »Und was führt dich hierher?«

»Ich finde so langsam Gefallen an diesem Ort hier.«

»Dann lass uns noch eine Runde spielen.«

Mist, jetzt hat sie auch noch eine Steilvorlage geliefert, um doch an den Roulettetisch zu gehen.

»Ich weiß nicht«, sagt Maxi.

»Eine Runde, komm schon.« Cornelius ist aufgestanden. »Los geht's.« Es klingt wie ein Befehl. Cornelius nimmt ihre Hand und zieht sie in Richtung der Spielsäle.

Lass Louisa Seidler in der Pause sein, betet sie stumm zu wem auch immer. Bitte. Bitte. Bitte.

Cornelius bewegt sich zielstrebig in den roten Salon.

Und zu Louisa Seidlers Tisch.

Die Croupière blickt Cornelius wie eine Mutter an, die kurz davor ist, ihrem Kind eine Moralpredigt zu halten. Dann wandert ihr Blick zu Maxi. Fragend.

Maxi zieht ihre Hand weg.

»Hallo«, sagt Cornelius. »Ein Spiel mit meiner neuen Glücksfee.« Er betont das »neu«.

Dann zieht er einige Jetons aus seiner Hosentasche.

»Ich glaube, ich muss gehen«, sagt Maxi.

»Du gehst besser auch nach Hause, Cornelius«, sagt die Croupière.

»Ein einziges Spiel«, bettelt Cornelius.

»Heute nicht«, erwidert Louisa Seidler. »Werde erst mal wieder nüchtern, Cornelius. Und bitte verlass jetzt das Casino. Sonst bin ich gezwungen, die Security zu rufen.«

»Komm schon, lass uns gehen«, sagt Maxi. Sie spürt, wie Louisa Seidler sie taxiert. Was denkt sie von ihr? Ahnt sie etwas? Erkennt sie Maxi wieder?

Sie nimmt den Arm von Cornelius, nickt zum Abschied Seidler zu, ganz nach dem Motto »Ich habe das im Griff«. Auch wenn sie davon selbst nicht überzeugt ist. Cornelius folgt ihr widerwillig.

Samstagnacht

Maxi atmet die kalte Nachtluft ein. Der Himmel über ihnen ist heute mond- und sternenlos, der Kiesboden unter ihren Füßen mit Blättern und Ästen bestreut. Rückstände des Gewitters vom Nachmittag.

»Wie kommst du nach Hause?«, fragt Cornelius.

»Ich gehe zu Fuß.«

»Soll dich mein Taxi nicht irgendwo absetzen?«

»Ich wohne ganz in der Nähe, alles gut.«

»Okay, wie du willst. Kann ich noch deine Nummer haben? Du bist mir ein Spiel schuldig, würde ich sagen.«

»Na gut.« Maxi nimmt sein Handy, das er ihr entgegenstreckt, und tippt ihre Nummer ein. »Ich klingle mich mal an, dass ich deine auch habe.«

Das Taxi kommt. Cornelius umarmt sie zum Abschied.

Erstaunlich sicher schreitet er zum Taxi. Die Tür fällt zu. Das Auto fährt los.

Maxi atmet auf.

Wie Cornelius Louisa angesehen hat, so kalt und gleichzeitig … gierig. Als wollte er die Croupière mit Maxi eifersüchtig machen. Seidler hingegen hat ihn mit einer interessanten Mischung aus Distanziertheit und Mütterlichkeit behandelt. Immerhin konnte Maxi das heute Abend aus nächster Nähe beobachten.

Ihr Problem ist nun, dass Seidler sie gesehen hat. Für den Einsatz morgen wird Maxi sich verkleiden müssen, inklusive Perücke. Und beim Observieren möglichst viel Abstand halten. Oder soll sie besser gleich ihre Mutter übernehmen lassen?

Heute Abend jedenfalls braucht sie die Hilfe von Fabienne. Maxi kann unmöglich vor dem Casino auf Louisa Seidler warten und ihr dann nach Hause folgen, ohne aufzufallen. Sie zückt das Handy, ruft ihre Mutter an.

»*Maman*, ich brauche deine Hilfe. Kannst du dich bitte vor Louisa Seidlers Haus stellen und auf sie warten? Sie müsste in den nächsten zwei Stunden dort ankommen. Gib mir bitte Bescheid, wenn sie zu Hause ist. Dann kannst du wieder heimfahren.«

KAPITEL 9

Sonntagmorgen

Ein einsamer Jogger kommt Maxi entgegen. Seine neongelbe Jacke ist neben einem roten Rabatt-Plakat in einem Schaufenster der einzige Farbtupfer zwischen den nassgrauen Pflastersteinen der Fußgängerzone und dem wolkenverhangenen Himmel. Es hat sich abgekühlt. Nach den vielen Sonnentagen musste Maxi ihren Schirm erst wieder suchen.

Sie biegt nach links ab und steuert auf das rosafarbene Haus zu. Ihre Detektei – die man von außen nicht erkennen kann. Sie schließt die Haustür auf, drückt den Lichtschalter. Das Licht geht nicht an. Was ist los? Noch mal. Nichts tut sich. Maxi würde am liebsten wieder rausgehen. Auch wenn dieses Haus ihr gehört, ist es ihr noch lange nicht so vertraut wie ihre Wohnung. Zu groß, zu viele Türen und Räume. Zu viele mögliche Verstecke. Zu viele komische Geräusche.

Maxi presst die Ellenbogen dicht an ihren Körper, verschränkt die Unterarme.

Das Gewitter! Vielleicht ist gestern die Sicherung rausgesprungen. Der Zählerkasten ist ein Stockwerk höher auf dem Flur. Daran erinnert sie sich, auch wenn sie ihn noch nie geöffnet hat. Wäre Noah an ihrer Seite, könnte sie ihn jetzt um Hilfe bitten. Aber er ist nicht hier. Sie hat noch nicht einmal auf seine Nachricht von vor zwei Tagen geantwortet.

Sie drückt ein weiteres Mal auf den Lichtschalter. Nichts tut sich. Sie holt das Smartphone hervor und aktiviert die Taschenlampe.

Da muss sie jetzt durch. Auf geht's nach oben. Der Flur ist düster, auch wenn es draußen bereits hell ist. Die Holztreppe knarzt, als würde Maxi jede einzelne Stufe quälen.

Da ist der Zählerkasten. Maxi öffnet ihn an einem kleinen schwarzen Knopf. So viele Schalter! Sie sitzen in drei Reihen. Maxi hat sich noch nie damit befasst, hat keinen Schimmer, welcher Sicherungsschalter welcher Leitung zuzuordnen ist. Zwei davon sind nach unten gekippt. Maxi drückt den ersten nach oben, geht zum Lichtschalter an der gegenüberliegenden Wand.

Nichts.

Welchen Schalter hat sie umgelegt? Sie hat es sich nicht gemerkt. Diese Anlage muss sie sich unbedingt mal erklären lassen.

Sie legt den zweiten Hebel um.

Betätigt erneut den Lichtschalter.

Immer noch nichts.

Mit der Taschenlampe sucht sie den Zählerkasten ab. Auf der rechten Seite ist ein etwas größerer Schalter. Die Hauptsicherung? Ihre letzte Chance.

Maxi legt den Hebel um.

Und drückt gespannt den Lichtschalter.

Die Lampe geht an. Endlich.

Die erste Hürde des Tages ist übersprungen.

Maxi geht direkt ins Boudoir, die Kleiderkammer. Auch dieser Raum ist ihr etwas unheimlich, so viel Kleidung und Verkleidungsgegenstände, wie er enthält. Selbst für eine Halloweenparty könnte man sich hier eindecken. Am gruseligsten findet Maxi die Perücken. Sie wirken so unvollständig ohne Gesicht und ohne Körper.

Wenn nur Regine hier wäre. Ihre Assistentin gehört zum Inventar dieses Hauses. Maxi ist daran gewöhnt, dass sie morgens schon im Büro ist, das Licht angemacht und Kaffee gekocht hat.

Maxi greift mit zwei Fingern nach den braunen Haarsträhnen einer Perücke. Die Härchen an ihren Armen stellen sich auf, als würde sie Watte zwischen den Fingern reiben.

Was muss, das muss.

Maxi schnappt sich noch eine Lederjacke und geht in Richtung Bad.

Ziel ist es, ihr Äußeres für Louisa Seidler unkenntlich zu machen. Nachdem die Dealerin sie gestern im Casino im Beisein von Cornelius gesehen hat, sollte sie bei der heutigen Observation vorsichtig sein.

Maxis Mutter schrieb gestern, dass alles okay sei. Louisa Seidler kam nach der Arbeit unversehrt gegen 1.30 Uhr in ihrer Wohnung an. Heute ist ein neuer Observationstag. Gleiche Umstände, neuer Auftraggeber: Diesmal ist es Karl Fitz.

Mit Perücke und Jacke verkleidet fährt Maxi in ihrem Auto zur Eichelgartenstraße.

Später am Sonntagmorgen

Maxi starrt durch die getönte Fensterscheibe. Sie könnte sich an einem Sonntagmorgen eine schönere Tätigkeit vorstellen, als hier zu sitzen. Um kurz vor neun liegt die Ruhe wie ein dünner Teppich über der Stadt.

Maxi fasst sich in die Haare und zieht die Finger sofort zurück. Für einen Moment hat sie die Gänsehautperücke vergessen.

Louisa Seidler wird nach dem langen Samstagabend im Casino bestimmt ausschlafen. Ob sie gegen 13 Uhr zu ihrer üblichen Joggingrunde aufbricht? Maxi kann sich nicht vorstellen, dass sich davor etwas Wichtiges bei ihr tun wird. Aber man weiß nie. Deshalb ist sie hier.

Die Sitzheizung gibt letzte Restwärme von der Fahrt ab, Maxi schmiegt sich an das Leder. Es ist beinahe zu wohlig-warm hier drinnen. Wenn Maxi nichts tut, wird sie bald müde werden.

Noah. Sie hat ein schlechtes Gewissen, dass sie ihm nicht geantwortet hat. Sie würde ihn gerne treffen. Aber jetzt, da sie im Auftrag von Karl Fitz unterwegs ist, geht es nicht, sie ist zu beschäftigt und darf nichts davon erzählen. Zudem steht der Mordfall wie ein Elefant im Raum. Auch das könnte sie mit Noah nicht besprechen. Aber sie könnte ihm zumindest antworten. Maxi greift neben sich auf die Sitzbank.

Da überquert jemand die Straße.

Schwarze flatternde Haare.

Louisa Seidler. Sie trägt eine Art Jogginghose aus Wolle und einen Sweater. Was macht sie so früh am Morgen hier draußen? Ihre Kleidung sieht eher nach einem Homedress aus.

Seidler geht den Bürgersteig entlang hinauf zum Wald. Was will sie dort? Ohne Jacke?

Auf Maxis Höhe bleibt sie stehen, steuert auf ihr Auto zu.

Was? Will sie etwa zu ihr? Woher weiß sie, dass Maxi hier sitzt?

Maxi beißt sich auf die Unterlippe.

Nicht bewegen.

Es klopft gegen die Scheibe. »Kommen Sie da raus, ich muss mit Ihnen reden.«

Nein! Louisa Seidler hat sie enttarnt.

Hätte es einen Sinn, so zu tun, als wäre sie nicht da?

»Ich weiß, dass Sie da drin sind«, tönt es von draußen.

Wie konnte das passieren? Hat Karl Fitz von ihr erzählt?

Maxis Hand wandert zum Türgriff. Sie zieht an ihm. Klack. Als würde sie die Tür zur Höhle des Löwen öffnen.

Louisa Seidler reißt die Tür von außen auf.

Ihre Blicke treffen sich. Musterung.

Jetzt steht auch noch die Frau, die Maxi so oft aus der Ferne beobachtet hat, direkt vor ihr. In echt und in Farbe. Noch näher als hinter dem Spieltisch im Casino. Sie blickt auf Maxi herab. Louisa Seidler sieht auch aus der Nähe schön aus. Die braunen Augen zusammengekniffen, die Haare ungebändigt. »Ich weiß, wer Sie sind. Steigen Sie aus.«

Maxi ist so perplex, sie traut sich weder zu widersprechen noch auf die Straße zu treten.

»Wir unterhalten uns. Jetzt. Ich werde meiner sensationsgeilen Nachbarin nicht den Gefallen tun, auf offener Straße mit Ihnen zu streiten. Entweder Sie kommen jetzt mit in den Vorgarten oder ich setze mich zu Ihnen ins Auto.«

Noch später am Sonntagmorgen

Louisa Seidler flüstert und faucht gleichzeitig, ihre Arme fuchteln wild umher.

»Halten Sie mich für blind? Meiner Nachbarin ist bereits letzte Woche Ihr schickes Auto aufgefallen, das verdächtig oft in unserer Straße steht. Mitsamt der jungen blonden Frau darin. Und wen habe ich gestern Abend im Casino gesehen? Eine junge blonde Frau, die mich beschämt ansieht.

Sie hätten sich auch als Micky Maus verkleiden können, und ich hätte Sie erkannt.«

Maxi streicht über die Perücke, die ihr gerade überaus peinlich ist. Und die auf ihrer Kopfhaut juckt, als spürten die fremden Haare, dass sie gerade Gesprächsthema sind.

»Es tut mir leid«, bringt sie hervor. Nicht die beste Antwort. Aber was soll sie sonst sagen?

»Jetzt erklären Sie mir einmal, was Sie hier tun.« Louisa Seidler zeigt auf sie. Maxi weicht zurück und berührt die Buchsbaumhecke.

»Ich wurde beauftragt, nach Ihnen zu sehen. Nur zu Ihrem Schutz, zu Ihrem Besten.«

»Aha, lassen Sie mich raten: von Karl?«

Maxi nickt.

»Auf solche Ideen kann nur er kommen.«

Ahnt Louisa Seidler auch, dass Maxi sie davor im Auftrag ihres Ex-Mannes observiert hat?

Die Croupière spricht weiter im Flüster-Fauch: »Ich brauche keinen Beschützer. Und auch keine Beschützerin. Sie gehen jetzt nach Hause und lassen mich in Ruhe. Ich kläre das mit Karl. Verstanden?«

Maxi nickt. Sie hat es vermasselt. Sie weiß nicht, was sie sagen soll. Traut sich nicht, nach Seidlers Ex zu fragen. Mit gesenktem Kopf geht sie zum Auto zurück. Setzt sich hinein und legt den Kopf aufs Lenkrad. Sie hätte diesen Beruf nicht ergreifen sollen. Die Zweifel, die sich in den letzten Tagen leise geregt haben, werden größer, formieren sich zu gewaltigen grauen Wolken, aus denen dicke Tropfen auf sie herabfallen.

Sonntagvormittag

Im Büro reißt sich Maxi die Perücke herunter, wirft die hässliche grüne Lederjacke auf den Boden, schlägt die Tür des Boudouirs zu.

Ab unter die Dusche. Das warme Wasser hilft, alles abzuwaschen. Nicht nur den wirklichen Dreck, auch den gedanklichen.

Frisch gewaschen und angezogen geht es Maxi besser. Sie macht sich einen Kräutertee, setzt sich an den Schreibtisch, stützt die Ellenbogen auf den Tisch und den Kopf auf die Hände. Sie klickt sich durch ihre Mails.

Gerade ist eine Nachricht von Google eingetroffen: »Neue Rezension von tb zu Detektei Morel«. Maxi klickt darauf. Ein Stern von fünf. Maxi atmet kaum, während sie liest: »Unprofessionell, indiskret und Auftrag ohne brauchbare Ergebnisse. Dazu völlig intransparente Kosten. Finger weg von diesem Dienstleister, wenn Sie Wert auf seriöse und diskrete Ermittlungen legen!«

Der nächste Schlag ins Gesicht. Als hätte Maxi nicht schon genug Zweifel und Sorgen, jetzt auch noch eine negative Onlinerezension. Jemand will ihr und ihrem Unternehmen bewusst schaden. Ob die Bewertung von Marcel Abt stammt? Oder seinem Lebensgefährten? Oder von Seidler? Gar von Fitz, den sie enttäuscht hat und den Seidler sofort angerufen hat? Es würde Maxi nicht wundern. Was kommt als Nächstes?

Sie vergräbt ihr Gesicht in den Händen.

Die vergangenen Monate mit ihrer neuen Detektei waren herausfordernd, aber durchaus spannend und erfüllend. Nie hatte sie ernsthafte Bedenken an dem Weg, den sie eingeschlagen hat.

Und jetzt?

In den letzten Tagen wuchsen die Zweifel so schnell wie Pilze auf nassem Waldboden. Die negative Rezension setzt jedem Zweifelpilz ein Krönchen auf, zumal es die bislang einzige ist.

Maxi lässt sich in den Bürostuhl fallen. Sie muss mit Karl Fitz sprechen. Wahrscheinlich wird ihm Louisa Seidler alles erzählt haben. Er wird nicht mehr erfreut sein, von ihr zu hören. Trotzdem muss sie mit ihm die Lage klären, den gestern begonnenen Auftrag offiziell beenden. Hätte Maxi vorsichtiger sein und heute Morgen besser ihre Mutter oder Regine schicken sollen? Jetzt ist es zu spät.

Sie greift zum Handy, lässt es zwischen den Fingern baumeln. Es vibriert. Das muss Gedankenübertragung gewesen sein. Es ist Karl Fitz.

»Guten Tag, Herr Fitz«, meldet Maxi sich.

»Guten Morgen, Frau Morel. Wir sollten uns einmal unterhalten.«

»Ja. Wollen Sie wieder in mein Büro kommen? Wann passt es Ihnen?«

»Jetzt!«

Später am Sonntagvormittag

»Louisa hat mir gesagt, dass Sie gestern Abend mit Cornelius im Casino waren.«

Soll sie so tun, als ob sie gar nicht weiß, dass Cornelius sein Sohn ist?

»Ja, ich war dort, um Louisa Seidler zu beobachten.«

»Und dort haben Sie zufällig meinen Sohn getroffen?«

Ist es eher Überraschung oder ein Vorwurf, der in seiner Stimme mitschwingt?

»Cornelius ist Ihr Sohn?« Einen Versuch ist es wert.

»Ja.« Karl Fitz hebt einen Mundwinkel. Glaubt er ihr nicht?

»Das wusste ich nicht.« Viel hat sie mit Cornelius nicht gesprochen. Sie geht in Gedanken die Unterhaltung mit ihm durch. Er hat nichts Konkretes über seine Familie erzählt. Hätte Maxi nicht recherchiert, wüsste sie nicht, wer Cornelius ist. Nimmt Karl Fitz ihr ab, dass sie nicht nach ihm und seiner Familie im Netz gestöbert hat? Maxi erklärt: »Ich bin Cornelius bereits vor einigen Tagen bei einer Observation im Casino über den Weg gelaufen, und wir haben drei Worte gewechselt. Gestern hat er mich wiedererkannt und zum Roulettetisch geschleppt, was ich eigentlich vermeiden wollte. Sie können sich vorstellen, dass ich nicht gerade erpicht darauf war, dass Louisa Seidler mich sieht.«

Karl Fitz nickt. Maxi kann seinen Gesichtsausdruck nicht deuten. Der ganze Mann ist ihr ein Rätsel. Ihre Gespräche sind ein beidseitiges Abtasten und Abklopfen. Wie ein Strategiespiel. Kann man dem anderen trauen? Was weiß er? Was muss er wissen?

»Das ist heute Morgen nicht ideal gelaufen«, wechselt Maxi das Thema. »Es tut mir leid.«

»Schade, ja. Diese Frau vom Haus gegenüber hat Sie anscheinend schon vor drei Tagen bemerkt und nur darauf gewartet, dass Sie wiederkommen, um Louisa davon zu berichten.«

»Ich habe, wie gesagt, leider nicht die Kapazitäten, um jeden Tag einen anderen Mitarbeiter zur Observation zu schicken.«

»Ich mache Ihnen keinen Vorwurf. Ist dumm gelaufen, aber nicht allein Ihre Schuld.« Karl Fitz räuspert sich.

»Louisa ist viel mehr sauer auf mich als auf Sie. Sie will nicht beschützt werden, das war mir klar und das muss ich respektieren, auch wenn es mir nicht recht ist. Daher dachte ich mir, dass Sie stattdessen ein Auge auf ihren Kollegen werfen. Er ist schließlich die Bedrohung.«

»Ich soll Ole Woytas beschatten?« Maxi ist davon ausgegangen, dass der Auftrag schneller als erwartet ein Ende finden würde. Sie wäre erleichtert darüber gewesen. Und jetzt das. »Warum halten Sie ihn für so gefährlich?«

»Er setzt alles dran, Louisa das Leben schwer zu machen. Er hat eine Intrige gegen sie angezettelt, um ihren Ruf zu schädigen. Dieser Mann ist gestört.«

Maxi runzelt die Stirn. Der Croupier scheint aus irgendeinem Grund etwas gegen seine Kollegin zu haben. Aber warum? Ist es wirklich nur Neid, wie Fitz behauptet hat? Und rechtfertigt das eine Beschattung? »Glauben Sie wirklich, er könnte Louisa Seidler gefährlich werden?«

»Definitiv.«

Verschweigt Karl Fitz ihr etwas? Oder unterstellt sie ihm das nur?

»Lassen Sie mich darüber nachdenken«, sagt Maxi.

Nach einer kurzen Gesprächspause wechselt sie das Thema. Immerhin haben sie noch gar nicht über den Mordfall gesprochen. »Hat die Polizei Sie auf den neuesten Stand der Ermittlungen gebracht? Gibt es einen Verdächtigen?«

»Die Polizei informiert mich nicht.« Er hebt die Hände in einer resignierten Geste. »Mir wird nur das Nötigste erzählt, das, was man der Presse auch sagt. Aus ermittlungstaktischen Gründen, wie es heißt. Für die Kriminalbeamten bin ich trotz Alibis wohl immer noch ein Verdächtiger. Ich weiß nicht, ob sie der Spur mit dem Mann bereits nachgegangen sind. Anscheinend werden sie überrannt von angeblichen Zeugen, die etwas gesehen haben wollen und eine Aussage machen möchten. Benedikt wurde mit einem Schlag auf den Hinterkopf getötet. Genauer gesagt hat jemand mit dem Marmorsockel eines Unternehmerpreises, der in meinem Regal stand, auf ihn eingeschlagen. Mehr weiß ich nicht.« Karl Fitz klingt immer aufgebrachter. »Ich habe keinen blassen Schimmer, warum Benedikt bei mir im Haus war und wer ihn getötet hat.«

»Sie haben doch gesagt, dass es so aussieht, als hätte der Täter nach etwas gesucht. Nicht alles durchwühlt, aber ein wenig herumgeschaut. Wissen Sie denn mittlerweile, was gestohlen wurde?«

»Eine meiner Uhren. Beim Spaziergang hatte ich meine Sportuhr an, daher lag meine Cartier-Uhr in der Wohnung. Diese hat der Täter mitgenommen. Meine beiden anderen Uhren auch, aber die sind nicht so wertvoll. Sonst fehlt noch ein Mantel von mir.«

Komisch. Beim Thema Uhr denkt Maxi sofort an Marcel Abt. Er ist Experte. Fitz wusste von ihm, aber wusste er von Fitz?

»Mein Tablet lag auf dem Sofa, das ist auch weg.« Er schüttelt den Kopf.« Die Gemälde, die am wertvollsten sind, hängen noch. Wahrscheinlich, weil sie nicht so leicht und unbemerkt zu transportieren sind. Benedikt muss den oder die Täter überrascht haben. Mir fällt jedenfalls niemand ein, der ihn absichtlich umgebracht haben könnte. Allerdings frage ich mich immer noch, was Benedikt in meinem Haus wollte.«

»Kennen Sie Marcel Abt eigentlich persönlich?«

»Nein. Nur aus den Erzählungen von Louisa. Ich will ihn auch nicht kennenlernen. Sie fragen wegen der Uhren?«

»Ja.«

Sagt Fitz die Wahrheit? Gibt es eine Verbindung zwischen ihm und Marcel Abt? Oder zwischen Abt und seinem Sohn Benedikt? Oder ist Maxi auf der falschen Fährte?

»Frau Morel, ich wiederhole hiermit meine Bitte: Können Sie Ole Woytas im Auge behalten?«

Maxi war davon überzeugt, dass Fitz wütend auf sie wäre. Sie hatte dennoch gehofft, die kurze Zusammenarbeit mit ihm zu einem streitlosen Ende zu bringen. Und jetzt bittet er sie tatsächlich, für ihn weiterzuermitteln.

»Wissen Sie, ob Woytas aktuell zur Arbeit ins Casino geht oder ob er nach der Intrige gegen Louisa Seidler freigestellt ist?«, fragt Maxi.

»Ich weiß es nicht. Louisa wollte heute nicht mit mir sprechen, daher kann ich es nicht sagen. Finden Sie es heraus. Bitte.«

»Also gut. Ich versuche mein Bestes.«

»Danke, Frau Morel.« Fitz steht auf, als hätte er auf ein Kommando gewartet, das Maxi ihm soeben gegeben hat. Lange schüttelt er Ihre Hand. »Wir bleiben in Kontakt.« Er verlässt das Büro.

Neue Zielperson. Gleicher Auftraggeber.

Immerhin hat Maxi Neues zur Tatwaffe und zum Raub erfahren. Auch wenn viele Fragezeichen bleiben. Offenbar auch für die Polizei.

Dass Benedikt Fitz zufällig Opfer eines Einbruchs geworden ist, weil er zur falschen Zeit am falschen Ort war, kann Maxi nicht so richtig glauben. Warum war er in der Wohnung seines Vaters? Ausgerechnet, als dort eingebrochen wird? Es wäre schon ein großer Zufall. Das wird auch Fitz klar sein.

Als sie ihn gefragt hat, was er über den Tathergang wisse, ist er ausgewichen. Jetzt hat sie von ihm wieder nichts über die Familienverhältnisse erfahren, wie er zu seinen Söhnen steht, wie diese sich untereinander verstehen. Vielleicht sollte Maxi versuchen, mehr Informationen durch Cornelius herauszubekommen. Und sie sollte nach einer eventuellen Verbindung zwischen Marcel Abt und Familie Fitz suchen. Vielleicht ahnt Abt, dass Fitz und seine Ex-Frau engen Kontakt haben? Schließlich hat Maxi es auch herausgefunden. Ist er eifersüchtig? Aber warum sollte er seine Eifersucht am Sohn des Immobilienmaklers auslassen? Wenn Seidler und Fitz tatsächlich eine Beziehung haben, wäre Abt doch am Ziel. Oder hatte er es auf Karl Fitz abgesehen und Benedikt war doch zur falschen Zeit im Haus seines Vaters? Statt den Vater traf es den Sohn?

An dieser Stelle gerät Maxi in eine gedankliche Sackgasse. Was für wilde, erratische Spekulationen.

Sie hat einen Auftrag: Ole Woytas finden und beobachten. Wo wohnt er? Maxi setzt sich an den Recherchecomputer und gibt seinen Namen ein.

Im Telefonbuch steht er nicht. Sie fügt dem Namen ein »Baden-Baden« hinzu, scrollt durch die erste Seite mit Suchergebnissen.

Ein Eintrag lautet: »Grüne Raubtiere – Alles über fleischfressende Pflanzen«. Maxi klickt darauf.

Auf der Website befinden sich verschiedene Blog-Beiträge. Allerdings nicht besonders aktuell, der letzte stammt aus dem Vorjahr. »Tipps für Anfänger: Welche fleischfressenden Pflanzen sind am pflegeleichtesten?« Dazu ein Bild von einer Pflanze, die aussieht wie ein Kamm. Der Verfasser des Beitrags: Ole Woytas. Treffer! Der Beitrag darunter, ebenfalls im vergangenen Jahr veröffentlicht: »Rote Königin: Die faszinierende Welt der Nepenthes«. Maxi kneift die Lippen zusammen und zieht den Kopf ein paar Zentimeter zurück. Auf dem Bild sieht die Pflanze aus wie ein Kondom. Der Beitrag stammt ebenfalls von Ole Woytas.

Maxi klickt auf den Menüpunkt »Kontakt«: eine Mailadresse. Kein Foto. Schade. Sie öffnet das Impressum: wieder Ole Woytas, dazu eine Adresse in Lichtental. Der Name ist nicht gängig, er muss es sein. Das Hobby, fleischfressende Pflanzen zu sammeln oder zu züchten, ist schräg. Und dann noch einen Blog dazu zu betreiben. Von einem Croupier hätte sie das nicht erwartet. Noch dazu von einem Hünen von Mann wie ihm. Maxi sieht ihn in der Freizeit eher Stangen mit kiloschweren Gewichten stemmen und nicht Pinzetten voller Fliegen an Pflanzen verfüttern.

Andererseits: Viele Leute haben unerwartete Hobbys. Warum denkt Maxi so kleinkariert?

Sie muss hinfahren. Lichtental. Hoffentlich begegnet sie dort nicht Noah. Sie hat ihm immer noch nicht geantwortet.

Maxi zieht ihr Smartphone heran. Sie tippt: »Lieber Noah«. Lieber? Sie löscht das Wort und schreibt: »Hallo, Noah«. Nein. Sie will nett sein. Wahrscheinlich ist er ohnehin schon beleidigt, weil sie ihm so lange nicht geantwortet hat. Sie löscht die Anrede und schreibt: »Lieber Noah, ich fand das Frühstück bei dir auch sehr schön. Gerade bin ich beruflich wirklich eingespannt, sodass es mit einem Spaziergang in deiner Urlaubswoche leider nichts mehr geworden ist. Vielleicht kommende Woche? Liebe Grüße, Maxi.« Sie schickt den Text ab, ohne ihn nochmals durchzulesen.

Die Adresse von Woytas gibt sie bei Google ein, lokalisiert das Haus.

Dann bricht sie auf.

Sonntagmittag

Maxi biegt nach dem Lichtentaler Kloster am Brahmsplatz rechts ab und nach wenigen Hundert Metern nach links in eine kleine Straße mit großen Wohnhäusern. Sie bilden den Stadtrand, hinter ihnen beginnt der Wald. Maxi biegt erneut rechts ab. Da ist das Haus. Kastig, hellgelb gestrichen, sechs überdachte Balkone, die symmetrisch in die Vorderseite integriert sind. Maxi fährt daran vorbei, dann endet die Straße. Kein Parkplatz frei. Sie wendet, fährt zurück. Parkt vor der Abbiegung. Leider ohne Sicht auf das Haus von Ole Woytas. Sollte er jedoch in Richtung Stadt aufbrechen, wird sie ihn sehen. Maxi sollte auch ein Auge auf vorbeifahrende Autos werfen.

Sie setzt sich wieder auf die Rückbank. Es ist ruhig ohne die laufenden Scheibenwischer.

Maxi holt ihr Handy hervor. Noah hat ihre Nachricht gelesen, aber nicht geantwortet. Was soll er auch schreiben? Sie hat nichts Konkretes vorgeschlagen, keine Frage gestellt. Wahrscheinlich ist er ohnehin sauer.

Aus dem Nieseln sind kleine Regentropfen geworden, die sanft auf der dunklen Scheibe landen. Ein Tropfen fließt von ganz oben im Zickzack hinab, schluckt dabei ein paar seiner Kollegen. Maxi sucht sich den nächsten Tropfen, dessen Reise an der Scheibe sie beobachten kann. Die Freuden der Observation.

Sonntag. Regentag. Es ist ruhig. Ein Erwachsener mit einem großen Schirm und ein Kind mit einem kleinem Schirm laufen die Straße entlang. Das Mädchen ist vielleicht fünf oder sechs Jahre alt, Maxi kann es nicht genau sagen.

Sie ist im Auto eingeregnet. Hätte sie an etwas Warmes zu trinken und Schokolade gedacht, könnte es beinahe gemütlich sein.

Sonntagnachmittag

Nichts. Tut. Sich.

Und wieder taucht die Frage auf, die sie verfolgt wie chronischer Husten: Was macht sie hier eigentlich?

In diesem Auto an einem Sonntagnachmittag. An dem sie mit Noah in einem Café sitzen könnte. Oder mit Smilla in die Therme gehen. Oder daheim stricken.

Und was macht sie vor dem Haus von Ole Woytas?

Was macht sie in diesem Beruf?

Was macht sie überhaupt?

Was?

Sonntagabend

Seit mehr als sechs Stunden sitzt sie hier. Es ist schon längst dunkel geworden.

Was hat sie herausgefunden? Nichts.

Sie ist müde. Und hungrig. Außerdem friert sie und muss dringend zur Toilette.

Wenn Woytas heute zur Arbeit ins Casino gegangen wäre, dann hätte er gegen 19 Uhr aufbrechen müssen. Aber sie hat ihn nicht gesehen.

Maxi könnte bei der Tankstelle anhalten und etwas zu essen mitnehmen.

Sie fährt los. Nach einigen Hundert Metern biegt sie ab und hält vor einer blau-weißen Zapfsäule. Sie könnte auch gleich tanken.

Jemand verlässt die Tankstelle. Er hält eine Flasche Orangensaft in der einen und ein paar Bananen in der anderen Hand.

Ist das Noah?

Maxi hält die Luft an, tut so, als suche sie etwas unter dem Beifahrersitz.

Als sie wieder hochkommt, ist der Mann längst weitergelaufen. Er dreht sich nochmals um und scheint zu ihrem Auto zu schauen. Dann geht er weiter. Maxi ist sich ziemlich sicher, dass es Noah war. Ob er sich genauso fragt, ob sie das in dem Auto war? Hat er ihren Wagen gesehen, als sie zu ihm gefahren ist?

Egal. Jetzt ist er weg. Maxi steigt aus, betankt ihr Auto. Mit der einen Hand hält sie die Zapfpistole, die andere hat sie fast liebevoll auf die Oberfläche des Autos gelegt.

»Hallo, Maxi.«

Sie dreht sich um.

Da steht er.

Ist er extra zurückgekommen?

»Hallo, Noah.«

»Ich war gerade einkaufen und hab die Milch vergessen.« Er wippt mit seinen Einkäufen.

»Ach so.«

»Und du?«

»Ich komme von einem Arbeitseinsatz.«

»Viel los bei dir?«

»Ja.«

»Magst du noch auf einen Orangensaft bei mir vorbeikommen?« Er grinst.

»Sehr gerne, aber leider bin ich müde.«

»Alles klar, melde dich einfach, wenn du mal wieder Zeit hast.«

»Mache ich.«

Er nickt, geht nochmals in den Laden.

Maxis Herz klopft noch immer schneller. Das war unangenehm. Aber auch aufregend.

Sonntagnacht

Maxi blickt auf den Teller, auf dem die letzten Krümel der Tiefkühlpizza von der Tankstelle liegen. Sie trinkt einen Schluck Wasser. Sie hat noch nicht einmal eine Kerze angezündet und Musik angemacht. Aber das passt. Stimmungslos, genauso fühlt sie sich.

So kann es nicht weitergehen. Es ergibt keinen Sinn, Ole Woytas zu observieren. Dass er heute das Haus nicht verlassen hat, muss nichts bedeuten. Maxi hätte das an einem verregneten Sonntagnachmittag auch nicht getan. Dass er nicht zur Arbeit gegangen ist, kann bedeuten, dass er noch einen Tag frei hat. Oder Urlaub. Oder, sollte er Louisa Seidler wirklich den Betrug in die Schuhe beziehungsweise in die Tasche geschoben haben, könnte es auch sein, dass er von der Arbeit suspendiert wurde. Oder er ist krank.

Andererseits – sollte Maxi doch weiter observieren, bis sie Ole Woytas zumindest einmal gesehen hat, um wirklich sicher zu sein, dass er immer noch in Lichtental wohnt? Immerhin wird sie für die Arbeit von Karl Fitz bezahlt. Das macht den Fall zumindest für ihr Unternehmen nicht komplett sinnlos.

Morgen ist Montag. Maxi freut sich darauf, Regine zu sehen und mit ihr zu sprechen. Wobei Maxi ihr gegenüber nicht zu viele generelle Zweifel aussprechen sollte, am Ende fürchtet Regine um ihren Job.

Und was macht sie in Bezug auf Noah? Sie sollte sich bald bei ihm melden, sonst verliert er das Interesse. Wenn er es nicht schon längst getan hat. Nach Jahren hat endlich ein Mann an ihr Interesse, den sie durchaus sympathisch findet. Maxi will Noah wiedersehen. Aber wenn sie ihn in ihrem jetzigen Zustand treffen würde und wieder nichts zu erzählen hätte, dann wäre das sinnlos. Noah würde sie für verrückt halten.

Was für ein Tag!

Was für eine Situation!

Es ist zu früh zum Schlafen. Maxi steht auf, schaltet den Wasserkocher an, um sich einen Kräutertee zu machen. Sie legt das Strickzeug aufs Sofa. Wählt eine Playlist mit dem Titel »Zuhause« aus. Es sind noch Pralinen vom Kurs da. Sie legt drei Champagner-Trüffel auf einen kleinen Teller.

Dann setzt sie sich aufs Sofa. Am liebsten würde sie losheulen.

Sie nimmt das Strickzeug, lässt die Nadeln klappern. Das Geräusch entfaltet sogleich die gewohnt beruhigende Wirkung. Nach einer äußerst kurzen Strickeinheit wird sie müde und geht ins Bett.

KAPITEL 10

Montagmorgen

Maxi atmet weiße Wolken aus. Sie zieht die Schultern unter ihrem Dufflecoat zusammen. Heute hat sie sich auf dem Weg ins Büro eine Mütze aufgesetzt. Vor einer Woche war noch Sommer, plötzlich ist es winterlich. Wo war die Übergangszeit in diesem Jahr? Auch in ihrem Leben kommen Veränderungen und Neuigkeiten momentan so schonungslos daher wie das Wetter.

Maxi geht die Pflasterstraße hinauf. Der erste Stock ihres rosafarbenen Hauses ist hell erleuchtet. Regine ist da. Ein doppelter Lichtblick.

Maxi schließt die Tür auf und betritt das Haus.

»*Salut*, Regine, wie war dein Wochenende?«

»Guten Morgen, Maxi. Gut, gut. Ganz schön kalt geworden. Und wie geht's dir?« Regine steht hinter ihrem Schreibtisch, sie umfasst eine Monstertasse mit der Aufschrift »Beste Oma«.

»War ganz schön was los am Wochenende. Erzähle ich gleich. Steht in der Zeitung was zum Mordfall?«

»Die Polizei scheint im Dunkeln zu tappen. Viele mögliche Spuren, aber keine heiße. Auch das Motiv des Täters ist wohl unklar.«

Maxi nimmt die Zeitung und steuert den roten Sessel an. Das Telefon klingelt. Regine nimmt ab.

»Ja, sie ist da. Worum geht's denn? Kann ich Ihnen nicht weiterhelfen?«

Maxi horcht auf.

Regine streckt ihr den Hörer entgegen.

Maxi nimmt ihn zögerlich, als wäre er gefährlich.

»Das ist meine letzte Warnung!« Es brüllt so laut daraus hervor, dass Maxi zusammenzuckt. »Dafür wollen Sie wirklich Geld? Für diesen lächerlichen Bericht? Das ist ja fast Betrug!«

Der Abschlussbericht muss bei Marcel Abt angekommen sein.

»Wenn Sie denken, ich zahle auch nur einen Euro für Ihre miserable Leistung, haben Sie sich geschnitten. Sie lassen mich ab jetzt in Ruhe. Wenn ich noch mal von Ihnen höre, gibt es richtig Ärger. Haben Sie verstanden?« Es entsteht eine kurze Pause. »Lassen Sie mich raten – so ein Amateurdetektiv wird man, wenn man sonst nichts auf die Reihe kriegt, oder?« Wieder folgt eine kurze Pause. »Überlegen Sie sich gut, ob Sie sich mit mir anlegen. Ich kann noch ganz anders.«

Marcel Abt hat aufgelegt. Maxis Finger zittern, sie braucht mehrere Anläufe, bis sie die Taste mit dem roten Hörersymbol trifft, um den Anruf auch von ihrer Seite zu beenden.

Regine ist blass geworden.

Noch nie wurde Maxi derart von einem Klienten beleidigt. Als wüsste Marcel Abt von ihren Zweifeln und hätte absichtlich den Finger in die Wunde gelegt.

»Das war … komisch«, sagt Maxi. »Ich habe echt Angst bekommen.«

»Magst du dich setzen? Ich bring dir ein Glas Wasser.«

Maxi schüttelt den Kopf. »Es war definitiv Marcel Abt. Aber es klang trotzdem nicht nach ihm. Was er gesagt hat, klang wie abgelesen. Oder einstudiert. Ich weiß auch nicht. Und trotzdem hat er mir richtig Angst gemacht. Was meinst du, wozu der fähig ist?«

»Vielleicht steckt sein mutmaßlicher Lebensgefährte hinter der Aktion?«

»Ich glaube schon. Was sollen wir machen? Uns wehren? Ebenfalls mit dem Anwalt drohen? Oder nichts tun und hoffen, dass er uns in Ruhe lässt? Ehrlich gesagt tendiere ich zu Letzterem. Ich will mit dem Mann einfach nichts mehr zu tun haben.«

»Okay«, sagt Regine.

»Ist die Rechnung schon rausgegangen?«, fragt Maxi abrupt.

»Die habe ich am Samstagmittag abgeschickt. Ich war kurz hier wegen der Post.« Regine beißt sich auf die Unterlippe.

»Mist.«

»Ich wusste nicht, dass …« Regine ist das schlechte Gewissen anzusehen.

»Wenn ich so darüber nachdenke, dann will ich die Männer lieber nicht weiter in Rage bringen. Ich habe das Gefühl, dass es nichts bringt, um das Geld zu kämpfen. Außer Energie. Und schlechte Laune.«

Regine nickt. Maxi findet, dass es nicht besonders überzeugt aussieht.

»Die Post. Ich muss sie aufhalten. Der Brief darf nicht bei Marcel Abt eingeworfen werden.«

»Soll ich das machen?« Regine sagt es, als handle es sich um eine alltägliche Aufgabe.

»Nein, ich fahre da jetzt hin und schaue mal, was ich machen kann. Notfalls angle ich die Rechnung aus dem Briefkasten.«

»Wie du meinst.«

»Hör auf, so ein schuldiges Gesicht zu machen. Ich mache dir keinen Vorwurf, dass du deinen Job ernst nimmst.«

»Soll ich dir ein Vesper richten?«

»Nicht nötig. Wir sehen uns später.«

Montagvormittag

Wieder sitzt Maxi in ihrem Auto. Hier hat sie in den vergangenen Wochen bedeutend mehr Zeit verbracht als im Büro, geschweige denn zu Hause. Der AMG, ihr neuer bester Freund. Die Konstante, während Zielperson und Auftrag täglich wechseln.

Dass sie nun versucht, einen Postboten abzupassen und ihn daran zu hindern, einen Brief einzuwerfen, scheint schon wieder so eine Szene zu sein, die einem schlechten Film entspringt.

Maxi lehnt sich zurück, diesmal ist sie auf dem Vordersitz des Autos sitzen geblieben. Das ist bedeutend komfortabler als hinten.

Wann kommt in diesem Stadtviertel die Post?

Später am Montagvormittag

Wieder ein Blick in den Rückspiegel. Da ist etwas Gelbes. Fahrendes.

Maxi richtet sich auf.

Der Postbote auf dem Fahrrad kommt stückweise näher, ist vielleicht 200 Meter entfernt.

Maxi beschließt, noch drei Stopps abzuwarten. Dann wird sie aussteigen und mit dem Fahrer sprechen.

Drei.

Zwei.

Eins.

Maxi nimmt ihre Tasche und steigt aus.

Lieber würde sie jetzt versuchen, einem Fremdem einen Staubsauger zu verkaufen, als dem Postboten ihre Geschichte zu erklären.

Ob es öfter vorkommt, dass Leute bereits verschickte Briefe zurückhaben wollen? Vielleicht bei Liebesbriefen?

Maxi wirft die Autotür schwungvoll zu.

Die Luft ist wärmer als vorhin, aber immer noch kalt.

Für einen Moment schließt Maxi die Augen. Einmal durchatmen. Augen wieder auf und durch. Sie hat sich ihren Text zurechtgelegt.

»Entschuldigen Sie.« Maxi winkt, als der zum E-Bike passend gekleidete Mann sich umdreht. »Guten Tag.« Sie geht auf ihn zu.

»Ich habe eine Bitte an Sie. Meine Assistentin hat fälschlicherweise am Samstag einen Brief abgeschickt. Dieser könnte meinen Klienten sehr ärgern. Falls er bei Ihrer Post ist, dürfte ich Sie bitten, ihn mir zurückzugeben? Könnten Sie bitte kurz nachsehen? Ich kann mich auch ausweisen. Darf ich Ihnen Adresse und Namen des Empfängers nennen?«

Der Mann steht da, einen Stapel dicke Briefe in der Hand, auf dem obersten verläuft ein Pfeilsymbol. Er schaut auf die Uhr, dann zu Maxi. Ein großer Mann mit großen Augen. Grauer Bart. Sein Gesicht erinnert sie an das einer Eule. Fehlt nur noch, dass die Augen rollen wie bei einer animierten Zeichentrickfigur.

»Bitte wie?«

»Es geht um eine geschäftliche Angelegenheit. Ich bekomme richtigen Ärger, wenn der Brief beim Adressaten ankommt. Meiner Kollegin ist ein Fehler unterlaufen. Wenn Sie nur ganz kurz nachsehen könnten?«

»Ich verstehe nicht.«

Dafür versteht Maxi jetzt. Der Mann scheint wirklich nicht zu kapieren, was sie will, weil er ihrer Sprache nicht mächtig ist. Sie versucht es in einfachen Worten, zeigt auf das Auto. »Ich brauche einen Brief zurück.«

Der Mann schüttelt den Kopf. »Geht nicht.«

Warum muss sie ausgerechnet auf einen Zusteller stoßen, der sie kaum versteht und unter Zeitdruck steht? Wahrscheinlich weil das der Normalfall ist.

Ein Hund bellt. Maxi dreht sich um. Und schnellt sofort wieder zurück. Der Hund ist weiß. Mittelgroß. Angriffslustig. Es ist das Tier, das sie fast angefallen hätte. Mit seinem Besitzer. Was macht das unheilvolle Duo hier? Wohnt der Mann hier? Hat er sie erkannt? Was soll sie jetzt tun?

Warum passiert immer alles auf einmal?

»Nehmen Sie das nicht persönlich«, sagt sie lächelnd zum Postboten. »Hunde mögen mich nicht.«

»Sehr böse.« Der Postbote zeigt auf das Tier.

»Ach so, Sie kennen ihn.«

»Ich muss weiterarbeiten.« Der Mann geht davon.

Maxi dreht sich in Richtung des Hauses, in dem Marcel Abt wohnt. Sie hat es sich von Regine beschreiben lassen und dann auf Google Maps gesucht. Sie hat den Eindruck, schon mal in dieser Straße gewesen zu sein, kann sich jedoch nicht mehr an den Anlass erinnern. Vor dem Haus steht der Hundebesitzer mit Ares. Sieht er sie an? Erkennt er sie?

Wohnt er hier?

Maxi hat einen Verdacht. Jetzt geht ihr nicht nur ein Licht auf, sondern ein Feuer entflammt!

Wie hieß der Lebensgefährte von Marcel Abt? Was hat Regine gesagt? Berger?

Maxi erstarrt.

Montagmittag

»Der Typ mit dem Hund, der mich im Wald fast angefallen hätte, wäre nicht Karl Fitz dazwischengegangen, ist der Lebensgefährte von Marcel Abt. Der Mann, der am Tatort war und mich gegrüßt hat.«

»Tino Berger?«

»Ja, ich habe gesehen, wie er in das Haus gegangen ist, in dem Marcel Abt wohnt.«

»Wie bitte?« Auf Regines Stirn zeichnen sich dünne Falten ab. »Tino Berger war genau zu dem Zeitpunkt mit seinem Hund im Wald, als du Karl Fitz gefolgt bist?«

»Ja.«

»Und am nächsten Morgen war er am Tatort?«

»Ohne seinen Hund. Aber er hat mich gegrüßt, sich entschuldigt. Vielleicht wollte er, dass ich ihn erkenne.«

»Also der, den ich auf der Straße gesehen habe, wie er Marcel Abt zusammengestaucht hat?«

»Sag du's mir. War es so ein kompakter Typ mit kurzen Haaren? Und einem Ohrring? Besonders groß ist er jedenfalls nicht.«

»Einen Ohrring habe ich nicht bemerkt, aber ich war auch zu weit weg. Den Hund hatte er auch nicht dabei. Aber der Rest passt, ja.«

»Ich gehe schwer davon aus, dass wir vom gleichen Mann sprechen.«

Regine fährt fort: »Du denkst, dass er irgendwas mit dem Mord zu haben könnte?«

»Möglich. Zu Beginn der wahrscheinlichen Tatzeit war er noch im Wald. Aber wenn er direkt nach unserer Begegnung zu Karl Fitz' Haus gegangen wäre …«

»Vielleicht wollte er von dir auch ein Alibi?«

»Ich habe ihn aber nur diese eine Minute gesehen. Und er ist am nächsten Morgen vor der Villa von Karl Fitz aufgetaucht. Vor den Augen der Polizei. Und vor meinen. Klar, Mörder und Tatort und so. Aber ist das nicht etwas zu offensichtlich?«

»Und wenn das alles ein Spiel für ihn ist?«

»Mit mir? Mit der Polizei? Mit Karl Fitz?« Maxi beißt sich auf die Unterlippe. »Irgendwas muss er mit der Sache zu tun haben.«

Was soll Maxi machen? Mit Karl Fitz sprechen? Gleich zur Polizei gehen? Fitz hat den Beamten bereits erzählt, dass der Mann aus dem Wald am nächsten Morgen am Tatort war. Ob die Polizei weiß, dass es sich um Tino Berger handelt?

»Vielleicht will er auch dich einschüchtern?«

Maxi stützt sich auf die Empfangstheke.

Tino Berger hat es auf sie abgesehen?

Angst überfällt sie so plötzlich, als wäre sie in Eiswasser gesprungen.

Der Hund.

Die überraschenden Worte am Tatort.

Der Drohanruf von gerade eben. Er muss dahinterstecken.

Die negative Bewertung … Maxi holt das Smartphone und öffnet die Seite. Die Rezension wurde von »tb« verfasst. Die Initialen von Tino Berger.

Es passt zusammen. Er nutzt jede Gelegenheit, um Maxi Angst einzujagen. Regine könnte recht haben. Vielleicht macht er sich ein Spiel daraus, Maxi einzuschüchtern? Ist es wirklich nur, weil Maxi für ihn und Marcel Abt keine zufriedenstellenden Ergebnisse geliefert hat? Aber wo ist die Verbindung zu Karl Fitz? Zum Mord an seinem Sohn? Vielleicht geht es doch nicht um sie selbst?

Maxi hat vorgehabt, schon morgens Ole Woytas zu observieren. Sie hat so viel vermasselt, dass sie zumindest Karl Fitz ein brauchbares Ergebnis liefern möchte. Der fehlgeschlagene Versuch, den Brief mit der Rechnung an Marcel Abt zurückzubekommen, hat ihren Tagesplan durcheinandergebracht.

»Louisa Seidler hat mich am Wochenende entdeckt, als ich sie observiert habe. Karl Fitz hat mich daher beauftragt, ihren Croupier-Kollegen zu beschatten, da er glaubt, von diesem Kollegen ginge die Gefahr aus«, bringt Maxi Regine in wenigen Sätzen auf den neuesten Stand. »Ich fahr dann mal los.«

»Soll ich dir was richten?«

Montagnachmittag

Maxi schiebt den letzten Bissen Butterbrezel in den Mund. Die vergangenen Observationsstunden waren unspektakulär wie das Wetter. Ein farbloser Himmel liegt über Baden-Baden, der bei Maxi für einen ersten Herbstblues sorgt. Sie ist eher der Sommertyp, trauert der Wärme schon jetzt hinterher. Bis auf die Weihnachtszeit, die ihren eigenen gemütlichen Charme hat, könnte sie auf den Winter und die ersten Monate des Jahres gerne verzichten.

Sie zerknüllt die Brezeltüte zu einem kompakten Papierball, wirft diesen von der einen zur anderen Hand.

Wo ist die Wasserflasche? Als Maxi sich bücken will, um im Fußraum nachzusehen, fährt ein Auto die Straße hinab. Ein Kleinwagen, in dem ein großer Mann sitzt, das Bild wirkt seltsam unproportional. Ole Woytas?

Maxi kneift die Augen zusammen.

Ja. Es ist der Croupier.

Das silberne Auto fährt an ihr vorbei und biegt rechts in Richtung Lichtental ab. Wo will er hin? Fährt er nur zum Einkaufen?

Hinterher. Maxi klettert auf den Fahrersitz, stößt sich den Ellenbogen am Schaltknüppel an. Sie zuckt zusammen, das gibt bestimmt einen blauen Fleck. Sie startet den Motor, folgt dem Auto von Ole Woytas.

Maxi sieht den silbernen Punkt nach links auf die Hauptstraße abbiegen.

Sie setzt den Blinker. Gegenverkehr. Ein Lastwagen quält sich die Straße entlang, gefolgt von einer Autokolonne.

Mist. Zielobjekt aus den Augen verloren. Bei einer Verfolgung im Auto ist man zwar besser geschützt als zu Fuß, jedoch verliert man das Ziel schneller aus den Augen.

Endlich ist die Straße frei. Obwohl es sich um ein banales Hinterherfahren handelt und nicht um eine Verfolgungsjagd, spürt Maxi das Adrenalin in ihrem Blut.

Soll sie auf die Maximilianstraße nach links in Richtung Baden-Baden abbiegen oder nach rechts? Bestimmt ist Woytas nach Baden-Baden gefahren, sonst wäre er an der Kreuzung davor schon rechts abgebogen.

Maxi kommt es vor, als würde sie in Schrittgeschwindigkeit die Straße entlangtuckern, dabei fährt sie mit 40 Kilometern pro Stunde. Bestimmt ist Woytas bereits ein paar Hundert Meter weiter.

Weiter vorne blitzt etwas Silbernes auf. Der Wagen von Ole Woytas? Sollte sie das schwarze Auto vor ihr überholen?

Maxi gibt Gas, wechselt auf die linke Spur. Gegenverkehr in Sicht. Sie gibt mehr Gas und schert wieder auf die rechte Spur ein. Das schwarze Auto, mittlerweile hinter ihr, hupt. So knapp war es doch nicht. Sie hatte alles unter Kontrolle. Der Fahrer hat wohl nicht kapiert, dass sie ein leistungsstarkes Auto besitzt.

Maxi passiert die Tankstelle, an der sie gestern Noah getroffen hat. Das Zielauto ist wieder perfekt im Sichtfeld. Zwei Autos sind zwischen ihr und Ole Woytas.

Bäume mit orange-gelb-grünen Blättern säumen die Straße, denen Maxi bei einer Spazierfahrt mehr Aufmerksamkeit schenken würde.

Nach der Russischen Kirche biegt Woytas im Kreisverkehr links ab. Maxi hätte erwartet, dass er ihn an der zweiten Ausfahrt geradeaus verlassen würde.

Maxi folgt. Sehr langsam, da keine Autos mehr zwischen ihr und Woytas sind. Sie fahren über die Oos, vorbei am hübschen Stadtmuseum.

Woytas fährt weiter geradeaus und bergauf. Was will er auf dem Friesenberg? Dorthin geht man nicht zum Einkaufen. Besucht er jemanden?

Ein komisches Gefühl befällt Maxi. Pumpt Adrenalinnachschub durch die Blutbahnen. Woytas biegt links ab. Maxi kennt die Straße. Dort steht die Villa von Karl Fitz. Will er etwa zu ihm? Aber Fitz hat doch erzählt, er wohne im Hotel. Gemächlich fährt Woytas an der Villa vorbei. Maxi hinterher. Das imposante Wohnhaus wirkt einsam und verlassen. Es ist niemand da, auch keine Polizei mehr, lediglich das weiß-rote Absperrband erinnert daran, dass hier kürzlich etwas Schlimmes passiert ist.

Bisher hat sich Maxi keine Gedanken darüber gemacht, aber so langsam wird ihre Sorge größer, Woytas könnte ahnen, dass er verfolgt wird.

Er wird langsamer. Fast hätte Maxi den Motor abgewürgt.

Fahr schon weiter!

Er nähert sich der nächsten Kurve.

Maxi wartet kurz, dann biegt auch sie ab. Die Höhenlage eröffnet einen Panoramablick über Baden-Baden und den Schwarzwald, der die Stadt umgibt. Bei Sonne und blauem Himmel wäre das ein Postkartenmotiv.

Die Straße zieht sich. Wann ist sie zu Ende? Sie kennt nicht jede einzelne Straße in der Gegend.

Hält das silberne Auto weiter vorne an? Maxi kann jetzt nicht wenden und auch nicht unauffällig anhalten. Also fährt sie einfach weiter, an Woytas' Kleinwagen vorbei.

Sein Auto steht auf einem Parkplatz. Zur Linken befindet sich ein kleiner Palast. Palmen stehen wie Wärter vor dem Eingang. »Hotel Orlena« prangt als gusseiserner Schriftzug auf der weißen Fassade. Mehr konnte Maxi nicht erspähen.

Orlena. Da war doch was. Es kann kein Zufall sein. Woytas ist direkt zu dem Hotel gefahren, in dem Karl Fitz wohnt. Was will er von ihm? Woher kennt er ihn?

Maxi gibt Gas. Sie kann hier nicht aussteigen und überprüfen, ob Woytas wirklich zu Karl Fitz geht. Ihrem Auftraggeber.

Sie muss so schnell wie möglich mit ihm sprechen.

Später am Montagnachmittag

Maxi hat die Heizung angeschaltet, die Stehlampe flutet wärmendes Licht in Richtung Sofa. Maxi umarmt das rosafarbene Kissen.

Sie ist nach der Observation direkt nach Hause gefahren. Weil sie ratlos war. Warum ist Ole Woytas zum Hotel gefahren, in dem Karl Fitz logiert? Zielperson trifft Auftraggeber. Das kann doch eigentlich gar nicht sein. Fitz kann schlecht ein Treffen mit Woytas vereinbart haben, er wusste doch, dass Maxi den Croupier observieren würde. Außer er wollte Maxi verwirren – das wäre ihm gelungen.

Eigentlich sollten sich die beiden Männer gar nicht kennen. Was ist hier los?

Maxi muss Karl Fitz darauf ansprechen. Sie greift zum Smartphone. Kurz nach fünf. Soll sie ihn anrufen?

Das Smartphone vibriert. Eine Nachricht. »Hallo, Schöne, wie geht's dir?« Der Anfang der Nachricht steht auf dem Display. Die Anrede passt nicht zu Noah. Wer schreibt das? Johannes? Maxi tippt auf die Nachricht, die sich öffnet. »Würde dich gerne wiedersehen. Lust auf ein Treffen heute Abend? Viele Grüße, Cornelius.«

Mit einer Nachricht von ihm hat Maxi nicht gerechnet. Will Cornelius sie wirklich wiedersehen? Braucht er jemanden zum Reden? Oder steckt hinter dem Treffen sein Vater, der Maxi beobachten oder erneut testen will?

Es wäre die Gelegenheit, von Cornelius mehr über dessen Familie zu erfahren. Maxi sollte ihn treffen. Auch wenn die Vorstellung, mit Cornelius im Dunkeln durch die Gegend zu spazieren, von einem unguten Gefühl begleitet wird. Sie schreibt: »Hallo, Cornelius, ja, gerne. Wo und wann?«

Die Antwort kommt prompt. »Um 19 Uhr bei der Trinkhalle? Was möchtest du trinken? Ich bringe gern was mit.« Er will etwas zu trinken mitbringen? Immerhin schlägt er nicht das Casino als Treffpunkt vor. In der Trinkhalle ist es zur Dämmerung nicht völlig einsam.

»Tee? Oder wir gehen irgendwo was trinken?« Für etwas Alkoholisches wird Cornelius bestimmt sorgen.

»Okay.« Was auch immer das heißt.

»Bis später«, tippt sie. Sie wird in knapp zwei Stunden Cornelius treffen. Die Vorstellung liegt ihr schwer im Magen. Dieser fühlt sich an, als hätte sie einen riesigen Burger mit Käse und Pommes gegessen. Dabei ist er leer.

Maxi schreibt ihrer Freundin Smilla: »Hallo, Smiley, ich treffe gleich jemanden bei der Trinkhalle. Nicht Noah. Bist du im Notfall zu erreichen?«

»Wen?«, ploppt umgehend die Antwort auf.

»Erzähle ich dann. Beruflich.«

»Bin neugierig. Alles klar, ich bin erreichbar, wenn was ist, Maxima.«

Montagabend

Die lang gezogene Halle mit ihrem säulengestützten Wandelgang strahlt selbstbewusst im Halbdunkel. Hier stehe ich seit bald 200 Jahren mit unerschütterlicher Macht, scheint sie zu sagen.

Massive Steinsäulen tragen die geschwungenen Bögen der Vorderseite, die eine wellenförmige Linie bilden.

Ein perfekt symmetrisches Gebäude, in sich ruhend. Das Gegenteil von Maxi. In ihr rumort es. Sie fühlt sich immer kleiner und unscheinbarer, je näher sie dem prächtigen Gebäude kommt.

Auf der linken Seite stehen zwei Menschen. Rechts eine Silhouette vor der Steinmauer, jemand sitzt dort, den Rücken an eine der mächtigen Säulen gelehnt. Cornelius?

Maxi umrundet den Kreis, in dem die Kaiser-Wilhelm-Statue steht, auf der linken Seite. Sie atmet tief durch und geht die schmal zulaufende Treppe nach oben, betritt das Halleninnere. Cornelius ist aufgestanden, er winkt. Sie geht auf ihn zu.

Wie immer wirkt sein Äußeres geschniegelt. Die Haare sind nach hinten frisiert, er trägt eine dunkle, mit einem Pferdelogo bestickte Steppjacke und beige Hosen. Und dann dieser ausdruckslose Blick. Dieser junge Mann hat etwas Abstoßendes und Anziehendes zugleich, wie ein Magnet mit seinen beiden Polen. Wobei das Abstoßende überwiegt. Es ist nicht nur sein Blick, Maxi kann nicht genau definieren, was es ist.

»Hallo, Maxi. Ich habe Tee dabei. Und Sekt. Was darf ich dir anbieten?« Er berührt eine Thermoskanne. Diese steht auf einer Wolldecke, die wiederum auf der Mauer ausgebreitet ist. Cornelius hat seine Idee ernst gemeint. Zum Glück hat sie eine warme Jacke angezogen.

»Ich nehme einen Tee.«

»Grün oder blau?« Cornelius hält zwei Thermobecher in den Händen.

»Grün. Sofern es sich nicht auf den Tee bezieht …« Maxi setzt sich auf die Mauer.

Er lacht. »Nein, Kräutertee, eher hellbraun als grün.« Er nimmt Platz, lehnt sich wieder an die Steinsäule, stellt einen Fuß auf die Decke.

Maxi hebt den Becher. »Lass uns trinken in der Trinkhalle.«

»Prost. Pass auf, kann noch heiß sein.«

Maxi nippt am Tee. »Oh ja.« Wie soll sie das Gespräch beginnen? Sie will mehr über seinen Vater und seinen Bruder erfahren. »Wie geht's? Heute ein besserer Tag als letztens im Casino?«

»Na ja. Wie man's nimmt. Seit du hier bist schon.«

So wird das nichts. Maxi könnte ihn auf Louisa Seidler ansprechen. Beim letzten Casinobesuch hat Maxi mitbekommen, dass Cornelius die Croupière kennt. Es ist riskant. Cornelius könnte auch komplett blockieren. Sie darf nicht zu lange warten, muss schnell etwas sagen. Sie darf nicht so wirken, als würde sie über jeden Satz nachdenken.

Ihr fällt nichts anderes ein. Sie wagt es. »Die Dealerin am Roulettetisch neulich, war das eine Bekannte von dir?«

»Kann man so sagen. Eigentlich eine Bekannte meines Vaters. Ich fand sie mal recht cool. Aber seit dem Tod meiner Mutter nervt sie. Sie meint, mich vom Spielen und dem Alkohol abbringen zu müssen.« Er zieht die Nase hoch, atmet mit einen f-Laut aus. »Dabei macht sie sich nur wichtig.«

»Du hast gesagt, dein Vater sei Immobilienmakler.« Maxi hält die Luft an.

»Habe ich das?« Worte wie Stahl.

»Ja, bei unserem ersten Treffen.«

Cornelius starrt sie an, als hätte sie begonnen, Märchen zu erzählen. Wieder dieser Schlangenblick. Ohne Blinzeln.

»Du warst nicht mehr ganz nüchtern …«

Er starrt weiter.

»Wirklich, sonst wüsste ich es ja nicht.« Maxi ist sich sicher. Sie erinnert sich an den Schock, als das Wort »Immobilienmakler« fiel und sie Sohn und Vater in Verbindung brachte. Danach hat Cornelius an diesem Abend dichtgemacht.

»Du willst wissen, ob du meine Familie aus der Zeitung kennst?«

»Ich hab mich gefragt, ob …«

Cornelius sagt nichts.

»Ja«.

»Der bin ich. Hast du jetzt Angst?«

Ja.

»Nein«, sagt Maxi. »Warum?«

»Wegen des Mordes. Auf einmal will niemand mehr mit uns zu tun haben.«

»Wirklich? Das tut mir leid.« Obwohl es draußen kalt ist und sie normalerweise längst frieren müsste, ist Maxi warm. Heiß. Sie schwitzt unter ihrer Jacke.

»Mein Bruder ist tot.« Cornelius sagt den Satz, als würde er Maxi über etwas völlig Alltägliches in Kenntnis setzen. »Wir standen uns nie nahe. Er war immer der perfekte Sohn, der es allen recht gemacht hat. Gut in der Schule, erfolgreicher Eishockey- und Klavierspieler. Es war völlig klar, dass er irgendwann die Firma übernimmt. Und dass er bei allem vor mir kommt.«

Maxi hat Cornelius bisher nur im Casino erlebt. Alkoholisiert. Der nüchterne Cornelius, der ihr gegenübersitzt, ist anders. Redselig. Oder ist er gar nicht nüchtern?

Maxi saugt die Infos von Cornelius auf wie ein Schwamm.

Cornelius spricht nicht weiter.

»Ich dachte, du wolltest eventuell auch in die Firma einsteigen?« Maxi nippt am Tee.

»Das ist lange her.« Cornelius schaut nach draußen. »Ich will meine Zeit nicht damit verplempern. Es kann alles so schnell vorbei sein.«

Was soll das heißen? Maxi tastet nach ihrem Smartphone in der Jackentasche. Es ist da. Sie bekommt mit jedem Satz mehr Angst, gleichzeitig hofft sie, dass Cornelius weiterspricht.

»Schau, ein einzelner Stern am Himmel.«

Cornelius hat recht, ein verschwommen leuchtender Punkt scheint sich durch die Wolkendecke gekämpft zu haben und steht verloren am Himmel.

Wie kann Maxi das Gespräch wieder ankurbeln? Vielleicht sollte sie von ihrer eigenen Verwandtschaft erzählen?

»In meiner Familie läuft auch nicht alles rund. Mein Vater ist tot, und ich war nie eng mit ihm. Meine Mutter ist eine komplizierte Person.«

»Hast du Geschwister?«

So gut wie niemand weiß von Maxis Halbbruder. Aus gutem Grund. Soll sie Cornelius von ihm erzählen? Normalerweise würde sie das nicht tun, aber in diesem Fall könnte es ein Schlüssel sein, um das Vertrauen von Cornelius zu gewinnen. Und ihn zum Weitererzählen zu bringen.

»Das ist auch kompliziert. Ich hatte einen Halbbruder. Ich habe erst sehr spät von ihm erfahren und ihn kaum gekannt. Vielleicht wäre es besser, ich hätte nie von ihm gewusst.« Das ist die Wahrheit. Maxis Hand wandert vor den Mund, die Finger pressen auf die Lippen, als wollten sie ihn zuhalten. Direkt nachdem Maxi den Satz ausgesprochen hat, kann sie es nicht glauben, dass sie ein Geheimnis mit Cornelius geteilt hat, von dem so gut wie niemand weiß.

»Willkommen im Klub.« Plötzlich hat Cornelius Feuer im Blick.

Maxi weicht zurück, sie hat bisher keinerlei Gefühlsregung aus seinem Gesicht lesen können. Cornelius ist das Gegenteil von ihr.

Jetzt ist sein Ausdruck wieder starr. Es war nur für einen Moment. Oder hat sie es sich eingebildet?

Cornelius fährt fort: »Immerhin war dein Halbbruder kein Konkurrent. Ich weiß, man soll nicht schlecht über Tote reden, aber ich habe mir oft gewünscht, dass es ihn nicht gäbe.«

Jetzt gibt es ihn tatsächlich nicht mehr.

Maxi erstarrt. Das war hart. Als hätte Cornelius eine Grenze der Emotionslosigkeit überschritten, fühlt Maxi sich plötzlich in Gefahr.

Warum erzählt er ihr das alles? Wollte er sie treffen, um sie besser kennenzulernen? Oder um zu reden? Oder hat er sie hierhergelockt, und gleich taucht auch Karl Fitz in der Halle auf, um sich gemeinsam mit seinem Sohn über sie lustig zu machen? Oder ihr etwas anzutun?

Sie blickt sich um. Karl Fitz ist nicht zu sehen. Leider auch keine anderen Menschen.

Maxis Herz klopft schneller. Aus dem Pokerface von Cornelius kann sie nichts lesen.

Sie entscheidet sich für den Angriff.

»Wie geht's dir, jetzt, wo dein Bruder nicht mehr lebt?«

Sie kommt sich vor, als hätte sie eine Waffe auf Cornelius gerichtet. Ihr Herz hämmert wie eine Maschinenpistole, sie hat Angst. Gleichzeitig wartet sie mit Spannung auf die Antwort.

»Manche Dinge sind unvermeidbar. Es ist passiert, also was soll's. Zeitverschwendung, das weiter zu diskutieren.« Er hebt eine Augenbraue, als sei es lächerlich, dass sie überhaupt fragt.

Wie kann er so nüchtern über seinen Bruder sprechen? Dieser Typ ist nicht normal.

Cornelius sieht sie mit seinem Pistolenblick an. Sie kann es hören, obwohl die Worte in seinem Mund bleiben: *Glaubst du etwa, ich habe meinen Bruder umgebracht?*

Maxi wird schummrig. War etwa Schlafmittel im Tee?

Gleichzeitig ist ihr heiß, als wäre ihr Körper ein Backofen, den man auf Höchsttemperatur gedreht hat. Das Blut rauscht durch ihren Körper wie ein Wasserstrudel.

Etwas brennt in ihr durch. Als hätte die Angst einen Stromschlag ausgelöst.

Sie ist kurz davor wegzutreten.

Lähmung und das Feuer in ihr duellieren.

Sie muss sich bewegen.

Sonst ist sie verloren.

Maxi steht auf. Alles wirkt verschwommen. Der einzelne Stern am Himmel ist verschwunden.

»Ich muss los.«

Cornelius packt ihren Arm. Sie erschrickt, als wäre er gerade eben aus dem Nichts erschienen. Er zieht sie zu sich heran. Sein Blick zielt auf sie wie ein Pfeil kurz vor dem Abschuss. »Ich dachte, du wärst cool. Dabei bist du so verlogen wie alle anderen.«

Jetzt schüttelt er sie wie einen Apfelbaum.

Nein. Jetzt nicht.

Jetzt.

Nicht.

Ohnmächtig.

Werden.

Alles schieferschwarz.

Maxi aktiviert die letzten Energiefunken, bündelt sie zu einem Ball.

Wirft ihn.

Ein Schrei, der die Dunkelheit mit der Schärfe eines japanischen Fischmessers zerfetzt.

Sie brüllt um ihr Leben.

Um alles, was ihr bleibt.

Fühlt sich so Verrücktwerden an?

Auf den barbarischen Schrei folgt ein »Hilfe«. Das Wort klingt hilflos nach, es kommt wie ein Flüstern über ihre Lippen.

Hat jemand sie gehört? Oder hat sie jeden, der in der Nähe war, wenn es überhaupt jemanden gab, verschreckt?

Cornelius ist zurückgewichen.

Maxi strauchelt, lehnt sich an die Mauer.

Cornelius traktiert sie mit einem letzten Blick. Kurz. Kalt. Dann rennt er weg.

Er ist doch weggerannt?
Maxi bleibt in einem Delirium zurück.
Grauschwarz und zeitvergessen.
»Hallo?« Eine Stimme tönt durch das abhandengekommene Raum- und Zeitgefühl. »Hallo, geht es Ihnen gut? Hat der Mann Ihnen etwas getan?«
Plötzlich ist es wieder hell. Die Halle erleuchtet. Eine Silhouette erscheint, wie ein Engel aus dem Licht. Jemand kommt auf Maxi zu. Dahinter eine zweite Gestalt. »Brauchen Sie Hilfe?«
Maxi sieht wieder klar. Eine Frau mit schwarzer Lockenmähne steht vor ihr. Dahinter ein zierlicher Mann mit Mantel.
Die Angst, noch immer besitzergreifend, muss sie für eine Weile ausgeknockt haben.
»Vielleicht können Sie kurz warten, bis ich meine beste Freundin angerufen habe.« Wie ferngesteuert holt Maxi das Smartphone aus der Tasche und wählt Smillas Nummer.
Sofort ist sie in der Leitung: »Alles gut, Maxima?«
»Kannst du mich bitte an der Trinkhalle abholen?«

Später am Montagabend

Maxis Wohnung ist ihr Safe Space, heute wird er diesem Namen gerechter denn je.
»Setz dich«, befiehlt Smilla. Sie stellt die Teekanne auf dem Couchtisch ab, knipst den Deckenfluter und die Lichterkette über der Balkontür an.
Maxi macht es sich auf dem Sofa bequem, wickelt sich in die Wolldecke und umklammert das größte Kissen wie ein Stück Treibholz auf dem offenen Meer.

Smilla gießt den dampfenden Tee in zwei Tassen, bevor sie sich ebenfalls setzt.

»Danke«, sagt Maxi. »Ich hatte solche Angst, dass ich ziemlich durch den Wind war. Jetzt ist es wieder besser.«

»Gut.« Ein Smilla-Lächeln, das den Raum erwärmt. Mittlerweile ebenso das perfekte Yogalehrerinnen-alles-ist-gut-Lächeln.

Maxis Finger krallen sich in das Kissen. Nichts ist gut. Aber Smillas Anwesenheit ist dennoch wohltuend. »Du hast bestimmt von dem Mordfall gehört.«

Ihr Lächeln verzieht sich. »Klar.«

»Ich habe eben den Bruder des Ermordeten getroffen. Ich glaube, dass er seinen Bruder umgebracht hat.«

Smillas Augen werden zu Schlitzen.

»Er hat seinen Bruder erschlagen. Ich weiß gar nicht, wo ich anfangen soll. Der Typ heißt Cornelius. Ich habe ihn zufällig im Casino kennengelernt.«

Wenn die Lage nicht so ernst wäre, würde Smilla jetzt sicher ihren »Entweder keiner oder alle«-Spruch zum Besten geben.

Maxi fährt fort: »Ich war mehrmals zur Recherche im Casino. Das Verrückte ist, dass sein Vater mich zuletzt beauftragt hat. Ist alles zu einer ziemlich komplizierten Geschichte angewachsen.«

»Der Vater hat dich beauftragt, seinen Sohn zu beschatten?«

»Nein, erst sollte ich eine Freundin des Vaters beschatten. Sie arbeitet im Casino als Dealerin, jetzt soll ich ihren Kollegen im Blick behalten.«

Smilla streicht sich eine Strähne ihrer langen schwarzen Haare hinters Ohr. »Also, nur dass ich das richtig verstanden habe: Der Vater ist der Immobilienmakler.«

Maxi nickt.

»Und wie kommst du drauf, dass sein Sohn den anderen Sohn umgebracht haben soll?«

»Weil er total psycho ist.«

»Und *du* hattest ein Date mit ihm?«

»Date würde ich das nicht nennen. Als er mich nach meiner Nummer gefragt hat, wusste ich, wer sein Vater ist. Und ich dachte mir, dass mir das für den Fall vielleicht helfen könnte.«

»Wie sieht er aus?«

»Gar nicht schlecht.« Dieses Gespräch ist wie eine Wanderung durch weichen Sand. Bei jedem Schritt sinkt Maxi ein, sie kommt kaum voran. Smilla versteht nichts. Wahrscheinlich ist das Ganze auch zu schräg, um es als Außenstehender sofort zu kapieren. »Mensch, Smilla, der Typ war überhaupt nicht traurig, dass sein Bruder tot ist. Er hat keine Emotionen gezeigt. Klar kommt es vor, dass man seinen Geschwistern nicht nahesteht.« Maxi schnaubt. Sie spricht aus eigener Erfahrung. »Aber der Typ hat keinerlei Regung gezeigt. Nichts. Es kam so rüber, als sei er froh, dass sein Bruder tot ist. Das ist schon krass.«

»Und warum schließt du daraus, dass er seinen Bruder umgebracht hat?«

»Weil ich es ihm zutraue.« Das ist die Wahrheit. »Du solltest seinen kaltblütigen Blick mal sehen.«

»Aber das reicht doch nicht, um ihn …«

»Doch.« Warum zweifelt Smilla an Maxis Einschätzung? Maxi hätte nicht erwartet, dass sie mit ihrer besten Freundin heute Abend noch so heftig diskutieren würde. Sie boxt in eines der Sofakissen.

»Hat er gestanden?«

Maxi zögert kurz. »Nein.« Als sie dieses Wort ausspricht, keimen erste Erinnerungszweifel. Maxi kann den Wortlaut von Cornelius nicht mehr genau rekonstruieren. Als sie ihm gegenübersaß, war sie sich sicher, dass er der Mörder ist. Hat sie die ganze Situation falsch interpretiert?

Sie schüttelt den Kopf. Merkt, wie Tränen aufsteigen. Sie muss sich zusammenreißen, um nicht zu weinen.

»Maxi, ich will damit nicht sagen, dass ich dir nicht glaube. Zu behaupten, jemand sei ein Mörder, ist eine schwerwiegende Aussage, da habe ich einfach noch mal nachgefragt.«

Maxi hat den Tränenschwall erfolgreich zurückgedrängt. Sie atmet einmal tief durch. »Du hast vollkommen recht, sorry. Ich zweifle gerade an mir selbst.«

Smilla lächelt halbherzig. Sie greift zur Tasse und nimmt mehrere Schlucke Tee. »Ich will dich nicht noch mehr verwirren, Maxi. Vielleicht gehst du morgen einfach zur Polizei und erzählst von deinem Verdacht und was vorgefallen ist.«

»Genau das wollte ich eigentlich mit dir besprechen. Du meinst, ich soll erst morgen gehen und nicht mehr heute Abend?«

Smillas fragender Blick ist Antwort genug.

»Ich habe die Nummer einer Kommissarin, die für den Fall verantwortlich ist.«

»Oha.«

»Ich erzähl dir irgendwann alles. Aber nicht jetzt.«

»Du bist ziemlich durch den Wind. Warte bis morgen. Ruf die Beamtin in der Früh als Erstes an.«

»Okay.«

»Dann wäre ja alles geklärt. Hast du Hunger?«

»Nicht wirklich.«

»Schokolade?«

»Geht immer.« Maxi lächelt.

»Und hilft immer.« Smilla steht auf und geht zur Garderobe. Sie kehrt mit einer Tüte zurück, streckt sie Maxi entgegen. Pralinen.

Maxi löst den Verschluss der Plastiktüte mitsamt dem roten Schleifchen. Dann inhaliert sie den süßen Schokoladenduft. »Ich hole eben das Pralinenglas.«

Maxi legt einen Trüffel nach dem anderen hinein.

Smilla zündet währenddessen die Kerzen auf dem Fensterbrett an. »Hast du die Pralinen vom Kurs schon gegessen?«

»Ja. Du nicht?«

Smilla isst mindestens so viel Süßigkeiten wie Maxi. Ihr sieht man es nur nicht an. Ob sich ihr Zuckerkonsum durch die Yoga-Ausbildung verringern wird? Bisher hat ihre beste Freundin keine Anstalten gemacht, sich gesünder zu ernähren.

»Ich fand ja diese Karamellteile echt spitze«, sagt Smilla.

»Meine Favoriten waren die Champagner-Trüffel.«

»Klar, weiße Schokolade.«

»Vielleicht mache ich sie irgendwann wirklich mal selber.«

»Ich werde dich daran erinnern. Und wenn ich dazu mit allen Zutaten bei dir aufkreuzen muss.«

»Aber bitte nicht morgen.«

»Nein, erst kommt übrigens unsere Yogastunde. Ich plane fleißig den Ablauf der ersten Kurse, die ich halten darf. Die Einheit für Anfänger mit dir steht auch. Heute Abend verschone ich dich und morgen auch. Aber wenn du wieder etwas mehr Luft hast …«

»Ich hab es bereits versprochen, oder?«

»Ja.« Smilla grinst.

Maxi wendet sich dem Pralinenglas zu. Sie entscheidet sich für eine schwarz-weiß marmorierte Kugel, greift diese vorsichtig mit Zeigefinger und Daumen. Sie behandelt sie, als wäre sie ein Schatz, schenkt ihr die volle Aufmerksamkeit. Auf der oberen Hälfte ist die Praline mit Schokoladenstreifen überzogen. Die Schokolade beginnt zwischen ihren Fingern zu schmelzen. Womit sie wohl gefüllt ist? Zeit, es herauszufinden. Maxi führt die Praline langsam zum Mund und lässt sie auf ihre Zunge gleiten. Langsam kommt der Geschmack der Füllung durch. Weich. Samtig. Süß. Vanillig. Ein Hauch von Alkohol. Eierlikör? Maxi kostet den Geschmack der Praline aus, bis in ihrem Mund nur noch Nuancen der Aromen nachklingen.

Smilla grinst. »Es ist immer eine Freude, dir beim Essen zuzusehen.«

»Echt lecker. Wo hast du die denn her?«

»Die Trüffelmischung habe ich im Internet bestellt.«

»Wow. Danke.«

»Alles gut jetzt?«

»Alles besser. Wie geht es dir?«

Smilla nickt statt einer Antwort und grinst. »Was ist mit Noah?«

»Ich habe ein schlechtes Gewissen, weil ich mich so lange nicht bei ihm gemeldet habe. Ich habe ihn zufällig an der Tankstelle getroffen, während einer Observation, da musste ich ihn abwimmeln. Ich habe ihm gesagt, dass es beruflich drunter und drüber gehe. Ich kann ihm davon nichts erzählen, und diese Geheimnistuerei ist so bescheuert.«

»Aber du willst ihn näher kennenlernen?«

»Auf jeden Fall. Ich melde mich bei ihm, sobald das alles hier vorbei ist. Wenn er mich dann immer noch will, freue ich mich.«

»Ich bin zuversichtlich. Er fand dich echt gut, sonst hätte er dich nicht angesprochen. Er ist nicht der Typ, der so was leichtfertig macht. Der musste sich dafür echt überwinden.«

»Mal sehen. Morgen früh rufe ich gleich die Kommissarin an.« Maxi lehnt sich zurück. »Ich glaube, ich war noch nie so froh wie heute Abend, wieder in meiner Wohnung zu sein.

Montagnacht

Das Licht der Straßenlaterne dringt durch einen Spalt ins Schlafzimmer und wirft einen gelblichen Lichtstreifen auf den Boden. Maxi kuschelt sich tiefer in die Bettdecke, sodass nur ihr Kopf ab der Nase aufwärts frei ist.

Müde zu sein und trotzdem nicht schlafen zu können, ist einer der größten Widersprüche des Lebens. In dieser Situation befindet sich Maxi wieder einmal. Eigentlich schläft sie gut, außer es ist zu viel passiert.

Immer wenn Maxi ein Stück in Richtung Schlaf driftet, sieht sie Szenen vom Treffen mit Cornelius vor sich. Wie er dastand. Wie er sie angestarrt hat. Wie er gesprochen hat. Dazwischen Smilla, die sie fragend anblickt. Das Gespräch mit ihr hat Maxi verunsichert, sie ist sich nicht mehr im Klaren darüber, ob sie ihrem Eindruck trauen kann.

Dazwischen blitzt immer wieder das Bild von Noah auf. Ob er Maxi längst für unzuverlässig hält? Oder für uninteressant? Oder einfach nur für seltsam?

In ihrem Kopf schwirrt es wie in einem Wespennest, jeder Gedanke surrt in eine andere Richtung. Hektisch und ziellos.

Dann ist da wieder Cornelius und die Frage: Hat er wirklich seinen Bruder ermordet?

Morgen wird sie zur Polizei gehen. Nein, nicht hingehen, beruhigt sie sich selbst. Sie wird die Kommissarin anrufen, mit der sie bereits gesprochen hat und die okay war. Sie wird ihr das Treffen mit Cornelius schildern und damit den Ball der Polizei zuspielen. Die sollen ihn nochmals vernehmen. Dann wird man schon sehen …

Eigentlich ist es simpel. Und doch wollen die Wespen nicht aus ihrem Kopf weichen.

Maxi wünscht, es wäre bereits der morgige Abend.

Erst nach langer Zeit fällt sie in einen unruhigen Schlaf.

KAPITEL 11

Dienstagmorgen

Es ist erst kurz vor halb sieben. Kann sie die Kommissarin jetzt schon anrufen? Eigentlich ist es zu früh, aber es ist dringend.

Maxi biegt die Visitenkarte zwischen ihren Fingern. Dann legt sie sie auf die Küchentheke und streicht sie glatt. Sie gibt die Nummer ins Telefon ein.

Zögert.

Tippt auf den grünen Telefonhörer.

Es klingelt. Sofort nimmt jemand ab.

»Müller.«

Als hätte sie auf ihren Anruf gewartet.

»Guten Morgen, Frau Müller. Maxi Morel hier. Ich habe kürzlich bei Ihnen eine Zeugenaussage zum Mord an Benedikt Fitz gemacht. Erinnern Sie sich?«

»Ja.«

»Es gibt etwas, das ich gerne mit Ihnen besprechen möchte.«

»Wollen Sie vorbeikommen? Ich bin ab 8 Uhr im Büro.«

Später am Dienstagmorgen

Wieder sitzt Maxi auf demselben Stuhl im Flur des Polizeipräsidiums. Ob sie erneut so lange warten muss wie vor der letzten Zeugenaussage?

Zu gerne würde Maxi ihr Smartphone herausholen und eine Runde Mario Kart spielen. Eigentlich kann niemand auf ihren Bildschirm sehen, dennoch traut sie sich nicht. Sie will auf keinen Fall unseriös wirken.

Eine kleine kräftige Frau mit Rollkragenpullover geht an ihr vorbei und nickt ihr zu. Kurz darauf noch jemand, den sie nicht kennt. Dann für ein paar Minuten niemand. Maxi konzentriert sich auf ihren Atem. Das ist ein Tipp von Smilla. Mini-Meditationen im Alltag. Einatmen. Ausatmen.

»Guten Morgen, Frau Morel. Bitte kommen Sie mit.« Heute trägt die Hauptkommissarin die Haare zu einem Pferdeschwanz gebunden. Sie sehen fettig aus. Ob sie in den letzten Tagen keine Zeit zum Duschen hatte? Arbeiten Kriminalkommissare wirklich rund um die Uhr und ziehen nach einem Mordfall im Büro ein wie im Fernsehkrimi?

»Hallo.«

Diesmal wird Maxi in einen anderen Raum gebracht. Dort stehen nur ein Tisch und zwei Stühle. Ein Verhörraum?

»Ich hätte mich eigentlich in meinem Büro mit Ihnen unterhalten, aber dort wird gerade geputzt. Bitte entschuldigen Sie, dass wir hierhin ausweichen müssen.«

Maxi nickt und nimmt auf dem freien Stuhl Platz, nachdem Frau Müller sich gesetzt hat.

»Also …« Maxi faltet die Hände wie zum Gebet, löst die Haltung auf und verhakt die Daumen ineinander. »Ich habe gestern den Sohn von Karl Fitz getroffen. Also den anderen Sohn, Cornelius.«

Frau Müller sieht sie an. Völlig neutral. Und doch so präsent, als gäbe es in diesem Moment niemand anderen als Maxi auf der Welt.

Maxi fährt fort: »Wir sind ins Gespräch gekommen, haben uns über unsere Familien und so unterhalten. Irgendwann habe ich ein ungutes Gefühl bekommen. Er und Benedikt standen sich wohl nicht besonders nahe – das kommt unter Geschwistern ja schon mal vor. Aber wie er über seinen Bruder geredet hat … Es klang so, als wäre er richtiggehend froh, dass Benedikt tot ist. Es war nicht die Spur von Trauer bei ihm zu erkennen.«

Frau Müller nickt. »Das heißt?«

»Ich will keinesfalls behaupten, dass Cornelius seinen Bruder …« Maxi stockt. »… ermordet hat. Aber ich würde es ihm zutrauen. Sie haben aber sicherlich schon mit ihm gesprochen und Ihre Schlüsse gezogen.«

»Dass sich die beiden Brüder nicht besonders nahestanden, wie Sie es ausgedrückt haben, ist uns bekannt, ja. Cornelius Fitz war bei der Vernehmung äußerst verschlossen. Er hat kein Wort mehr als nötig von sich gegeben. Aber er hat uns ein Alibi präsentiert. Er war zur Tatzeit bei einem Freund. Dieser hat das bestätigt.« Frau Müller runzelt die Stirn, als würde sie nachdenken.

Von dem Alibi wusste Maxi natürlich nichts. Wenn die Polizei es überprüft hat, dann kann Cornelius nicht der Täter sein.

»Ich musste Ihnen das einfach sagen nach dem gestrigen Abend«, fügt Maxi an.

»Darf ich fragen, warum Sie Cornelius Fitz getroffen haben?«

Maxi hat gedacht, sie hätte den unangenehmen Teil bereits hinter sich gebracht. Dabei beginnt er offenbar erst.

»Die Recherche zu meinem aktuellen Fall hat mich ins Casino geführt. Dort bin ich Cornelius zufällig begegnet.

Ich wusste zunächst nicht, dass er der Sohn von Karl Fitz ist.«

»Dann aber schon?«

»Ich hatte mit Herrn Fitz beruflich zu tun. Also dem Senior. Als Cornelius mich gestern erneut treffen wollte, habe ich zugesagt. In der Hoffnung, dass ich wichtige Informationen von ihm erhalten könnte.«

Frau Müllers Stirn ist wieder in Falten gelegt. Sie sagt nichts. Ihre grauen Zellen scheinen auf Hochtouren zu arbeiten.

»Und was haben Sie mit dem Vater zu tun?«

Soll Maxi das sagen? Frau Müller scheint ihr nicht ungnädig gestimmt, also entscheidet sich Maxi dafür.

»Er macht sich Sorgen um eine Freundin und hat mich beauftragt, diese zu ihrem Schutz zu beobachten.«

Wenn Maxi der Polizistin von ihren Aufträgen als Privatermittlerin erzählt, kommt sie sich vor wie ein Kindergartenkind vor einer Gymnasiastin. Maxi ärgert sich selbst darüber. Ihr aktueller Fall ist wahrlich kein Anlass, um Selbstbewusstsein aufzubauen.

Frau Müller scheint sie ernst zu nehmen, sonst hätte sie sich nicht mit Maxi getroffen. Trotzdem ist sie nicht gerade freundlich, geschweige denn herzlich. Die Skepsisfalten auf ihrer Stirn drücken eine feine Spur von Überheblichkeit aus.

»Wo und wann haben Sie sich gestern getroffen?«

»In der Trinkhalle. Um 19 Uhr.«

»Danke, Frau Morel. Ich denke, ich werde nochmals mit Cornelius Fitz sprechen. Lassen Sie uns in Kontakt bleiben.«

Dienstagvormittag

Maxi tritt aus dem Polizeigebäude und inhaliert die frische Luft. Am hellblauen Himmel sitzen weiße Wölkchen. In Maxi mischen sich Erleichterungsfetzen in das beklemmende Gefühl, das in ihr wohnt. Sie geht nach Hause. Auf der Straße herrscht reger Verkehr, auf dem Gehweg kommen ihr glücklicherweise regelmäßig Passanten entgegen. Wäre Maxi alleine, hätte sie mehr Angst, dass Cornelius sie verfolgt. Dass er plötzlich auftaucht. Das Wetter ist vergleichsweise freundlich, Sonne und Wolken spielen Verstecken. Unmittelbar vor ihrer Wohnung kauft Maxi Brötchen im Café Böckeler. Wenn sie nichts anderes vorhätte, würde sie sich gerne an einen Tisch direkt an der Fensterscheibe zur Fußgängerzone setzen und ihr Strickprojekt abschließen. Aber das muss noch warten. Mit der Brötchentüte verlässt sie den Laden und geht in ihre Wohnung, wo sie ihr Frühstück vorbereitet. Sie braucht etwas zu essen, um sich zu stärken und zu sortieren.

Maxi nippt am Kräutertee und belegt eine Körnerbrötchenhälfte mit Käse. Sie beißt hinein und kaut. Ob Frau Müller sich bei ihr meldet, wenn es etwas Neues gibt? Wohl eher nicht. Und was ist mit Cornelius? Muss Maxi Angst vor ihm haben? Will er ihr etwas antun? Doch hätte er es dann nicht gestern schon getan, wenn dem so wäre? Als er wegrannte, war niemand in der Nähe. Wobei es auch sein kann, dass Maxi etwas übersehen hat. Ihre Sinne waren gestern Abend getrübt.

Ob Cornelius wohl ahnt, dass sie seinetwegen zur Polizei gegangen ist?

Und was ist mit Tino Berger? Ihn hat Maxi den ganzen Tag über einfach ausgeblendet. Was nicht heißt, dass er sie ab jetzt in Ruhe lassen wird.

Am liebsten würde Maxi sich wieder unter der Bettdecke verkriechen. Stattdessen beißt sie in das Käsebrötchen.

Sie muss heute mit Karl Fitz sprechen. Eigentlich wollte sie es gestern schon tun, doch dann kam die Nachricht von Cornelius dazwischen. Sie muss seinen Vater nach dem Frühstück anrufen und über Ole Woytas mit ihm reden. Bei dem Gedanken, Karl Fitz zu treffen, zieht sich alles in Maxi zusammen. Sie hat eben seinen Sohn bei der Polizei angeschwärzt. Dafür schämt sie sich, auch wenn es keinen Grund gibt. Karl Fitz sollte nichts davon wissen, geschweige denn ahnen. Denn dazu müsste Cornelius seinem Vater erzählt haben, dass er sie getroffen hat, ihm ihren Namen und ihr Aussehen verraten. Das glaubt Maxi nicht. Aber was, wenn Karl Fitz sie seinerseits beschattet und alles gesehen hat? Auch wenn es grundsätzlich möglich wäre, klingt es absurd. Und wenn Cornelius und sein Vater gemeinsame Sache machen? Ebenso absurd. Es ist unwahrscheinlich, dass Karl Fitz etwas von der Verbindung zwischen ihr und seinem Sohn weiß.

Maxi muss Karl Fitz treffen und die Sache mit Cornelius ausblenden. Stattdessen sollte sie sich auf Ole Woytas fokussieren.

Maxi bestreicht die zweite Brötchenhälfte mit Butter und Aprikosenmarmelade aus Frankreich. Sie scrollt durch ihren Instagram-Account @a_propos_de_maxi. Speichert ein Foto von einem selbst gestrickten Pullunder ab. Das wäre ein tolles Projekt. Für bald. Wenn diese Sache hier vorbei ist, wird Maxi schöne Wolle kaufen und einen ganzen Nachmittag lang stricken.

Maxi schiebt sich den letzten Bissen des Frühstücks in den Mund.

Das Handy starrt sie an und scheint zu sagen: »Du weißt, wofür du mich jetzt nutzen solltest.«

Sie sucht den Kontakt von Karl Fitz und drückt auf das grüne Hörersymbol.

Später am Dienstagvormittag

Als Maxi das Büro betritt, ist zwar das Licht an, aber niemand da. Wo ist ihre Assistentin?

»Regine?«

Niemand antwortet.

Maxi geht ein Stockwerk höher.

»Regine?«

»Hier«, ertönt es aus der Ferne. Regine muss ganz oben sein.

Als Maxi die Dachterrasse betritt, stolpert sie fast über einen Putzeimer.

»Ich dachte, ich mache den Balkon winterfest. Du setzt dich dieses Jahr nicht mehr raus, oder? Dann stellen wir besser die Balkonmöbel rein, sodass sie nicht unnötig dem Wetter ausgesetzt sind.« Regine spricht immer von »wir«, selbst bei Aufgaben, die sie alleine erledigt.

»Ich kann dir beim Tragen helfen.«

»Das schaffe ich schon. Sobald du ein paar Minuten Zeit hast, sollten wir die neuen Anfragen durchgehen.«

»Ich treffe gleich Karl Fitz, danach können wir das machen.« Regine hat stets schon die Büroarbeit erledigt, wenn sie zu putzen beginnt. Maxi hat ihr heute gar nicht Bescheid gegeben, dass sie später kommt. Sie wird ihre Assistentin gleich auf den neuesten Stand bringen. Jetzt ist erst mal Karl Fitz dran.

»Ich geh besser schon mal runter«, sagt Maxi.

Kurz darauf klingelt es. Sie lässt den Gast herein und bittet ihn ins Büro.

Karl Fitz ist professionell freundlich wie immer. »Gibt es etwas Neues?«, fragt er. Die dunklen Ringe unter seinen Augen sind noch da und lassen ihn erschöpft aussehen. Ansonsten ist seine Erscheinung gewohnt gepflegt. Auf Maxi wirkt er jedoch unruhiger als sonst. Ahnt er, was Maxi ihn fragen wird? Oder hat seine Nervosität doch mit Cornelius zu tun?

Sie musste in letzter Zeit des Öfteren unangenehme Dinge ansprechen und Situationen ausstehen, sodass sie sich beinahe daran gewöhnt hat und sofort zur Sache kommt. »Ich habe beobachtet, wie Ole Woytas Sie besucht hat«, steigt sie direkt mit einer Behauptung ein. Den unwahrscheinlichen Fall, dass der Croupier zufällig im gleichen Hotel wie Fitz logiert, lässt Maxi außen vor.

Karl Fitz lehnt sich zurück und faltet die Hände hinter dem Nacken, begleitet von einem Stöhnen.

Maxi entlässt ihn nicht aus ihrem Blick.

Er setzt sich wieder aufrecht hin. Sagt immer noch nichts.

»Ja?«, fragt Maxi.

»Also gut. Ich sage Ihnen jetzt alles, ohne um den heißen Brei herumzureden. Es hat sowieso keinen Sinn mehr.« Er blickt Maxi an. »Ich bin mit Ole Woytas im Geschäft.«

Wie bitte?

»Jetzt schauen Sie nicht so, als hätte ich den Weltuntergang angekündigt. Ich habe den Croupier beauftragt, Louisa das Geld heimlich zuzustecken. Ich will schon länger aus Baden-Baden fort, mich irgendwo im Süden zur Ruhe setzen. In meinem Leben habe ich genug gearbeitet.«

Maxi nickt, um zu signalisieren, dass sie zuhört.

Karl Fitz fährt fort: »Louisa und ich waren lange Jahre nur befreundet. Aber unsere Beziehung hat sich mehr und mehr vertieft. Irgendwann habe ich gemerkt, dass da noch mehr ist. Ich habe mich in Louisa verliebt. Ich wollte, dass sie mir folgt. Es wäre auch für sie eine Chance gewesen, von allen Widrigkeiten in ihrem Leben in Baden-Baden und vor allem ihrem Ex-Mann wegzukommen. Ein Neuanfang hätte ihr gutgetan. Louisa hat jedoch großen Wert auf ihre Unabhängigkeit gelegt. Einerseits bewundere ich das, und ich habe sie immer bestärkt. Ich hätte ihr auch immer ihre Freiheiten gelassen. Andererseits muss man sie manchmal auch zu ihrem Glück zwingen. Da habe ich ein wenig nachgeholfen. Ich dachte, wenn es im Casino zu Problemen kommt, ist sie vielleicht eher bereit, mit mir die Stadt zu verlassen und irgendwo neu anzufangen. Natürlich gemeinsam mit ihren Kindern, bis diese erwachsen sind.«

Zum zweiten Mal innerhalb von 24 Stunden zweifelt Maxi an ihrer Wahrnehmung. Karl Fitz hat Ole Woytas bestochen, um seine Freundin oder Möchtegern-Partnerin Louisa Seidler zu manipulieren? Von wegen »ermutigen und bestärken«. Maxi hatte zwar ständig Zweifel, ob Fitz ihr wirklich alles sagt, was er weiß. Aber *das* hätte sie nicht erwartet.

»Warum sollte ich Ole Woytas dann beschatten?«, will sie nun von ihrem Auftraggeber wissen.

»Zur Ablenkung.«

Maxi muss fast lachen. Aber nicht, weil sie Fitz' Worte amüsieren, sondern weil sie gleichzeitig unsicher und verwirrt ist.

Karl Fitz sieht ihr in die Augen: »Dass Herr Woytas zu mir ins Hotel gefahren ist, war fatal. Das hätte nicht passieren dürfen. Der Idiot. Eigentlich war klar abgesprochen, dass er mich jederzeit anrufen, aber doch nicht einfach besuchen kann.«

»Wusste er, dass ich ihn beschatte?«

»Nein.«

»Ist er zu Ihnen gefahren, weil er etwas geahnt hat?«

Karl Fitz schüttelt den Kopf.

»Sondern?«

»Nichts Wichtiges.«

»Herr Fitz, Sie haben mich angelogen, was Herrn Woytas betrifft. Das könnte problematisch für mich werden. Das Mindeste, was ich von Ihnen erwarten kann, ist, dass Sie jetzt ehrlich sind und mir alles erzählen. Alles.«

Maxi ist von der Klarheit ihrer eigenen Worte überrascht.

»Ole Woytas wollte Louisa die Wahrheit sagen. Angeblich hatte er ein schlechtes Gewissen ihr gegenüber. Ich konnte ihn gerade noch davon abhalten, zu Louisa zu fahren. Ich habe ihm versprochen, Louisa selbst aufzuklären.«

»Weiß sie mittlerweile Bescheid?«

»Ich habe derzeit andere Probleme.« Er fährt sich durchs Haar. »Cornelius ist verschwunden. Die Polizei hat mich vorhin angerufen. Sie wollte ihn nochmals vernehmen. Er ist nicht in seiner Wohnung. Seit zwei Tagen habe ich meinen Sohn weder gesprochen noch gesehen und keine Ahnung, wo er ist. Ich mache mir Sorgen.«

Die Anspannung ihres Gegenübers überträgt sich auf Maxi, als wäre zwischen ihnen eine elektrische Leitung gespannt. Immerhin scheint Karl Fitz nicht zu ahnen, dass Maxi das polizeiliche Interesse an seinem Sohn überhaupt erst ausgelöst hat.

»Wo könnte Cornelius denn sein?«, fragt Maxi möglichst unverfänglich.

»Die Polizei meint es ernst. Womöglich will sie noch heute nach ihm fahnden, wenn er nicht auftaucht. Ich dachte die ganze Zeit, die Kripo hätte *mich* im Visier. Hat sie eventuell auch immer noch. Einen Moment, ich muss es nochmals bei Cornelius versuchen.« Karl Fitz holt sein Handy hervor, drückt eine Taste und hält es ans Ohr. Maxi kann das Freizeichen hören. Die Töne kommen ihr unglaublich laut vor, als würde direkt neben ihr eine Kirchturmuhr schlagen.

»Wieder nichts.« Karl Fitz legt das Handy auf den Tisch. Er sieht verzweifelt aus.

Maxi wiederholt die Frage, ob er wisse, wo sein Sohn sein könnte.

»Ich habe keine Ahnung. Wir haben ein Ferienhaus an der Ostsee. Aber ich wüsste nicht, warum er dorthin gefahren sein sollte.«

»Haben Sie das der Polizei mitgeteilt?«

»Ja.«

»Was ist mit Louisa Seidler?«

»Unwahrscheinlich, dass er dort ist.« Karl Fitz klopft sich auf die Oberschenkel. »Schicken Sie mir bitte einfach die Rechnung für die letzten Tage. Ich muss an die frische Luft, bevor ich hier drin wahnsinnig werde.«

Das ist wohl seine Art, den Auftrag zu beenden.

»Herr Fitz, mit der Bestechung von Herrn Woytas haben Sie sich strafbar gemacht.«

»Sie werden schweigen, oder?« Seine Frage ist eher ein Befehl.

»Nur, wenn Sie umgehend mit Louisa Seidler sprechen und alles aufklären. Es wird sowieso herauskommen. Besser, Sie überbringen ihr die Wahrheit selbst.«

Karl Fitz nickt. »Ich hatte vor, zu ihr zu gehen. Ich werde sie fragen, ob sie etwas von Cornelius gehört hat.«

»Eine letzte Sache: Warum haben Sie mich vor Ole Woytas auf Louisa Seidler angesetzt?«

»Ich wollte Louisa zeigen, dass ich mir Sorgen um sie mache.«

Maxi kann es immer noch nicht recht glauben, geschweige denn die Gedankengänge von Karl Fitz nachvollziehen. Ebenso wenig, dass er sie für seine zwielichtigen Zwecke benutzt hat.

Maxi begleitet den Besucher zur Tür. Karl Fitz wahrt äußerlich die Haltung. Sie verabschieden sich mit Handschlag.

Noch später am Dienstagvormittag

Maxi bringt Regine auf den neuesten Stand, bevor sie sie in die Mittagspause verabschiedet. Dann holt sie sich einen Kaffee und setzt sich an den Schreibtisch. Sie stützt die Ellbogen auf dem Tisch ab und legt das Kinn auf die Fäuste.

Sie ist schockiert. Verwirrt. Verängstigt. Aufgewühlt. Karl Fitz hat sie aus anderen Gründen beauftragt als angenommen. Dieser Fall ist wie eine kurvige Straße, die in den Urwald führt. Und sie rast mit ihrem Auto immer weiter hinein.

Was kommt als Nächstes?

Das Handy vibriert, Maxi blickt auf das Display. Smilla fragt nach, wie es bei der Polizei gelaufen ist. Sie wird ihre Freundin später darüber informieren.

Aller Wahrscheinlichkeit nach ist sie Karl Fitz als Auftraggeber los. Doch erleichtert ist sie darüber nicht. Hoffentlich klärt Karl Fitz wie versprochen alles auf. Er tut es nicht freiwillig, aber bleibt ihm eine andere Wahl, als Louisa Seidler die Wahrheit zu erzählen? Maxi kann sich nicht vorstellen, dass er ihr noch mehr Lügen auftischen wird. Die Dealerin ist nicht dumm. Im Gegenteil. Zudem hat Ole Woytas Karl Fitz unter Druck gesetzt. Und Maxi hat das Übrige getan.

Wo ist Cornelius? Maxi umfasst die Tischplatte, als würde sie sie wegschieben wollen. Glaubt er, dass Maxi gestern Abend Verdacht geschöpft hat? Versteckt er sich deshalb? Das würde dafürsprechen, dass er etwas zu verbergen hat. Den Mord an seinem Bruder? Hatte Maxi doch recht? Wo hat er sich verschanzt? Maxi kennt ihn nicht gut genug, um von einem Ort zu wissen, an dem sie nach ihm suchen könnte.

Sie nimmt einen Schluck Kaffee. Er schmeckt lauwarm und bitter.

Was soll sie tun? Sie hätte jetzt gerne jemanden, der ihr diese Frage beantwortet. Oder sie in den Arm nimmt und ganz fest hält im Orkan des Detektivlebens.

Sie nimmt ihr Smartphone und löst zwei Sudokus.

Dienstagnachmittag

Regine setzt sich vor Maxi an den Schreibtisch. »Die beiden Formulare musst du unterschreiben. Hier ist die Abschlussrechnung für Herrn Fitz. Soll ich auflisten, was in der letzten Woche reinkam?« Regine fährt fort, als wäre es eine Ankündigung und keine Frage. »Die Frau, die ihre Schwester gesucht hat, braucht unsere Hilfe nicht mehr. Die Vermisste ist aufgetaucht.«

»Schön für sie.«

»Herr Huber aus dem Pflegeheim hat leider auch wieder angerufen, er will, dass wir nach seiner verstorbenen

Frau suchen. Diesmal klang er noch trauriger und aufgewühlter als sonst.«

»Was machen wir mit ihm? Meinst du, es hilft, wenn wir ihm noch mal sagen, dass sie tot ist?«

»Das letzte Mal hat er nicht so gut darauf reagiert. Ich bin kein Demenzexperte. Aber Lügen ist auch blöd, auch wenn er es wieder vergessen wird Er lebt in seiner eigenen Welt und meint, seine Frau sei 30 Jahre alt.«

»Hm. Der Arme.«

»Du könntest so tun, als wärst du seine Frau vor 50 Jahren. Vielleicht würdest du ihn damit glücklich machen.«

»Nein, das halte ich für keine gute Idee.«

»Okay, dann weiter. Die Frau, die wissen will, ob ihr Ehemann fremdgeht, hat sich gestern noch mal gemeldet«, sagt Regine.

»Dann hat sie lange gewartet. Vielleicht sollten wir mit ihr ein Treffen vereinbaren.«

»Gut.« Regine nickt.

Immer wieder schweifen Maxis Gedanken zu Cornelius. Sie nimmt ihr Smartphone zur Hand, checkt das Nachrichtenportal der Polizei sowie die Startseite der lokalen Zeitung auf eine Fahndungsmeldung nach Cornelius. »Tut mir leid, ich bin beunruhigt wegen diesem Cornelius Fitz. Weil er verschwunden ist und ich schuld daran bin.«

»Soll ich weitermachen?«

Maxi nickt. Regine fährt fort und berichtet von jemandem, der einen Freund sucht, der vermeintlich grundlos den Kontakt abgebrochen hat. Noch eine Anfrage wegen Verdachts auf Untreue. Zwei Anfragen, bei denen Arbeitgeber vermuten, dass die Mitarbeiter widerrechtlich Krankengeld beziehen.

»Fälle zum Arbeitsrecht lassen wir, solange es andere Aufträge gibt. Vereinbare doch mit allen anderen für Ende dieser oder Anfang nächster Woche einen ersten Gesprächstermin, falls noch Interesse besteht.«

»Tippi-toppi, das mache ich.«

Maxi blickt auf die Uhr. Es ist kurz vor halb fünf. »Danke, Regine, ich denke, das reicht für heute. Wir sehen uns morgen.«

Dienstagabend

Keine Neuigkeiten. Nicht von der Polizei. Nicht von Cornelius selbst. Nicht von Karl Fitz. Nicht aus dem Internet. Vielleicht ist Cornelius überstürzt aufgebrochen und hat den nächstbesten Flug ans andere Ende der Welt gebucht? Nach Thailand? Oder Costa Rica? Oder Australien? Maxi kann sich unmöglich bei ihm melden. Er hat gemerkt, dass sie etwas ahnt, da ist sie sich sicher.

Maxi streicht über den hellblauen Minischal. Sie hat ihn in den letzten beiden Stunden fertig gestrickt. Jetzt noch zu einer Schleife binden und diese an einem Haargummi befestigen. Das Anleitungsvideo sieht kompliziert aus. Maxi verschiebt den letzten Teil ihres Strickprojekts auf morgen.

Heute hat sie nichts von Marcel Abt oder Tino Berger gehört. Ein gutes Zeichen? In den vergangenen Tagen erreichte sie täglich eine neue Drohung der beiden. Beim Gedanken an Tino Berger und seinen Hund krampft sich Maxis Körper zusammen. Sie kann sich immer noch nicht erklären, warum der Mann am Tatort war. Eine Welle der Angst überrollt sie. Maxi ist sich sicher, dass sie die Wohnungstür abgeschlossen hat. Dennoch steht sie auf und drückt die Türklinke nach unten, um es zu überprüfen. Verschlossen.

Sie setzt sich wieder aufs Sofa. Im Hintergrund laufen die Nocturnes von Chopin. Maxi hat nach einer Playlist zum Stricken gesucht und ist zufällig bei klassischer Klaviermusik gelandet.

Jetzt ist sie bereit für ein neues Strickprojekt. Sie holt sich den Rechner auf den Schoß. In einem Onlineshop bestellt sie beige Wolle für einen Pullunder mit Zopfmuster. Es wird ihr größtes Projekt sein, und sie freut sich auf die Herausforderung. Ein selbst gestricktes Oberteil ist eine andere Nummer als Schals und Mützen.

Maxis Telefon klingelt. Sie hebt ab. Ihre Mutter.

»*Salut, Maman.*«

»*Salut, ma poupée.* Hast du die Nachrichten gelesen?«

»Ja. Ständig. Wieso?«

»Die Polizei sucht einen jungen Mann. Es geht um den Mordfall an diesem Immobilienmakler.«

»Du meinst seinen Sohn.« Maxi öffnet den Laptop, aktualisiert zum hundertsten Mal an diesem Tag das Browserfenster der Lokalzeitung. Sie liest den Titel der aktuellsten Meldung: »Mordverdacht: Polizei fahndet nach Sohn von Immobilienmakler Karl Fitz«.

»Bist du noch da, Maxi? Ist alles in Ordnung?«

»Moment, ich lese gerade die Meldung.« Ihr Herzschlag beschleunigt sich, als sie auf den Artikel klickt:

**Öffentlichkeitsfahndung:
Polizei bittet um Mithilfe**

Die Kriminalpolizei Baden-Baden sucht nach einem 23-jährigen Mann, der im Verdacht steht, an einem Tötungsdelikt beteiligt gewesen zu sein. Der

Fall betrifft den Mord an Benedikt Fitz, Sohn des bekannten Immobilienmaklers Karl Fitz.
Der Gesuchte wurde zuletzt am Montag, 16. Oktober 2023, gegen 19 Uhr in der Nähe der Trinkhalle in Baden-Baden gesehen. Die Polizei schließt nicht aus, dass er sich im umliegenden Waldgebiet aufhält. Die Bevölkerung wird gebeten, die Wälder rund um Baden-Baden vorerst zu meiden und verdächtige Beobachtungen sofort zu melden.
Der Mann wird wie folgt beschrieben: etwa 1,80 Meter groß, sportliche Statur, dunkelbraune Haare. Zuletzt trug er eine blaue Jacke und helle Hosen. Hinweise darauf, dass er bewaffnet sein könnte, liegen derzeit nicht vor. Dennoch wird eindringlich davor gewarnt, die gesuchte Person eigenmächtig anzusprechen.
Wer Angaben zum Aufenthaltsort des Mannes machen kann, wird gebeten, sich direkt an die Kriminalpolizei Baden-Baden zu wenden. Hinweise können auch anonym über das Hinweisportal der Polizei oder jede andere Dienststelle abgegeben werden.

Dazu ist ein unscharfes Porträtfoto von Cornelius abgebildet. Er wird also offiziell gesucht. Die Polizei nennt jedoch nicht seinen Vornamen. Wahrscheinlich auch im Interesse des Vaters. Und weil Cornelius zwar verdächtig ist, die Tat aber nicht gestanden hat.

Maxi hat das Telefon neben sich gelegt. Sie nimmt es wieder ans Ohr.

»Jetzt, *Maman.*«

»Weißt du, wer da gesucht wird?«

Und ob sie das weiß. Aber das muss sie ihrer Mutter nicht sagen.

»Nein«, antwortet sie.

Jetzt hat Maxi es schwarz auf weiß. Die Polizei hat ihre Aussage ernst genommen. So ernst, dass sie Cornelius sucht. Mit großem Aufwand. Maxi hätte eher mit einem Anruf von Kommissarin Müller gerechnet, die ihr mitteilt, dass Cornelius gefunden wurde und gestanden hat, als von einer öffentlichen Fahndung zu lesen. Ist etwas passiert, von dem sie nichts weiß?

»Was ist los, Maxi?«

»Nichts, nichts. Ich finde es immer noch unglaublich, dass ich dem Vater des Ermordeten kurz vorher zufällig begegnet bin.«

»Ja, mir geht es auch so. Daher dachte ich, du weißt vielleicht noch mehr.«

»Nein.«

»Sonst geht es dir gut?«

»Ja.«

»Da bin ich beruhigt.«

Ihre Mutter scheint ihr zu glauben. Sie ist nicht der einfühlsamste Mensch auf Erden. In diesem Fall ist Maxi froh.

»Ich war heute mit Coco beim Tierarzt, weil sie eine Zecke hatte. Bei der Gelegenheit gab es auch gleich die Wurmkur.«

»Das will ich gar nicht so genau wissen, *Maman*.«

»Das war nur eine Tablette in einem Leckerli. Danach habe ich ihr ein Zeckenhalsband gekauft. Jetzt liegt Coco auf meinem Schoß und schläft.«

Ihre Mutter hat sich mit einem Pudel angefreundet. Lebt mit ihm zusammen. Für Maxi ist die Vorstellung immer noch ungewohnt. Allerdings findet sie das weitaus angenehmer, als würde ihre Mutter ständig mit einem neuen Freund aufkreuzen. Lieber ein Hund als ein Mann.

»Treffen wir uns mal wieder?«, will Fabienne nun wissen.

»Ja, gern. Die letzten Tage war viel los. Aber jetzt wird es besser.«

»Gut, ich freue mich. Bis dann.«

Später am Dienstagabend

Cornelius wird gesucht. Und sie ist schuld. Oder zumindest ist die Suche dank ihres Hinweises eingeleitet worden.

Sie hatte ein Date mit einem potenziellen Mörder.

Und jetzt?

Maxi ist die personifizierte Unruhe. In ihr tobt es, rumort es, stürmt es. Sie kann sich nicht einmal auf Mario Kart konzentrieren. Ihr ist langweilig vor Aufregung. Maxi schaltet die Musik ab. Das Geklimper nervt.

Sie geht zur Balkontür. Draußen ist es fast dunkel. Zurück in die Küche, der übliche Blick hinab in die Fußgängerzone: nahezu leer. Rüber ins Schlafzimmer – das Bett ist nicht gemacht. Weiter ins Bad – sie kämmt sich die Haare, fasst sie zu einem Pferdeschwanz zusammen.

Zurück ins Wohnzimmer.

Maxi ist, als würde neben ihr eine riesige Sanduhr stehen. Das Rieseln macht sie nervös, die Uhr läuft aber nicht ab, als würde ständig Sand von oben nachgekippt und die Zeit nicht voranschreiten.

Sie geht wieder in die Küche. Öffnet den Kühlschrank. Dort steht die angebrochene Flasche Sauvignon Blanc. Vielleicht kann Wein sie beruhigen?

Maxi schenkt sich ein Glas ein und nimmt sofort einen Schluck, sodass der Bauch des Weinglases nicht mehr übertrieben voll aussieht. Sie stellt das Getränk ab und öffnet das Küchenfenster. Es ist still, bis auf das Grundsäuseln der Autos auf der Straße und gelegentliche Schritte, die die Stille durchbrechen. Eine Windböe trägt ein paar Blätter die Straße entlang, die dem Kehrfahrzeug entkommen sind. Auf den Pflastersteinen und unter dem gelben Laternenlicht tanzen sie einen langsamen Walzer.

Die Stadt atmet geruhsam und gleichmäßig, als würde sie einschlafen.

Anders als Maxi. Sie nimmt einen weiteren Schluck Wein. Bisher verfehlt er die erhoffte Wirkung. Maxi lehnt sich an die Kühlschranktür, fährt mit dem Zeigefinger über den dünnen Glasrand.

Dienstagnacht

Der Wein hat Maxis Unruhe nur angeregt. Im Schneidersitz lässt sie sich aufs Sofa nieder. An ihrer Socke haftet eine Staubfluse. Ihr Blick schärft sich, sie entdeckt eine weitere Wollmaus am Fuß des Sofas. Wie lange hat sie nicht gesaugt?

Putzen könnte die Lösung für sie sein!

Maxi holt den Staubsauger und schaltet ihn ein.

Sie mag das befriedigende Klackern in der Röhre des Saugers, wenn er Brösel, Krümel, Steinchen einzieht. So lohnt sich diese Tätigkeit. Sie fährt über den Teppich vor dem Sofa.

Aus dem Augenwinkel sieht sie, wie das Display des Smartphones sich erhellt. Ein Anruf? Um diese Uhrzeit?

Maxi schaltet den Sauger aus. Das Handy vibriert.

Ein weiterer Drohanruf von Tino Berger? Ruft er sie jetzt auch nachts an, um sie noch mehr zu verängstigen?

Sie beißt sich auf die Unterlippe.

Sie rennt zum Couchtisch und greift das Telefon.

»Hallo.« Es klang zögerlicher als beabsichtigt.

»Hallo, Frau Morel. Kriminalhauptkommissarin Müller hier. Ich hoffe, ich störe oder wecke Sie nicht. Aber ich wollte Sie vorab informieren.«

Maxi hält die Luft an.

Frau Müller räuspert sich. »Nach Ihrer Aussage haben wir das Alibi von Cornelius Fitz nochmals überprüft. Ein Freund hatte ausgesagt, dass Cornelius zum Tatzeitpunkt bei ihm war und sie gemeinsam Videospiele gespielt hätten. Zudem hat ein Nachbar bestätigt, dass jemand, der wie Cornelius aussah, die Wohnung des Freundes in Sinzheim mittags betreten hat. Wir haben heute erneut mit dem Freund gesprochen. Es hat gedauert, aber schließlich hat er zugegeben, dass er gelogen hat und Cornelius an diesem Tag nicht bei ihm war. Das war für uns der Auslöser, nach dem verschwundenen Verdächtigen zu fahnden. Wir haben auch eine Suchaktion gestartet und das Waldgebiet hinter der Trinkhalle durchkämmt, wo er zuletzt von Ihnen gesehen wurde. Ein Spürhund hat Cornelius gefunden. Der Gesuchte hielt sich im Wald versteckt.«

Maxi fehlen die Worte.

»Er hat die Tat gestanden, als wir ihn mit dem falschen Alibi und seiner Flucht konfrontiert haben. Ich bin selbst erstaunt, wie schnell alles ging. Cornelius Fitz schien mir seinerzeit bei den ersten Vernehmungen distanziert, jedoch außergewöhnlich höflich. Wir hatten ihn zunächst nicht in Verdacht. Ihre Aussage war entscheidend. Vielen Dank dafür, Frau Morel.«

Es ist einer dieser Schockmomente. Vergleichbar mit dem, als sie erfahren musste, wer ihr Vater war. Diesmal gibt es keine so drastischen Auswirkungen auf ihr Leben, dennoch ist sie ähnlich fassungslos.

Maxi hat sich unwissentlich mit einem Mörder verabredet und dann dafür gesorgt, dass dieser überführt wird. Bei dem Gedanken an das Treffen mit Cornelius wird ihr zusätzlich zur Informationsschockstarre eiskalt.

»Es ist nicht selbstverständlich, dass Privatdetektive mit der Polizei kooperieren. Weiterhin auf eine gute Zusammenarbeit, Frau Morel.«

Stop. Was genau ist passiert? Was hat Cornelius Frau Müller erzählt? »Ich bin gerade etwas perplex«, gesteht Maxi.

»Ich auch, das können Sie mir glauben. Dennoch wollte ich Sie informieren, bevor Sie morgen alles in der Zeitung lesen.«

»Das ist sehr freundlich. Eine Sache beschäftigt mich: Wie ist der Mord passiert? Hatte Cornelius das geplant? Und warum?«

»Es sieht so aus, als habe Cornelius seinen Bruder unter einem Vorwand in die Villa seines Vaters gelockt. Er hat Benedikt anscheinend erzählt, dass er ihn treffen und mit ihm über eine finanzielle Angelegenheit sprechen wolle. Karl Fitz hatte an diesem Morgen einen Arzttermin, das haben wir überprüft, er war also nicht zu Hause. Cornelius hat seinem Bruder wahrscheinlich K.-o.-Tropfen verabreicht, die wir im Blut des Opfers nachweisen konnten. Als Benedikt bewusstlos war, hat Cornelius ihn offenbar erschlagen. Die Tatwaffe scheint ein Pokal mit Marmorsockel seines Vaters zu sein.«

Die letzte Info war Maxi bekannt. Karl Fitz hat von einem Unternehmerpreis gesprochen. Vielleicht hat Cornelius die Tatwaffe aus symbolischen Gründen gewählt? Vielleicht ist das aber auch zu weit hergeholt.

Cornelius ist der Täter. Maxi hat sofort gemerkt, dass mit Cornelius etwas nicht stimmt. Dass er eiskalt und emotionslos ist.

»Aber was war sein Motiv?«

»Offenbar Eifersucht. Cornelius hat zugegeben, dass er es nicht akzeptieren konnte, dass sein Bruder die Nachfolge des Unternehmens antrat. Und immer ›an erster Stelle kam‹, so sein Wortlaut. Allerdings scheint er die Tat nicht sehr langfristig geplant zu haben.«

Dennoch hat er Maxi und die Polizei länger als gedacht an der Nase herumgeführt.

»Hat er etwas über mich und unser Treffen gesagt?«, fragt Maxi.

»Sie brauchen sich keine Sorgen zu machen. Cornelius ist in Verwahrung.«

Das war keine direkte Antwort auf ihre Frage. Cornelius muss rasend wütend auf sie sein. Und nicht nur auf sie, sondern auch auf den Alibi-Verräter und die Polizei.

Die Kommissarin hat jedoch recht. Maxi muss sich aktuell keine Sorgen machen. Der Täter ist gefasst.

»Ich wünsche Ihnen und mir, dass wir nun alle ruhig und gut schlafen können. Wobei das nach solchen Tagen nicht ganz einfach ist.«

»Danke für Ihren Anruf, Frau Müller.«

»Ich danke Ihnen.«

Maxi, die während des Gesprächs durch die Wohnung gewandert ist, setzt sich aufs Sofa.

Alles, was heute passiert ist, alle Gespräche, Informationen, Überlegungen und all die Angst ist nun durchzogen von Erleichterung. Alles wird eingesogen wie von einem schwarzen Loch. Und wird zu – nichts. Maxi starrt ins Leere, bewegt sich nicht.

Der Staubsauger bleibt mitten im Raum liegen, wie ein Zeichen, dass doch noch nicht alles vorbei ist, als Maxi wenig später schlafen geht.

KAPITEL 12

Mittwochmorgen

Maxi wacht auf. Ein »Da-war-doch-was-Moment«. Zwei Sekunden später löst sich das Gedankendickicht auf. Ein abgeschwächter Schock. Cornelius wurde überführt. Er hat den Mord an seinem Bruder gestanden.

Draußen muss es bereits hell sein, ein Lichtstreifen fällt in ihr Schlafzimmer.

Heute braucht Maxi einen freien Tag. Ohne Observation oder unangenehmen Termin. Sie informiert Regine.

Dann geht sie in die Küche und macht sich einen Café au Lait, anschließend setzt sie sich auf den Barhocker, tunkt ein altes Croissant in den Milchkaffee und beißt ab.

Wie es Karl Fitz wohl geht? Hat er geahnt, dass sein Sohn der Täter ist? Wollte er ihn schützen? Wie gerne würde sie ihn das persönlich fragen. Aber sie kann ihn schlecht anrufen und sich erkundigen, wie es ihm geht, nachdem er nun seine ganze Familie verloren hat. Die Ehefrau vor Jahren bei einem Unfall verstorben, der eine Sohn ermordet und der andere im Gefängnis. Auch wenn Fitz nicht unbedingt die personifizierte Integrität ist, was er durchmacht, wünscht Maxi niemandem.

Wie würde er reagieren, wenn er erführe, dass sein Sohn für Maxi kein Unbekannter ist?

Maxis Gedanken wandern vom Immobilienmakler zu Louisa Seidler. Ihre Sicht auf die Dinge fehlt. Maxi hat sie so lange beobachtet, dass sie Louisa Seidler zu kennen glaubt.

Und doch wieder nicht. Wird sie weiterhin im Casino arbeiten? Was hat sie jetzt vor?

Maxi beißt ins Croissant. Mit jedem Bissen, mit jeder Minute am Frühstückstisch wird die Erleichterung größer, dass nun alles vorbei ist.

Maxi könnte kurz im Büro vorbeischauen und lesen, was die Zeitung über den aufgeklärten Mordfall schreibt.

Außerdem ist da noch Noah. Heute wäre ein guter Tag, um sich bei ihm zu melden. Was soll sie ihm schreiben? Eine Entschuldigung wäre angebracht.

Maxi öffnet den Chat mit ihm auf dem Handy. Sie beginnt zu tippen: »Hallo Noah, wie geht es dir?« Sie löscht alles wieder. »Lieber Noah, wie geht es dir? Hattest du eine schöne Urlaubswoche? Bei mir ging es leider in den letzten Tagen drunter und drüber. Jetzt habe ich mehr Luft. Es tut mir leid, dass ich mich nicht früher gemeldet habe. Schreib mir gerne, wenn du Zeit und Lust hast, mich zu treffen. Viele Grüße, Maxi.«

Maxi überfliegt die Nachricht nochmals. Viel Text. Sie könnte einen Smiley hinzufügen. Nach dem »drunter und drüber« setzt sie einen Emoji mit verdrehten Augen. Am Ende der Nachricht noch eine Sonne und ein herbstliches Blatt. So sieht es etwas freundlicher aus.

Sie schickt die Nachricht ab, schaut in die Fußgängerzone, durch die nur vereinzelt Menschen schreiten.

Jetzt noch ein Kaffee! Maxi steht auf. Sie füllt Pulver in den Siebträger und drückt es mit dem Tamper fest. Als sie den Siebträger ins Gewinde dreht, vibriert ihr Handy. Sie nimmt es. Eine Antwort von Noah. Das ging schnell. Als hätte er auf eine Nachricht von ihr gewartet. Er schreibt: »Schön, von dir zu hören. Sehr gerne. Sollen wir eine Runde spazieren gehen? Heute oder morgen in der Mittagspause?«

Er will sie treffen. Wie schön. Maxi antwortet: »Gerne gleich heute. Wann und wo?«

»Super! Heute soll das Wetter noch besser sein. Um 12.30 Uhr vor dem Theater?«

Es ist halb zehn. Genug Zeit, um noch einen Kaffee zu trinken und sich zu richten. Endlich wieder ein Termin, auf den Maxi sich freut.

Mittwochmittag

Maxi erkennt Noah schon von Weitem. Er steht direkt vor einem der Rundbogenfenster und scheint das Theaterprogramm zu studieren. Die Kirchturmuhr schlägt zwei Mal. Maxi geht die Stufen hinauf. In ihr kribbelt es, als würden dort Ameisen laufen.

»Hallo, Noah.«

Noah dreht sich zu ihr um. »Hallo, Maxi, schön, dich zu sehen.«

Diesmal tritt Maxi auf ihn zu, um ihn zu umarmen.

»Gehen wir rein?«, fragt sie.

Noah runzelt die Stirn.

»Du sahst so aus, als würdest du ins Theater wollen.« Maxi lacht.

»Passend angezogen bin ich aber nicht.«

»Im Gegensatz zu mir trägst du immerhin keine Jeans. Aber Spaß beiseite, ich will sowieso lieber spazieren gehen.«

Sie marschieren los. »Es tut mir leid, dass ich mich nicht gemeldet habe«, erklärt Maxi. »Bei der Arbeit ist das Chaos ausgebrochen, ich hatte für nichts anderes mehr Zeit. Jetzt ist der Auftrag abgeschlossen.«

Bitte hake nicht nach, denkt sie. Und lenkt mit einer Gegenfrage ab: »Hattest du eine schöne Urlaubswoche?«

»Ja. Ich war am Freitag wandern. Im Nationalpark, beim Schliffkopf. Die Landschaft ist so vielfältig. Mit den Erikasträuchern teilweise so eine Art Heidelandschaft. Dann wieder Schwarzwald pur. Und eine Aussicht bis ins Elsass. Traumhaft. Warst du schon mal dort?«

»Nein.«

»Musst du unbedingt mal machen. Wir könnten zusammen hin.«

»Gern.«

»Da das Wetter am Wochenende dann nicht mehr so toll war, bin ich zu meiner Familie gefahren. Kaffee trinken, Kuchen essen und ganz viel Puppenspielen mit meinen Nichten.«

»Wie alt sind deine Nichten?«

»Malin ist vier und Hannah zwei.«

»Schöne Namen.« Maxi kann sich Noah gut als Onkel vorstellen, wie er Puppen anzieht und Rollenspiele spielt. Sie blickt auf die Oos, die in entgegengesetzter Richtung dahinplätschert. Bei bewölktem Himmel wirkt das Wasser bräunlich. Immerhin strahlen einige Laubbäume unbeeindruckt vom Wetter in orange-gelbem Kleid.

Noah biegt auf einen kleineren Weg ab. Das Laub raschelt unter ihren Füßen. Die Luft ist lau. Maxi ist warm. Dabei hat sie nur eine dünne Jacke an. Es muss daran liegen, dass Noah neben ihr geht.

Sie sieht aus dem Augenwinkel, wie er sie anblickt. Sie dreht sich, erwidert den Blick und das Lächeln. Ihr wird noch wärmer. Sie war sich im Voraus nicht sicher, ob sie Noah gut finden würde. Jetzt hat sie die Antwort.

Sie biegen auf den Fußweg neben der Allee ab. Eine flotte Oma mit Kinderwagen und rot-weiß gepunkteter Jacke kommt ihnen entgegen. Sie grüßt freundlich, als sie auf gleicher Höhe sind. Erst jetzt sieht Maxi, dass in dem Wagen ein Hund und kein Kind sitzt. Auf der Straße ziehen vereinzelt Fahrräder vorbei.

In regelmäßigen Abständen säumen Holzbänke den Wegesrand.

»Sollen wir noch bis zur Bellevue-Brücke gehen und dann durch die Gönneranlage und wieder zurück?«, fragt Noah.

»Klingt gut. Deine Mittagspause dauert bestimmt nicht ewig, oder?«

»Ich kann sie etwas ausdehnen, aber nicht über den ganzen Nachmittag.«

Etwas Nasses ist auf Maxis Nasenspitze gelandet. Ein Regentropfen? Jetzt spürt sie etwas auf ihrer Stirn. »Regnet es?«

Noah bleibt stehen und blickt nach oben. »Oh ja! Eigentlich hätte es in der nächsten Stunde noch trocken bleiben sollen.« Er scheint den Wetterbericht genau studiert zu haben. »Sollen wir gleich umdrehen und in ein Café gehen?«

»Ich habe keinen Schirm dabei. Ist vielleicht besser.«

»Finde ich auch.« Er lächelt.

Als er sich umdreht, hebt er die Hand leicht an, in Richtung von Maxis Rücken, als wolle er den Arm um sie legen und sie vor dem Regen schützen. Es bleibt bei einer Andeutung.

Noah geht schneller. »In welches Café sollen wir gehen?«

Maxi schließt zu ihm auf. Die Regentropfen folgen dichter aufeinander.

Maxis Handy klingelt. Sie greift in ihre Handtasche. Unbekannte Nummer. Vielleicht die Polizei? Oder Karl Fitz? »Ich muss leider kurz drangehen.«

Noah nickt, sein Blick sagt: die gefragte Geschäftsfrau.

»Morel, hallo«, spricht Maxi ins Telefon.

»Marcel Abt hier.«

Maxi stutzt. Was will der Ex-Mann von Louisa Seidler von ihr? Ist dies wieder einer seiner Drohanrufe? Doch Abt klingt seltsam anders.

»Sie müssen mir helfen«, sagt er, »mein Lebensgefährte will Louisa Seidler umbringen. Er will sie auf ihrer Joggingrunde am Louisfelsen abpassen und ist vorhin aus dem Haus gegangen. Er klang so besessen.«

»Und was genau erwarten Sie jetzt von mir?«, fragt Maxi.

»Bitte gehen Sie hin und sehen Sie nach dem Rechten.«

»Warum sollte ich Ihnen helfen? Sie und Ihr Lebensgefährte haben keine Gelegenheit ausgelassen, mir zu drohen. Sie haben den Ruf meines Unternehmens beschädigt. Gehen Sie doch zur Polizei.«

»Das wäre übertrieben, ich weiß ja auch nicht, ob Tino überhaupt etwas Böses vorhat. Ich könnte ihm nicht mehr in die Augen sehen, wenn nicht.«

Noah steht schweigend neben Maxi, mit seinem Blick stellt er Fragen. Seine Augen werden immer größer, die Zähne haben sich auf der Unterlippe festgebissen.

»Trotzdem. Warum ich? Sie schulden mir etwas. Zum Beispiel Geld«, fährt Maxi fort. »Wie können Sie es wagen, mich um Hilfe zu bitten?«

»Tun Sie es für Louisa, nicht für mich.«

»Warum sollte ich Ihnen trauen? Woher soll ich wissen, dass Sie und Ihr Lebensgefährte mich nicht in die nächste Falle locken wollen?«

»Diesmal ist es anders. Ich rufe Sie an, weil ich das Vertrauen in Tino verloren habe. Ich bin aufgewacht. Ich habe Angst, dass er dieses Mal zu weit geht.«

»Dieses Mal?«, unterbricht Maxi.

»Es tut mir so leid, ich entschuldige mich für das, was passiert ist. Ich hätte mich früher wehren sollen. Ich werde Ihnen das Geld überweisen.« Er seufzt. »Bitte. Ich mache mir wirklich Sorgen.« Marcel Abt wirkt anders als sonst. Es passt ins Bild, dass er bisher lediglich das getan hat, was Tino Berger ihm befohlen hat, und nicht das, hinter dem er selbst stand. Vielleicht ist es echte Reue, die er gerade zeigt. Aber kann Maxi ihm wirklich trauen?

»Warum rufen Sie nicht die Polizei?«, fragt sie.

»Sie kennen doch Louisa.« Marcel Abt senkt die Stimme. »Sie würde mir das nie verzeihen, wenn die Polizei vor ihr stünde, obwohl keine Gefahr droht. Und die Polizei würde mich auch nicht ernst nehmen. Vielleicht passiert ja auch gar nichts. Aber ich brauche jemanden, der da ist. Jemanden, der beobachtet. Für alle Fälle. Davon einmal abgesehen sind Sie es gewohnt, Louisa zu beschatten. Bitte.«

»Und wenn er wirklich ausrastet?«

»Dann verständigen Sie selbstverständlich die Polizei. Bitte, helfen Sie mir.«

Was soll Maxi tun? Wenn sie nichts unternähme und Louisa Seidler tatsächlich etwas passieren sollte, könnte Maxi sich das nie verzeihen.

»Bitte«, hört sie erneut aus dem Telefon.

Maxi atmet tief durch. »Na gut, ich werde hingehen. Auch wenn ich finde, Ihre Bitte grenzt an Erpressung«, sagt sie. Beim letzten Wort zuckt Noah zusammen. Fast unmerklich schüttelt er den Kopf. Was er wohl denkt? Dass er es mit einer Kriminellen zu tun hat? Oder mit einer Irren? Es war nicht geplant, dass er so von ihrer Arbeit erfährt.

»Ich danke Ihnen. Ich werde alles wiedergutmachen«, sagt Marcel Abt.

Maxi hat jetzt keine Zeit mehr für Noah. Sie muss los. Von hier aus ist es nicht weit zum Louisfelsen. Maxi gibt das Ziel in der Karten-App des Handys ein. In der Tat! Nur rechts den Berg hoch, gut zwei Kilometer entfernt.

Eine Frau fährt ihr auf einem E-Scooter entgegen. Wie ferngesteuert stellt sich Maxi ihr in den Weg und winkt mit den Armen wie Scheibenwischer auf Höchststufe. »Hallo, Sie!«

Die Frau hält an und blickt sie verärgert an.

»Ich brauche Ihren Roller. Es ist ein Notfall. Es geht um Leben und Tod. Bitte. Moment, hier meine Karte.« Maxi kramt in ihrer Tasche nach ihrem Geldbeutel. »Ich gebe Ihnen den Roller zurück und komme für jeden eventuellen Schaden auf. Sie können sich auf mich verlassen.« Die Augen der Frau sind zu Schlitzen geworden. Sie sieht nicht so aus, als würde sie Maxi glauben.

»Mein Freund verbürgt sich für mich.«

Maxi blickt zu Noah, der mittlerweile komplett farb- und regungslos dasteht. »Noah, ich erkläre dir nachher alles. Vertrau mir.« Sie drückt ihm ihre Tasche an die Brust, nur das Handy steckt sie in ihre Jacke. »Bitte«, schiebt sie flehend nach.

Dann zieht sie der Frau den Roller aus der Hand. Mist, sie stand noch nie auf so einem Teil. »Wie funktioniert das?«

»Einfach draufstellen, anschubsen und den Hebel am Lenker drücken.« War das Noahs Stimme?

Maxi setzt den rechten Fuß auf das Trittbrett und schubst mit dem linken an. Sie drückt den Gashebel, der Scooter schießt nach vorne wie eine Rakete. Es wackelt wie auf einem Balance-Board. Sie stellt den linken Fuß auf das Trittbrett.

Ihr Körper schwankt in beide Richtungen.

»Vorsicht«, schreit Maxi, als ihr ein Mann mit weißen Haaren und schwarzer Jacke entgegenkommt. Er reagiert nicht schnell genug. Oder hat er sie nicht verstanden?

Sie muss ausweichen, bekommt Schieflage nach rechts.

Fängt sich wieder.

Nicht beirren lassen. Der Scooter gleitet auf dem Asphaltboden entlang. Wie schnell fährt er? 15 Kilometer pro Stunde? Das Adrenalin fließt in höherer Geschwindigkeit durch ihren Körper.

Die letzten 50 Meter hat sie ohne Zwischenfall hinter sich gebracht. Ihre Panik geht in Konzentration über. Sie drückt langsam den Gasschalter. Kontrollierte Beschleunigung.

Maxi biegt nach rechts in die Gunzenbachstraße ab. Es geht sanft bergauf. Pferdegeruch liegt in der Luft. Auf der rechten Seite befindet sich ein Reitstall.

Es regnet immer stärker. Maxi schiebt die Brille in die Haare, die Gläser sind nass. Egal ob mit oder ohne Brille, sie sieht verschwommen.

Es wird steiler, was dem Scooter nichts auszumachen scheint. Maxis Gleichgewicht schon. Sie zittert nun nicht nur aus Angst, sondern auch wegen der nassen Kälte. Ihr Mantel ist durchweicht, ihre Haare triefen, sie fühlt sich um mehrere Kilo Regenwasser schwerer.

Sie greift den Lenker wie einen Rettungsanker, so fest, dass die Knöchel weiß werden.

Die Straße wird schmaler. Eine scharfe Kurve. Wo ist die Bremse?

Maxi zieht an einem Hebel am Lenker, der aussieht wie eine Fahrradbremse. Der Roller kommt ruckartig zum Stehen. Maxi verliert das Gleichgewicht.

Eine Sekunde, die wie in Zeitlupe vergeht. Der Moment, in dem man realisiert, dass man fallen wird. Es gibt keine Stopp-Taste. Kein Halten.

Maxi rutscht ab und stürzt vom Scooter.

Wieder diese lange Sekunde, in der man realisiert, dass man gefallen ist.

Nun schießt ein Schmerz in ihr Bein. Die Hüfte.

Maxi rappelt sich in den Vierfüßlerstand auf. Ihre linke Körperhälfte brennt. Tränen mischen sich mit dem Regenwasser auf ihren Wangen.

Maxi blickt um sich. Niemand ist zu sehen. Keine Schaulustigen. Sie muss weiter. Steht auf. Streift die losen Haarsträhnen aus dem Gesicht. Greift den Lenker. Stellt den rechten Fuß auf den Roller. Drückt den Gashebel. Und gibt mit dem linken Bein Schwung, begleitet von einem Schmerzenslaut.

Bitte nicht nochmals fallen.

Sie fährt kontrolliert um die Kurve. An einem Gartenzaun prangt ein Schild. Das Bild eines Hundes, der seine Zähne zeigt. »Warnung vor dem Hund«.

Kein Hund zu sehen.

Weiter.

Hat Berger seinen Hund dabei? Danach hat sie Abt gar nicht gefragt.

Aus der Straße ist ein steiniger Weg geworden. Maxi bremst vorsichtig, steigt ab. Diesmal ohne zu fallen.

Sie spürt das Adrenalin, das den Schmerz in Schach hält Ihre neue Detektivinnen-Droge.

Sie schiebt den Roller den Berg hinauf.

Ihr wird warm.

Immer noch kein Hund.

Maxi atmet auf, als sie oben ankommt.

Sie keucht.

Der Regen prasselt auf sie. Auf die Bäume, den Scooter.

Eine Gabelung. Es geht nach rechts oder links. Ein weiterer Schub Angst gesellt sich zu den Schmerzen.

Maxi fasst sich an die Hüfte.

Ist sie bescheuert? Was tut sie hier?

Ihr Handy vibriert in der Jackentasche. Eine Nachricht von Noah: »Wo bist du???«

Nicht nachdenken. Weiter, nach rechts den Berg hinauf. Als wäre der Startschuss für ein Rennen gefallen, schwingt sich Maxi auf den Scooter. Gas. Schwung. Hoch den Berg.

Der Roller scheint etwas mehr Mühe zu haben. Kein Wunder.

Wenn Maxi vorhin schon gedacht hat, die Straße würde steil bergauf gehen, was ist das dann?

»Fahr. Fahr. Fahr«, sagt Maxi zum Roller.

Regen und Schmerzen sind vergessen. Sie muss zum Felsen.

Was auf der Karte so nah aussah, zieht sich.

Wird der Scooter etwa langsamer? Maxi drückt aufs Gas. Er rutscht unter ihren Füßen zur Seite. Sie kann gerade noch abspringen, ohne zu fallen.

Ist der Akku leer? Es leuchtet kein rotes Licht. Oder der Weg zu steil? Nutzloses Teil.

Maxi rennt in Minischritten den Berg hinauf. Bald bekommt sie keine Luft mehr.

Die Schmerzen sind wieder da. Wenn der linke Fuß den Boden berührt, durchzieht sie ein stechender Schlag, als stünde beides unter Spannung.

Große, schwere Regentropfen fallen unbeirrt vom Himmel.

Zu ihrer Rechten geht es steil bergab.

Wenn Tino Berger jetzt auftauchen und sie hinunterstürzen würde …

»Ruhe«, befiehlt Maxi ihren Gedanken.

Sie ist fast oben.

Fast.

Maxi mobilisiert Kräfte, von denen sie nicht wusste, dass sie sie hat.

Sie blickt aufs Handy. Nach rechts. Hier muss der Aussichtspunkt sein! Ein kleiner Holzpavillon, der auf einem

Steinsockel steht. Eine unebene Steintreppe mit Holzgeländer führt hinauf.

Aber da ist niemand.

Ist sie umsonst hier hochgestiegen?

Maxi bleibt vor dem Aussichtspunkt stehen. Außer Atem. Unfähig zu jeglicher Reaktion.

Sie vergräbt das Gesicht in den Händen, schiebt sich dann die nassen Haare hinter die Ohren. Ihre Brille ist weg, sie muss ihr aus den Haaren gerutscht sein. Auch das noch.

Sie schreckt zusammen. Was war das? Sie hat eine Stimme gehört. Maxi dreht sich einmal um die eigene Achse. Da sind doch zwei Köpfe in dem Holzpavillon.

Jemand sagt etwas. Jemand antwortet.

Sie erspäht eine Mütze. Und schwarze Haare.

Ein kurzer, spitzer Schrei.

Soll Maxi einschreiten oder die Polizei rufen?

Was, wenn Tino Berger bewaffnet ist? Oder doch seinen Hund dabeihat?

Sie zückt das Handy, umklammert es, als wollte sie es zerquetschen. Hier ist sie ungeschützt. Sie stellt sich auf der anderen Seite des Weges hinter einen dicken Baumstamm.

Sie tippt mit dem Zeigefinger. 112.

»Hallo, ein Notfall hier. Ich stehe am Louisfelsen. In Baden-Baden.«

»Was ist passiert?«

»Ein Mann bedroht eine Frau. Bitte kommen Sie schnell.«

Keine Antwort. Maxi nimmt das Handy vom Ohr.

Ist der Notruf durchgegangen? Wird die Polizei sich auf den Weg machen?

Geschrei. Eine Frauenstimme. Bellen. Tino Berger hat das aggressive Tier dabei.

Maxi lugt hinter dem Baumstamm hervor.

Der Hund steht am oberen Ende der Steintreppe und bellt, als würde er sein Herrchen warnen wollen.

Maxi versteckt sich wieder hinter dem Baumstamm.

»Na, wen haben wir denn da?«

Maxi hält die Luft an.

Tino Berger hat sie erkannt.

»Die Amateur-Detektivin. Ernsthaft?« Er lacht.

»Was tun Sie hier?«, fragt Maxi.

Er lacht immer noch, wie ein Raubvogel, der seine Beute im Visier hat. Maxi weiß nicht, ob sie mehr Angst vor dem Mann oder seinem Hund hat.

»Ich sollte eher fragen, was *Sie* hier tun.«

Der Hund bellt, bäumt sich auf. Er scheint verwirrt. Jetzt sieht Maxi, dass er angeleint ist. Wenn dem nicht so wäre, hätte Berger ihn sicher auf sie gehetzt.

Tino Berger sieht auf sie herab. Er lächelt immer noch überlegen.

»Lassen Sie Frau Seidler in Ruhe«, sagt Maxi.

Er rührt sich nicht. Kein Ton ist von der Croupière zu hören. Geht es ihr gut?

»Ares, aus«, befiehlt Berger dem Hund, der gehorcht. »Sie haben mir gar nichts zu sagen. Und auf meine Frage haben Sie auch noch nicht geantwortet«, wendet er sich wieder Maxi zu. »Wollten Sie Ares wiedersehen?«

Hat Tino Berger mitbekommen, dass Maxi die Polizei verständigt hat? Soll sie es ihm sagen oder abwarten?

Maxi tut sich schwer, einen klaren Gedanken zu fassen. Nicht nur die Angst lähmt sie, auch die Unsicherheit. Was tut sie hier? Was hat Tino Berger vor? Hat Marcel Abt ihr eine Falle gestellt? Hat Berger auf sie gewartet, um sich an ihr zu rächen und sie vom Felsen zu stürzen?

Ihr Herzschlag scheint auszusetzen.

Nein, dann hätte er sie vorher abgepasst. Maxi hatte

immerhin Gelegenheit, die Polizei zu rufen. Wann kommen die Beamten endlich? Maxi muss Zeit schinden.

Geht es Louisa Seidler gut oder hat er ihr womöglich schon etwas angetan? Oder der Hund? Ist sie zu spät?

»Sie gehen jetzt besser.« Er steigt eine Stufe zu ihr hinab.

Was soll Maxi erwidern? Doch, dass sie die Polizei gerufen hat? Tino Bergers wunder Punkt scheint sein neuer Lebensgefährte zu sein. Er ist eifersüchtig. Soll sie ihn auf Marcel Abt ansprechen? Damit würde sie riskieren, dass er ausrastet. Und mit ihm der Hund. Aber vielleicht würde sie ihn auch zum Nachdenken bringen. So oder so fällt ihr nichts anderes ein: »Überlegen Sie sich, was Sie jetzt tun. Wenn Sie jemandem etwas antun und straffällig werden, wandern Sie ins Gefängnis. Ich weiß nicht, ob Ihr Lebensgefährte davon so begeistert wäre …«

Tino Berger erstarrt für eine Sekunde. Als hätte ihn etwas getroffen. »Sie haben Ihre Chance verpasst. Gerade hätten Sie meiner Aufforderung nachkommen und gehen können.« Er wendet sich ab, wie um nach Louisa Seidler zu sehen. Der Hund bellt. Tino Berger dreht sich zu ihm. Lässt er ihn von der Leine?

Maxis Finger zittern. Wenn der Hund sie jetzt anspringt … Sie sucht den Boden nach etwas Geeignetem zur Verteidigung ab. Die Zweige auf dem Boden sind zu zierlich. Da, ein abgebrochener Ast, der etwas größer ist. Etwas zu groß. Egal. Sie hebt ihn auf.

Ein weißer Fellball schießt auf sie zu. Ares.

Maxi erlebt die folgenden Augenblicke wie in Trance. Wie die Sekunden vor und nach dem Fall vom Scooter, in der die Zeit sich auszudehnen schien. Der Hund könnte sie umbringen.

Sie wedelt mit dem Stock, dreht sich, schlägt um sich, bekommt sonst nichts mehr mit.

Sie erinnert sich, wie sich Todesangst anfühlt. Dieses Mal nicht vor einem bewaffneten Mann, sondern vor einem Hund.

Ein Schrei. Ein Poltern. Der Hund dreht sich nach hinten.

Am Fuß der Steintreppe liegt Tino Berger. Auf der Treppe steht Louisa Seidler.

Der Hund scheint Maxi vergessen zu haben, rennt zu seinem Herrchen, winselt um ihn herum.

Maxi blickt an sich hinab. Hat der Hund sie erwischt?

Dann schaut sie auf. Louisa Seidler blickt sie an. Sie steht auf der Mitte der Steintreppe. Angsterfüllte braune Augen zwischen zerzaustem Haar. Oder sind sie wuterfüllt? Sie trägt Joggingklamotten. »Was machen Sie hier?«

Maxi setzt sich hin, stellt die Handflächen neben sich auf. Sie öffnet den Mund. Schließt ihn wieder.

Ein Knirschen, das lauter wird. Reifen auf Kies. Ein Auto nähert sich, hält. Zwei Polizisten steigen aus.

Endlich.

Maxi erkennt Kommissarin Müller und einen ihr unbekannten Kollegen.

Louisa Seidler zeigt auf den regungslosen Tino Berger, beginnt ungefragt zu erzählen: »Ich war auf meiner üblichen Joggingrunde unterwegs. Auf einmal kam mir der Mann mit seinem Hund entgegen. Er hat mich bedroht und nach da oben gezerrt. Er wollte, dass ich vom Felsen springe.« Sie blickt Hilfe suchend zu Maxi.

»Ich wurde von seinem Lebensgefährten angerufen, daher bin ich hier«, sagt Maxi.

»Als sie kam, war er abgelenkt. Er hat seinen Hund auf sie losgelassen. Ich wusste mir nicht anders zu helfen und habe ihn einfach geschubst. Da war die Treppe …«, schluchzt Louisa Seidler. »Er lebt, oder?«

Der Polizist ruft den Notarzt. Die Kriminalkommissarin beugt sich zu dem bewusstlosen Mann auf dem Boden. Die Baseballkappe deckt sein Gesicht ab. »Er atmet«, sagt sie. Sie sieht Maxi skeptisch an, ihr Blick scheint zu fragen: »Was tun Sie hier?«

Nach wenigen Minuten kommt der Rettungswagen in Sicht. Der Polizist sprintet zum Polizeiauto und fährt es wenige Meter vor, sodass der Krankenwagen unmittelbar neben Marcel Abt zum Stehen kommt. Zwei Sanitäterinnen beugen sich zu Marcel Abt herunter. Wieder ertönt das Geräusch eines heranfahrenden Autos. Die Notärztin: Eine Frau mit blondem Bob und schwarzem Koffer steigt aus und geht auf die Kolleginnen zu.

»Er ist bewusstlos«, sagt die jüngere der Sanitäterinnen. Dann widmet sie sich dem winselnden Hund, redet beschwichtigend mit »Sch«-Lauten auf ihn ein und bindet ihn am Geländerpfosten fest.

Die Ärztin kniet sich vor Tino Berger, tastet ihn ab. Vereinzelt fallen Regentropfen von den Bäumen herab. Die Stille ist bedrückend und bleischwer. Maxi spürt, wie Louisa Seidler neben ihr zittert. Sie weiß nicht, ob vor Kälte oder Angst. Noch ist Maxi warm, sie ist innerlich aufgeladen durch den Stress, adrenalingefüllt, jedoch bahnt sich die nasse Kälte stetig ihren Weg ins Innere ihres Körpers.

Die Ärztin steht auf. »Wir nehmen ihn mit«, erklärt sie den Anwesenden. »Er hat eine Verletzung am Hinterkopf durch den Aufschlag auf der Treppe. Die äußere Blutung ist nicht stark, aber die Schwere der Kopfverletzung kann ich hier vor Ort nicht umfassend beurteilen.« Sie nickt den Sanitäterinnen zu.

»Sie halten uns auf dem Laufenden, Dr. Wüst?«, fragt Frau Müller. Sie scheint die Notärztin zu kennen.

Frau Wüst nickt.

Die Sanitäterinnen kommen mit einer Bahre, die sie neben Tino Berger legen. Die eine fasst ihn am Oberkörper, die andere an den Beinen.

»Bei drei?«, sagt die eine.

»Drei«, antwortet die andere.

Beide lächeln über den Witz. Die beiden Frauen in rotgelber Montur wirken wie ein eingespieltes Team. Obwohl sie nicht besonders kräftig aussehen, hieven sie den bewusstlosen Mann gekonnt auf die Bahre und tragen ihn weg. Der Hund bellt und zerrt an der Leine.

Die Kälte dominiert in Maxis Körper.

Das Rettungsteam verabschiedet sich.

Da der Weg zu schmal zum Wenden ist und das Polizeiauto im Weg steht, fährt zuerst die Notärztin rückwärts den Waldweg hinab, bis sie das Auto an einer Weggabelung wenden kann. Kurz darauf geht der Motor des Krankenwagens an.

Jetzt wendet sich Frau Müller Maxi zu, während der Polizist Louisa Seidler fragt, ob alles in Ordnung sei.

»Also, was machen Sie hier?«, fragt die Kriminalbeamtin.

Was muss Maxi erzählen, damit Frau Müller die Situation einordnen kann? Als sie Karl Fitz das Alibi gab, hat sie Louisa Seidlers Namen nicht erwähnt, jedoch erzählt, dass sie eine Zielperson beschattet hat. »Ich habe Frau Seidler kürzlich observiert. Heute rief mich der damalige Auftraggeber, ihr Ex-Mann, an. Herr Abt war sehr aufgebracht und sehr besorgt. Er hatte Angst, dass sein neuer Lebensgefährte Frau Seidler etwas antun könnte. Das ist der Mann, der eben bewusstlos auf dem Boden lag. Er heißt Tino Berger.«

»Er hat mich angegriffen, es war Notwehr«, schaltet sich die Croupière ein.

»Ihre Aussage nehme ich gleich auf«, sagt Frau Müller streng. Sie schaut wieder Maxi an.

»Es stimmt, was sie sagt. Als ich ankam, habe ich Geschrei vom Aussichtspunkt gehört und die beiden erkannt. Auch dass Frau Seidler nicht freiwillig dort oben war. Ich habe die Polizei benachrichtigt. Kurz darauf hat der Hund mich wahrgenommen. Dann auch Herr Berger, der mich ebenfalls bedroht hat. Der Hund hat sich losgerissen und ist auf mich zugerannt. Ich habe mich mit einem Stock gewehrt. Dann ist Herr Berger von der Treppe hinabgestürzt. Kurz darauf sind Sie eingetroffen.«

Frau Müller nickt. »Und woher wussten Sie, dass Sie zum Louisfelsen gehen müssen? Wie sind Sie hier hochgekommen?«

Traut die Kommissarin Maxi nicht zu, den Anstieg zu bewältigen?

»Ich wusste, dass der Aussichtspunkt auf Frau Seidlers Joggingrunde liegt. Zudem hat Herr Abt am Telefon den Louisfelsen erwähnt, er sagte, Herr Berger habe davon gesprochen. Bei dem Anruf war ich zuerst sehr skeptisch. Wenn Frau Seidler etwas passiert wäre und ich nichts getan hätte, hätte ich mir Vorwürfe gemacht. Also habe ich mir einen Scooter geliehen und bin losgefahren. Das letzte Stück musste ich zu Fuß zurücklegen.« Es ist eine abgeschwächte Version der Ereignisse. Maxi hat sich eines Rollers bemächtigt und ihr konsterniertes Date stehen lassen.

Frau Müllers Kollege hat eifrig mitgeschrieben, während Maxi ihre Aussage gemacht hat.

Die Kommissarin nickt nun wieder, wie eine Lehrerin, die nicht unzufrieden über die Antwort der Schülerin ist. Glaubt sie Maxi?

Sie dreht sich zu Louisa Seidler, die sofort aufhört, das Gewicht von einem Bein aufs andere zu verlagern. Wie auf Kommando beginnt sie zu sprechen: »Dieser Verrückte hat mich abgepasst und nach oben gezerrt. Er hat mir gedroht, mich umzubringen. Er wollte mich hinabschubsen.« Vor Aufregung wiederholt sie sich. »Dann kam Frau Morel, und er war abgelenkt. Da habe ich ihn gestoßen. Nur leicht. Er ist gefallen. Es war reine Notwehr.«

Frau Müller nickt. Es scheint ihre Methode zu sein, den Zeugen das Gefühl zu geben, sie wäre bei ihnen. Vielleicht auch, um den Redefluss anzukurbeln.

»Und warum hat er das getan?«

»Der neue Lebensgefährte meines Ex-Mannes war eifersüchtig, wollte Marcel für sich haben. Meine Kinder und mich aus dem Weg räumen.« Sie schnaubt. »Es ist absurd, weil wir alle nichts mehr mit ihm zu tun haben wollten. Er hat ihn doch für sich gehabt. Von mir aus geschenkt. Mein Ex-Mann ist manipulierbar. Das hat Herr Berger ausgenutzt. Er wollte ihn dazu bringen, die Unterhaltszahlungen für die Kinder zu stoppen. Er wollte mir Unterhaltsbetrug anhängen. Da kam Frau Morel ins Spiel. Wie dem auch sei, heute hat sie mich gerettet.«

»Herr Berger war also grundlos eifersüchtig?«

»Ja. Er ist gestört. Er hat eine Obsession gegen mich entwickelt, wenn man das so sagen kann.« Louisa Seidler fährt mit den Fingern durch ihren Pferdeschwanz und lässt ihn über die Schulter nach vorne gleiten. »Fragen Sie meinen Ex-Mann. Endlich scheint er es selbst begriffen zu haben. Mir ist es egal, wie es ihm geht. Ich will ihn in diesem Leben nie wiedersehen. Nie.«

»Wir werden ihn vernehmen«, sagt Frau Müller. »Geht es Ihnen wirklich gut, Frau Seidler? Wollen Sie sich wirklich nicht von einem Arzt untersuchen lassen?«

»Warum das?« Louisa Seidler scheint aufgebracht.

»Um sicherzustellen, dass alles in Ordnung ist.«

»Mir geht es gut. Ich bin stabil. Ich stehe auch nicht unter Schock. Ich will nur nach Hause zu meinen Kindern. Jetzt.«

»Wir müssen Sie darauf hinweisen, dass wir ermitteln werden, auch wenn es nach einer Notwehrsituation aussieht.« Der Polizist nimmt die Daten von Louisa Seidler auf und fragt dann: »Sollen wir Sie nach Hause fahren?«

»Nein, das schaffe ich allein.«

»Ich komme auch klar«, sagt Maxi.

»Eigentlich würden wir Sie nach solch einem Vorfall nicht sich selbst überlassen. Aber wie Sie meinen. Wir melden uns, wenn wir noch Fragen haben oder es Neuigkeiten gibt.« Frau Müller deutet auf den Hund. »Was machen wir mit dem da?«

»Wir bringen ihn ins Tierheim.« Der Polizist nähert sich Ares. Aus dem Hund ist ohne sein Herrchen ein winselndes Häufchen Elend geworden. Kaum zu glauben.

»Der kann ganz schön aggressiv sein«, sagt Maxi.

Ohne auf Maxis Aussage zu reagieren, entknotet der Polizist die Hundeleine und verlädt das Tier ins Auto.

Maxi kann es kaum glauben. Sie hofft, dass sich zwischen Kofferraum und dem Fond des Wagens zumindest ein Netz befindet.

Die Polizisten verabschieden sich. Frau Müller lächelt Maxi kurz an, bevor sie sich hinters Steuer setzt. Kurz darauf braust das Auto davon. Auf solch einem schmalen Waldweg würde selbst Maxi langsamer fahren.

Frau Müller scheint ihr zu vertrauen, das ist ein gutes Zeichen. Sie war zwar immer noch distanziert, aber wenn die Polizei Louisa Seidler und ihr nicht geglaubt hätte, wäre die Befragung mit Sicherheit anders verlaufen.

»Wollen wir uns kurz setzen?«, fragt Louisa Seidler.

Maxi ist vor Aufregung mittlerweile wieder warm geworden. »Ja.«

Die Frauen nehmen nebeneinander auf der Holzbank auf dem Aussichtspunkt Louisfelsen Platz und schauen schweigend in den grau bedeckten Himmel. Der Wind ist still, der Regen tröpfelt leise vor sich hin, ploppt auf die Blätter der nahe stehenden Laubbäume.

»Sie haben mich gerettet.« Louisa Seidler dreht sich zu Maxi. Die Frau ist selbst nach ihrer Joggingrunde, dem Angriff durch den gestörten Lebenspartner ihres Ex-Mannes und der Polizeivernehmung noch schön.

»Ihr Ex-Mann scheint sich Sorgen gemacht zu haben«, sagt Maxi. »Er hat mich in die Bredouille gebracht.« Sie wechselt das Thema: »Hat Karl Fitz mit Ihnen gesprochen?«

»Ja. Ich dachte, ich habe mich verhört, als er gebeichtet hat, dass er Ole auf mich angesetzt hat. Eigentlich sollte ich stinksauer auf ihn sein. Ich empfinde jedoch nur Mitleid für ihn. Erst hat er seine Frau verloren und dann seine beiden Söhne. Einer ist tot, der andere ein Mörder. Karl Fitz, der berühmte Immobilienmakler der Stadt. Ein Mann, der im Glanz und Glück gebadet hat. Einer, der alles hatte und alles war. Großzügig und charmant. Je höher man fliegt, desto tiefer kann man fallen.«

»Gab es nicht schon länger Probleme mit Cornelius?«

»Eigentlich ging es erst nach dem Tod seiner Frau los. Caroline hat die Familie mehr oder weniger erfolgreich zusammengehalten. Danach ist Cornelius bergab geschlittert. Doch dass es einmal so endet …« Sie seufzt.

Maxi blickt zum bemoosten Felsen zu ihrer Rechten. »Was wollte Tino Berger von Ihnen?«

»Er wollte mir Angst einjagen. Und dass ich endlich aufhöre, Unterhalt von meinem Ex-Mann einzufordern. Vor ein paar Tagen hat er mich einmal abends nach der Arbeit abgepasst und mir gedroht. Ich habe ihm signalisiert, dass er mich nicht so schnell einschüchtern kann. Ich dachte, er hätte verstanden, dass er sich besser nicht mit mir anlegt, und würde mich fortan in Ruhe lassen.«

Spricht Louisa Seidler von dem Überfall, den Maxi vor eineinhalb Wochen beobachtet hat? Es scheint so.

Die Croupière fährt fort: »Da habe ich ihn wohl in seiner Gestörtheit unterschätzt. Dass er mir beim Joggen auflauert und sich überlegt, mich umzubringen …« Sie schüttelt den Kopf. »Vielleicht hatte ich auch einfach gehofft, mein Ex-Mann würde früher eingreifen. Er ist ein Fähnchen im Wind. Tino hat ihn manipuliert. Ich glaube, es ging ihm gar nicht mal ums Geld. Er wollte Marcel ganz für sich haben und dass dieser keinen Kontakt zu seinen Kindern hat. Das hat er fast geschafft.«

»Daher auch der Auftrag an mich wegen des Unterhaltsbetrugs.« Maxi setzt sich aufrecht hin.

»Ja, total absurd. Und am Schluss hat er sich völlig verbissen, weil er davon ausging, ich hätte eine Beziehung mit Karl.«

Vielleicht war Tino Berger deshalb überall, wo sie auch war? Hat er Karl Fitz nachspioniert, um Anzeichen für eine Beziehung zwischen ihm und Louisa nachzuweisen?

Louisa Seidler reißt Maxi aus ihren Gedanken: »Der Typ hat sich so richtig in die Sache reingesteigert, wollte Marcel und die Kinder auseinandertreiben. Und meine Familie ruinieren. Es hat ihn rasend gemacht, dass es nicht so einfach ging. Auch wenn Marcel nie was auf die Reihe gebracht hat, ich glaube, dass er darunter leidet, dass er keinen Kontakt mehr zu seinen Kindern hat. Und dass er einen Partner hat, der das nur befeuert. Was blieb ihm denn noch?«

Es sind nur Mutmaßungen, die Louisa Seidler äußert, sie hören sich jedoch plausibel an. Als würden immer mehr Puzzleteile ihren Platz finden.

»Er hat auch mich bedroht, weil der Auftrag nicht in seinem Sinne ausgegangen ist«, sagt Maxi. »Meinen Sie, er hätte Ihnen etwas angetan?«

»Ich weiß es nicht. Aber er war rasend vor Wut.« Louisa Seidler hält kurz die Luft an. »Er kam immer näher, hat mich ans Geländer gedrückt. Ich hatte Angst, dass er mich im Affekt von diesem Turm stößt. Zum Glück kamen Sie.« Wieder macht sie eine Pause. »Und dann habe ich ihn fast umgebracht.«

»Und mich gerettet. Danke.«

Maxi sieht, wie die Mundwinkel der Croupière kurz nach oben zucken. Erleichtert sieht sie nicht aus, was Maxi verstehen kann. Sie wechselt das Thema: »Wie geht es bei Ihnen weiter?«

»Ich träume schon länger davon, im Casino von Monte-Carlo zu arbeiten. Das werde ich versuchen. Ich denke, dass ein Ortswechsel nach allem, was passiert ist, auch meinen Kindern guttun wird.« Sie zieht ein Bein zu sich, winkelt das Knie an und stützt den Kopf darauf ab. »Von meinem Ex halte ich wie gesagt nicht viel. Er ist ein Loser. Komplett lebensuntauglich. Ein Uhrenfreak, aber nicht mal sein Geschäft konnte er halten. Ein miserabler Vater.« Louisa Seidler presst die Lippen aufeinander. »Ich war sehr jung, als ich ihn geheiratet habe. Irgendwann hat's mir gereicht, und ich habe mein Leben selbst in die Hand genommen. Ich habe mich getrennt. Eine Ausbildung im Casino gemacht. Ich war unabhängig. Erfolgreich. Und stolz darauf. Leider kam damit nicht jeder klar. Mein Kollege Ole war neidisch und hat mir das Leben schwer gemacht. Zum Glück war er im Casino der Einzige und ich konnte damit leben. Bis zu der Intrige. Ich hätte nie gedacht, dass Karl dahintersteckt. Ihm habe ich vertraut. Schade. Thiago wollte nur mein Geld.«

Maxi erinnert sich an den Brasilianer, den sie zu Beginn des Auftrags observiert und ein kurzes Gespräch mit ihm geführt hat. Seither hat sie ihn nie wiedergesehen.

»Ich glaube, mir reicht es mit Männern für dieses Leben«, sagt die Croupière.

Maxi kann nicht fassen, in was sie hineingeraten ist, seit sie den Auftrag von Marcel Abt wegen Unterhaltsbetrugs angenommen hat. Ein Ex-Mann, der keinen Unterhalt zahlen will, führte sie zu einem Immobilienmakler, einer Croupière, Cornelius, einem Mörder, einer Intrige im Casino, einem gestörten Partner des Ex-Mannes und einem Überfall im Wald. Und alle Teile sind ineinander verheddert, als wären es Wäschestücke, die in der Waschmaschine einmal durchgeschleudert wurden.

Louisa Seidler steht auf. »Ich jogge nach Hause. Danke Ihnen nochmals. Ich hoffe, Sie verstehen, dass ich anfangs nicht gut auf Sie zu sprechen war. Alles Gute für Sie.«

»Für Sie auch.«

Louisa Seidler umarmt Maxi, bevor sie den Waldweg hinabläuft. Maxi will in die andere Richtung. Sie muss den Roller aufsammeln.

Sie wankt, als sie die ersten Schritte geht. Der Schmerz ist zurück. Bergab ist es noch schlimmer als bergauf. Der Gedanke an Noah mobilisiert ihre letzten Reserven. Sie muss ihm alles erklären.

Sie könnte ihn gleich anrufen. Der Handyakku ist fast leer. Sie wählt direkt.

»Hallo?« Noahs Stimme.

»Ich komme in die Gunzenbachstraße. Können wir uns dort treffen? Ich habe kaum Akku. Sonst rufe ich nachher noch mal an und erkläre dir alles.«

Keine Antwort. Das Handydisplay ist schwarz. Hat Noah die Botschaft noch gehört? Maxi hat das Wichtigste zuerst gesagt.

Mittwochnachmittag

Maxis Energiereserven sind so erschöpft wie die ihres Handys. Am liebsten würde sie sich an den Wegesrand legen und nicht mehr aufstehen. Schmerzmittel wären ein Bonus.

Die Aussicht, dass Noah unten auf sie warten könnte, lässt sie weitergehen. Ein Fuß vor den anderen, ein schmerzhafter Schritt nach dem anderen. Trippelschritte bergab.

Es geht so steil hinunter, dass man eigentlich einen Schlitten oder ein anderes Fahrzeug bräuchte, sofern Schnee läge. Alles außer einen E-Scooter.

Maxi kommt an einer Bank vorbei und seufzt.

Da unten, der Scooter! Sie wankt zu ihm hin, hebt ihn auf. Der Lenker rammt in ihre Hüfte. Der Gnadenstoß, denkt Maxi und muss fast lachen. Sie ist so kaputt, dass die Grenze zwischen Lachen und Weinen nicht mehr existiert.

Sie erreicht die Weggabelung. Jetzt den kleinen Pfad hinab, dann ist sie wieder bei den Wohnhäusern. Das Warnschild vor dem Hund. Wäre der Weg breiter, würde sie auf die andere Seite wechseln.

Sie geht weiter. Kein Gebell.

Ein Haus. Noch eines. Zurück in der Zivilisation. Die Erleichterung gibt Maxi Energie für die nächsten Schritte. Es hat aufgehört zu regnen, ist aber immer noch trüb. Maxi blickt auf den Boden, sie will nicht sehen, ob jemand sie beobachtet.

Kein Noah. Laut dem Straßenschild ist sie noch in einer anderen Straße.

Maxi biegt nach links ab. Geht weiter, ohne nachzudenken. Es fühlt sich tranceartig leicht an.

Sie biegt in die Gunzenbachstraße ein. Kurz darauf kommt ihr ein Auto entgegen. Es hält an.

Noah steigt aus.

Sie beginnt zu weinen. Sie kann nicht anders. Bleibt stehen, bis Noah sie erreicht. Dann fällt sie in seine Arme.

Noah ist gekommen und hat sie abgeholt. Sie schluchzt, vergräbt ihr Gesicht an seiner Schulter. Noah legt die Arme um sie.

»Ich erzähle dir gleich alles. Alles«, sagt Maxi, nachdem sie sich beruhigt hat. »Hast du die Nummer von der Frau mit dem E-Scooter?«

»Du zitterst und humpelst ja. Ich fahre dich nach Hause, und während du dich umziehst, rufe ich bei der Frau an und mache einen Termin für morgen aus. Und ich koche uns was. Dann kannst du alles erzählen.«

Maxi lacht und weint gleichzeitig.

Noah lädt den Roller in den Kofferraum und chauffiert Maxi in Richtung Innenstadt.

Mittwochabend

Maxi steigt aus der Dusche und trocknet sich ab. Die Schmerzen haben sich analog zur Erleichterung verstärkt. Sie könnte eine Tablette nehmen.

Maxi setzt ihre Ersatzbrille auf. Mal sehen, ob sie das bei der Rollerfahrt verlorene Exemplar wiederfindet. Wenn nicht, muss sie so bald wie möglich zum Optiker und sich ein neues machen lassen.

Für jedes Kleidungsstück gibt es den perfekten Augenblick. Jetzt ist es der beige Feinstrick-Hausanzug. Da ihr kalt ist, föhnt sie die Haare an. Schminken muss sie sich nicht.

Noah ist gerade in ihrer Wohnung und kocht – mit Lebensmitteln, die er bei einem Zwischenstopp schnell in seiner Wohnung geholt hat. Davor hat er die ganze Zeit auf sie gewartet, als Maxi bei ihrem Treffen davongerauscht ist.

Sie kämmt sich die Haare und verlässt das Bad. Es duftet bis in den Flur. Asiatisch. Maxi geht in die Wohnküche.

Noah rührt in der größten Pfanne, die sie besitzt. »Ich dachte, ich mache ein wärmendes Curry. Wie geht's dir?«

Maxi fährt sich durch die Haare. Noah ist bei ihr. Sie würde ihn gerne fragen, ob er sie kneifen kann. Stattdessen sagt sie: »Besser.«

»Das Essen ist fertig. Darf ich dir was auftun? Setz dich.«

Auch den Tisch hat er gedeckt. Maxi zündet die Kerzen an, bevor sie am selten genutzten Esstisch im Wohnzimmer Platz nimmt. Meist sitzt sie an der Küchentheke auf dem Barhocker.

»Danke«, sagt sie und lächelt. Noah lächelt zurück.

Maxi ist unschlüssig, ob sie riesigen Hunger hat oder viel zu aufgeregt zum Essen ist. Sie schiebt sich einen Löffel Curry mit Reis in den Mund.

»Heiß.« Sie lacht, öffnet den Mund, um das Essen zu kühlen.

Beim zweiten Bissen pustet sie, bevor sie probiert. Noah kann richtig gut kochen. »Unglaublich lecker.«

»Ist ganz einfach. Ich habe verschiedenes Gemüse geschnippelt und angebraten, mit Sojasauce gewürzt, etwas Ahornsirup für die Süße dazugegeben, dann Kokosmilch und Erdnussbutter, und das war's.« Noah scheint gerne über Rezepte zu sprechen. »Ich lasse dir die restlichen Sachen da, dann kannst du es auch mal machen.«

»Ähm ja, danke. Mal sehen. Ich glaube nicht, dass ich das so gut hinbekomme.«

»Ich würde es auch noch mal für dich kochen.«

Eigentlich wollte sie mit Noah in Ruhe spazieren gehen. Stattdessen sitzen sie beim gemeinsamen Essen in ihrer

Wohnung. Maxi schiebt einen weiteren Löffel Curry in den Mund. Ihr Grinsen ist wie festgeklebt.

Später am Mittwochabend

Sie haben es sich auf dem Sofa gemütlich gemacht, jeweils an die gegenüberliegenden Enden gelehnt.

Maxi stellt ihre Teetasse weg und greift den Rand der Wolldecke.

Der Moment der Wahrheit ist gekommen. Das Abendessen lief noch unter Schonfrist. Es war nötig. Jetzt sollte sie Noah alles erzählen. Er hat ihr viel Vertrauen vorgeschossen, indem er ihre Ausreden in den letzten Wochen akzeptiert und bei der Aktion heute auf sie gewartet hat. Sie ist ihm die Wahrheit schuldig.

Maxi öffnet den Mund. Schließt ihn kurz, öffnet ihn wieder. »Noah.«

Er sieht sie an, als hätte er alle Zeit der Welt.

»Ich erzähle dir jetzt einfach alles über mich. Ich bin Privatdetektivin.« Maxis Finger krallen sich in die Decke, als wäre sie ihr letzter Halt an einer steilen Klippe.

»Oh.« Noahs Mund bleibt offen stehen.

Süß. Maxi dachte, das würde nur bei Babys passieren. »Deshalb die Geheimnistuerei«, erklärt sie. »Ich war die letzten Wochen an einem Fall dran, der lief irgendwie aus dem Ruder. Ich war ziemlich eingespannt. Und heute …« Maxi zögert, sucht nach den richtigen Worten. »Ein ehemaliger Klient hat mich angerufen. Ich habe seine Ex-Frau wegen Unterhaltsbetrugs beschattet. Damit fing jedenfalls alles an. Der neue Lebensgefährte dieses Mannes ist ziemlich aggressiv und eifersüchtig. Deshalb hat sich der ehemalige Klient Sorgen um seine Ex-Frau gemacht. Dass er ausgerechnet mich angerufen hat, war wirklich seltsam. Aber da ich Angst um die Frau hatte, musste ich zu dem Ort, an dem der neue Lebensgefährte sie mutmaßlich abpassen wollte.« Wie abgedreht das für Noah klingen muss.

»Krass. Hat er dich auch angegriffen?«

»Nein, aber sein Hund war kurz davor.«

»Bist du verletzt?«

»Nur ein bisschen, aber nicht wegen des Hundes. Ich bin vom Roller gefallen, es scheint nichts Schlimmes zu sein.«

»Und du hast die Frau gerettet?«

»Na ja, ehrlich gesagt hat sie sich selbst gerettet. Ich war rechtzeitig am Ort des Geschehens und habe die Polizei gerufen.«

»Ich muss sagen, ich war echt baff, als du mit dem Roller losgerast bist. Sah ziemlich entschlossen aus.«

»Es war ein Notfall. Ich hatte mir unseren Spaziergang anders vorgestellt.«

»Trotzdem – hat sich doch gelohnt. Du bist eine Heldin.«

Maxi spürt, wie sie rot wird. Noah sieht sie an, als wäre er beeindruckt.

»Wie bist du Privatdetektivin geworden?«

Zum Glück eine allgemeinere Frage.

»Nachdem das Hotel, in dem ich vorher gearbeitet hatte, geschlossen hatte, musste ich mich neu orientieren. Ich habe ein Praktikum in einer Detektei gemacht. Das war spannend. Dann habe ich ein zehnmonatiges Fernstudium gemacht. Und ein Gewerbe angemeldet und vorbereitet. Voilà.«

»Nicht schlecht. Aber wie kommt man auf so was? Gab es einen Auslöser?«

»Nach der Hotelschließung kam es zu einem Vorfall, sodass ich ins Ermitteln reingerutscht bin. Zum ersten Mal im Leben hatte ich das Gefühl, das ich etwas tue, was wirklich zählt. Etwas Sinnvolles. Ich dachte mir, es wäre doch schön, das zu meinem Beruf zu machen.« Maxi streicht die Decke über ihren Beinen glatt, um dann gleich wieder nach dem Stoff zu greifen. »Ich habe nicht mal eine abgeschlossene Berufsausbildung. Ich habe Abitur gemacht, aber eher schlecht als recht. Dann habe ich eine Ausbildung zur Restaurantfachfrau angefangen und abgebrochen. Neuer Versuch als Fremdsprachenassistentin. Ich bin zwar zweisprachig aufgewachsen, aber ich habe trotzdem kein Talent dafür. Dann hatte ich eine Phase, in der ich ziemlich exzessiv gefeiert habe. Aber keine Drogen. Zumindest keine härteren. Ich war etwas orientierungslos. Dann hat mich meine Mutter dazu verdonnert, im Badhotel als Rezeptionistin anzufangen. Sie hat dort selbst als Sekretärin des Chefs gearbeitet.« Maxi atmet tief durch. »Jetzt habe ich dir meine halbe Lebensgeschichte erzählt. Ich hoffe, das ist jetzt nicht zu viel auf einmal.«

»Nein, nein, lass es nur raus.« Noah lacht. Dann wird er ernst. Sein Ton wird sanfter. »Aber die Frage, was genau der Auslöser war, um Privatdetektivin zu werden, hast du nicht beantwortet. Jetzt, wo du im Erzählfluss bist …«

»Das ist eine lange Geschichte. Hast du Zeit?«

Noah nickt, und Maxi erzählt, was in der letzten Nacht im Hotel passiert ist. Wie sie erfahren hat, wer ihr Vater ist, und wie sie ihn kurz darauf wieder verloren hat. Ein paar Details lässt sie weg. Die wird sie mit ins Grab nehmen.

Noah unterbricht sie kein einziges Mal. Am Schluss sagt er nur: »Krasse Geschichte. Und noch krasser, was du daraus gemacht hast.«

»Wenn man mir vor eineinhalb Jahren erzählt hätte, dass ich eine Detektei führen würde, die auf die Suche von Familienangehörigen spezialisiert ist, dann hätte ich denjenigen für verrückt erklärt.«

»Mutig von dir.«

»In der letzten Zeit war viel los. Aber es hat alles so großen Spaß gemacht. Zum ersten Mal in meinem Leben hatte ich eine richtige Aufgabe. Das Gefühl, dass ich etwas tue, was wirklich meins ist.«

»Das merkt man. Deine Augen leuchten.«

Das hat Smilla ihr vor Kurzem auch gesagt. Es muss etwas dran sein. Ob Noah sie wohl deshalb bei dem Pralinenkurs angesprochen hat?

»Meine Geschichte kennst du ja«, sagt er jetzt, »die ist nicht so spannend.« Er rückt näher an sie heran.

Maxi nimmt einen Schluck Tee und stellt die Tasse wieder ab. Sie fasst sich an die Wangen, bestimmt sind sie rot, so warm, wie sie sich anfühlen.

Noah räuspert sich. Er legt seine Hand auf den Oberschenkel. Lächelt. Vorsichtig. Seine Hand wandert auf das Sofa, als wolle sie sich an Maxi herantasten.

Maxi dauerlächelt ihn an. Ihr Gesicht fühlt sich tomatenrot an.

Es ist, als würde zwischen ihnen ein knisterndes Kabel verlaufen.

Noah legt seinen Arm auf die Sofalehne, rückt ein paar weitere Zentimeter näher an sie heran.

Maxi bewegt sich in Millimeterschritten in seine Richtung. Kindisch lächelnd. Rotbackig. Gespannt bis zum Platzen.

Ihr Schweigen macht das Knistern noch lauter.

Warum fühlt sich dieser Moment so bedeutend an?

Zeigt Maxi ihm mit ihrem Blick nicht, dass er näher kommen darf? Soll?

Noah wippt leicht mit dem Kopf, dann rutscht er an sie heran, sodass sich ihre Oberarme berühren. Ein kleiner Stromschlag.

Maxi rückt ihre Brille zurecht.

Noah schließt die Arme um sie, sodass ihr Nacken seine Schulter berührt. Er hält sie fest.

Wie lange hat Maxi auf diese Nähe gewartet?

In diesem Moment gibt es nur noch sie beide.

KAPITEL 13

Donnerstagmittag

»Hallo, Maxima.« Smilla fällt ihr in die Arme, nachdem sie Maxis Wohnung betreten hat. »Bereit?«

»Schon seit 17 Minuten. An deiner Pünktlichkeit solltest du als Yogalehrerin arbeiten.«

»Meine indischen Wurzeln schlagen eben ab und zu durch.« Smillas Vater ist Halbinder. Sie hat jedoch kein enges Verhältnis zu ihm. Er hat auch keinerlei Sprachkenntnisse an sie weitergegeben.

»Zu viele Rikschas, Kühe und Autos in den überfüllten Straßen Baden-Badens, die dir den Weg versperrt haben?«, fragt Maxi. »Im Ernst, zu spät kommen geht gar nicht. Gerade als Yogalehrerin. Da ist bei deinen deutschen Kunden die Entspannung schon gleich zu Beginn der Yogastunde dahin.«

»Und bei dir? Bist du auch unentspannt?«

»Nein, aber etwas lädiert.«

»Wo?«

»An der Hüfte.«

»Schlimm?«

»Nein.« Das Souvenir vom gestrigen Sturz tut erfreulich wenig weg.

»Gut. Ich passe auf. Und wenn du Schmerzen hast, gib einfach Bescheid.«

»Ich bin vor allem müde.«

»Ist ein müdes, trübes Wetter heute.«

»Auch.« Maxi ist froh, dass sie heute nicht vor die Tür gehen muss. »Und gestern Abend wurde es etwas später.«

»Noah? Ich bin so gespannt.« Smilla grinst. »Aber erst die Yogastunde. Denn wenn wir uns jetzt aufs Sofa setzen und quatschen, wird es schwer, dich da wieder runterzubekommen.« Smilla drückt Maxi eine Matte in die Hand. »Ausrollen.«

»Gut, dass du eine mitgebracht hast.«

»Kannst du behalten.«

»Ich weiß nicht, ob sich das lohnt.«

»Die ist aus reinem Naturkautschuk. Probier sie mal aus, du wirst sie nicht mehr missen wollen.«

»Das impliziert, dass ich noch mal Yoga mache.«

»Das wirst du auch nicht mehr missen wollen. Schau mich an.«

»Ich bin nicht du. Aber lass uns loslegen.«

Maxi breitet die Matte aus, die die freie Fläche auf dem Wohnzimmerparkett füllt. Sie hat sich vorbereitet, Leggins und ein Sweatshirt angezogen.

»Legen wir los. Schön, dass du heute hier bist und dir Zeit für dich und deinen Körper nimmst.« Smillas Stimme hat den ruhigen, tiefen Klang einer Yogalehrerin wie aus dem Bilderbuch. »Diesen zehnteiligen Kurs für Anfänger kannst du dir wie dein persönliches Glückspuzzle vorstellen.« Smilla holt große Gummi-Puzzleteile aus ihrem Rucksack hervor. »Jede Stunde ist ein Puzzleteil, das für ein Motto steht: Achtsamkeit, Selbstliebe, Dankbarkeit, Loslassen, Neugier, Lebensfreude … Mit jeder Stunde fügst du eines hinzu. Am Kursende blickst du auf dein persönliches Glückspuzzle des Lebens, das größer und schöner ist als die einzelnen Teile.«

Ernsthaft?

»Setz dich zu Beginn in den Schneidersitz. Das Mantra für die heutige erste Stunde ist Selbstliebe. Schließe die

Augen und visualisiere dein persönliches Mantra. Du bist wertvoll. Atme dreimal bewusst ein und aus.« Smilla gibt den erschreckend langsamen Atemrhythmus vor. »Strecke nun die Beine aus und beuge dich mit dem Oberkörper vor. Nur so weit, wie es dir guttut und wie es heute geht.«

Als könnte Maxi an einem anderen Tag mit der Nasenspitze die Oberschenkel berühren.

»Komm dann mit deinen Händen nach vorne in den Vierfüßlerstand. Bei der nächsten Ausatmung machst du den Rücken ganz rund. Beim Einatmen öffne dich, heb die Brust, heb den Kopf nach oben. Beim Ausatmen wirst du wieder rund, in den Katzenbuckel hineinatmen. Die Kuh-Katze-Bewegung ist wohltuend für deine komplette Wirbelsäule und eine grundlegende Übung.«

In den folgenden Minuten muss Maxi sich in alle Richtungen beugen und strecken, als würde sie sich zwei Zentimeter länger machen vollen. Beim Drehsitz soll sie die Wirbelsäule auswringen wie einen Waschlappen. Als sie auf dem Boden sitzt, soll sie die Gesäßhälften greifen und liebevoll auseinanderziehen. Sie soll in jedes Körperteil atmen und in die Selbstliebe hinein. Und ganz wichtig: immer beim Atem bleiben.

»Langsam kommen wir zum Ende der Stunde.«

Endlich.

»Finde jetzt eine angenehme Position für Shavasana. Lege deine Arme entspannt neben den Körper. Lass sie schwer werden. Lass alles schwer werden. Schließe die Augen.« Smilla legt eine Wolldecke über Maxi und stopft die Enden unter ihren Körper. »Du sollst die Augen schließen.«

»Mir ist aber gar nicht kalt. Machst du das bei jedem?«

»Sonderservice.« Smilla steht auf. »Lass den Atem fließen, wie er kommt.«

Was auch sonst? Maxi behält den Gedanken für sich.

»Alles wird schwer. Deine Füße, spüre das Gewicht deiner Fersen, mit dem sie in den Boden drücken. Deine Waden. Deine Knie. Deine Oberschenkel. Deine Hüften …«

Donnerstagnachmittag

»Maxi!« Smilla kniet neben ihr und schüttelt sie. »Du bist während Shavasana eingeschlafen.«

»Oh.«

Smilla schaut sie grimmig an.

»Das Yoga war so entspannend … das ist doch ein Kompliment für dich. Wie lange habe ich geschlafen?« Maxi reibt sich die Augen.

»Ich weiß auch nicht, wann du genau eingeschlafen bist. Vor zehn Minuten?«

Nicht mehr als ein Powernap. Maxi gähnt, richtet sich auf in den Schneidersitz. Die Hüfte zieht nach der Yogastunde wieder mehr.

»Und wie war's sonst?«, fragt Smilla.

»Gut.« Das mit der Hüfte kann sie nicht sagen. Langweilig auch nicht. »Entspannend?«

»Fühlst du dich besser? Lockerer? Energiegeladen? Befreiter? Geerdeter?«

Das klingt sehr ambitioniert. »Ich weiß nicht, wenn ich ehrlich bin.«

»Hm.« Smilla sieht ein wenig enttäuscht aus.

»Deine Stimme ist super. Und du machst das ganz toll. Ich bin einfach nicht die Richtige für so was.«

»Was noch nicht ist, kann ja noch werden.« Hat Smilla jetzt den Ehrgeiz, eine Yogini aus ihr zu machen? Bingo.

»Aber nicht mehr heute.«

»Ein anderes Mal?«

»Okay.«

»Ja?« Smillas Miene hellt sich auf.

»Weil du's bist, Smiley. Und jetzt brauche ich einen Tee und was zu essen.«

Wenige Minuten später sitzen sie bei Avocado-Toast und Kräutertee am Tisch.

Maxi beißt hinein, das Brot knackt.

»Und?« Smilla blickt zu ihr. »Noah?«

Maxi legt den Toast auf den Teller. »Wo soll ich anfangen?«

»Am Anfang.«

»Wir haben uns gestern zum Spazierengehen verabredet. Kurz darauf kam ein Anruf von einem ehemaligen Klienten. Ich sollte seine Ex-Frau vor seinem Lebensgefährten retten.« Es klingt absurd, und wenn man die Namen der Menschen durch ihre Beziehungen ersetzt, noch viel mehr. »Ich bin zum Louisfelsen gefahren. Dafür musste ich den E-Scooter einer Frau ausborgen. Aber das ist eine andere Geschichte.«

»Noah hat das alles mitbekommen?«

»Bis ich weggefahren bin. Und er hat auf mich gewartet.« Maxi kann nicht anders, als zu lächeln. »Er hat mich anschließend heimgefahren und für mich gekocht.«

»Wie süß.«

»Danach habe ich ihm alles erzählt. Auch, was ich beruflich mache.«

»Und wie hat er reagiert?«

»Überrascht natürlich. Aber auch interessiert.«

»Den Typen musst du dir schnappen. Der schluckt wochenlang deine Ausreden und macht alles mit, wenn es hart auf hart kommt.«

»So einen Noah gibt es nur einmal, oder?«

»Ich glaube schon. Wie goldig. Maxima ist verliebt.«

Maxi spürt, wie ihre Wangen rot werden. »Ich weiß nicht so genau. Aber es hat so gutgetan, dass er da war. Ich fühle mich wohl bei ihm.«

Smilla klatscht in die Hände. »Wie schön.«

»Jetzt erzähl du noch was, damit ich auch zum Essen komme.« Maxi nimmt einen zweiten Bissen, während Smilla berichtet, wie aufgeregt sie vor dem Anfängerkurs ist, der nächste Woche beginnt. Bald wird sie eine Prüfung nach einer Kinderyoga-Fortbildung haben.

Maxi dreht die unbenutzte Gabel hin und her.

Smilla lehnt sich zurück. »Und jetzt noch mal zu diesem Cornelius. Der war es wirklich?«

Maxi lässt das Besteck los. »Ja.«

»Du hast quasi einen Mörder überführt. Das ist gruselig.«

»Schon. Und traurig. Der Vater hat seine ganze Familie verloren. Eine ehemalige Vorzeigefamilie, von der nichts mehr übrig ist. Alles eingestürzt wie ein marodes Gebäude.«

»Da merkt man, dass man es gar nicht so schlecht hat. Auch wenn man nicht aus einer heilen Familie stammt.«

»Irgendwie dann doch … Immerhin haben wir beide immer unsere Mütter gehabt. Bei dem Fall, der mich die letzten Wochen beschäftigt hat, haben die Dinge einen ganz komischen Verlauf genommen. So viele kaputte Schicksale und verpasste Lebenschancen. Die Geschichte dieser Croupière lässt mich auch nicht los. Die Frau hat ihr Leben selbst in die Hand genommen, weil sie genug von ihrem Mann hatte. So wie sie es geschildert hat, ist er ein ziemlicher Loser. Sie hat eine Ausbildung im Casino gemacht, sich scheiden lassen, ihr eigenes Geld verdient und einen guten Job gemacht. Eine schlechte Mutter ist sie, glaube ich, auch nicht. Zudem total sportlich und hübsch.«

Maxi reißt eine Ecke der Serviette ab. »Sie hat einfach nur ihr Leben selbst in die Hand genommen und niemandem was getan. Aber ihr Ex-Mann hat vor, sie zu verklagen, weil er keinen Unterhalt für die Kinder zahlen will. Sein neuer Lebensgefährte war der Drahtzieher dahinter und grundlos eifersüchtig. Das ging so weit, dass er sie bedroht hat. Der neue Freund der Frau will nur ihr Geld. Ein Kollege ist neidisch. Und ein Bekannter, der sich als Förderer und Freund ausgegeben hat, hat sich in sie verliebt und zettelte eine Intrige an, um sie für sich zu gewinnen. Super, oder?«

»Wie viel Pech kann man haben?«, fragt Smilla.

Das ist die Frage, die sich sowohl Karl Fitz als auch Louisa Seidler stellen dürften.

»Die Frau macht nach allem trotzdem einfach weiter. Sie will mit ihren Kindern auswandern und in Monaco neu anfangen.« Maxi zupft ein weiteres Stück Serviette ab. Neben ihr hat sich schon ein Häufchen Serviettenkonfetti gebildet.

»Da sieht man mal wieder, dass alles nicht von Dauer ist.«

»Und gerecht sowieso nicht.« Maxi seufzt. »Ich bin echt müde.«

»Ich gehe jetzt los, ich muss noch was lernen. Hast du nächste Woche Zeit für die Therme?«

»Ja klar. Jetzt sollte mein Terminplan wieder etwas normaler werden.«

»Und wann siehst du Noah wieder?«

»Morgen. Wir bringen der Passantin den E-Scooter zurück. Und dann gehen wir spazieren. Aber erst bin ich morgen Mittag noch zum Essen bei meiner Mutter eingeladen.«

»Wie geht's Fabienne? Ich hab sie ewig nicht gesehen.«

»Gut. Sie geht als Hundemama auf.«

»Irgendwann müssen wir uns mal wieder mit unseren Müttern zusammen treffen.«

»Machen wir. Also, bis dann! Und danke für die Yogastunde.«

»*Salut*, Smiley.«

»Du hättest sagen müssen: immer wieder gerne.«

»Wenn du ganz viel Glück hast, spiele ich irgendwann wieder dein Versuchskaninchen.«

Donnerstagabend

»*Voilà, voilà, voilà, voilà qui je suis*«, dringt Barbara Pravis Stimme aus dem Lautsprecher. Sie schmettert das *Voilà* mit ihrer klaren, hohen Stimme direkt in Maxis Seele. Maxi singt das Lied, das sie auswendig kann, stumm mit. Dabei tanzt sie durch ihre Wohnung.

»Erzählt den Menschen von diesem Mädchen und ihrem verrückten Traum …« Maxis Lippen formen die französischen Wörter nach. »*Voilà.* Hier bin ich, wenn auch entblößt, ich habe Angst, ja. Hier bin ich im Lärm und in der Stille …«

Sie fühlt die Mischung aus Gefühlen, den eigentlichen Widerspruch, von dem die Chanteuse singt. Auch sie ist stark und verletzlich zugleich.

Die vergangenen Wochen waren intensiv und hindernisreich. Maxi hatte große Zweifel an dem Weg, den sie eingeschlagen hat. Jetzt ist da so etwas wie Stolz. Über ihren eigenen Mut. Über die Herausforderungen, denen sie sich gestellt hat. Sie hat durchgehalten. Und der Polizei bei der Aufklärung von Verbrechen geholfen. Auch wenn ihr Job eigentlich ein anderer ist. Maxi wird weitermachen mit ihrer Detektei. Um einiges an Lebenserfahrung und Dankbarkeit reicher. Mit der Hoffnung auf weniger Dramen und mehr Normalität.

Ich möchte, dass man mich liebt, klingt das Lied auf Französisch durch den Raum. Wird Noah sie akzeptieren, wie sie ist, wenn er sie besser kennt? Wird sie ihn lieben können? Sie will ihn besser kennenlernen. Morgen werden sie sich treffen – dieses Mal hoffentlich ohne Unterbrechungen. Ein Lächeln legt sich automatisch auf ihr Gesicht.

Das Lied passt gerade so gut zu Maxis Stimmung, dass es in Dauerschleife läuft. Das Handy vibriert. Sie blickt auf das Display, eine unbekannte Nummer. Vielleicht die Kriminalkommissarin, die noch etwas wissen will? Maxi stellt die Musik aus und nimmt den Anruf entgegen.

»Guten Abend, Frau Morel, Louisa Seidler hier.«

»Guten Abend, Frau Seidler.«

»Ich habe Ihre Nummer von Karl Fitz.«

Sie ist noch mit ihm in Kontakt?

Louisa Seidler fährt fort: »Eben hat mich die Polizei benachrichtigt, dass Tino Berger außer einer Gehirnerschütterung nicht verletzt ist. Es besteht keine Lebensgefahr. Er hatte Glück. Und ich auch.« Maxi kann ihre Erleichterung nachvollziehen. »Das wollte ich Ihnen mitteilen. Ich werde keine Anzeige gegen ihn erstatten. Ich will einfach nur meine Ruhe. So schnell wie möglich werde ich unsere Sachen packen und von hier verschwinden.«

Maxi nickt, obwohl sie am Telefon ist und ihre Gesprächspartnerin es nicht sehen kann. Hoffentlich hat die Sache auch Tino Berger so eingeschüchtert, dass er Louisa Seidler nun in Ruhe lässt. Und Maxi ebenso.

»Danke für die Informationen«, sagt Maxi. »Ich wollte mich auch nochmals bei Ihnen bedanken. Alles Gute für Sie.«

»Das wünsche ich Ihnen auch.«

Als sie aufgelegt hat, stellt Maxi die Musik wieder an. Diesmal singt sie laut mit. Schließlich ist niemand in der Nähe.

An Louisa Seidlers Stelle würde Maxi dasselbe tun. Neu anfangen.

Voilà. Voilà. Voilà.

Hat es gerade an der Tür geklingelt? Sie ist sich nicht sicher. Eigentlich erwartet sie keinen Besuch. Smilla war ja vorhin schon da. Vielleicht ihre Mutter? Oder macht Noah einen spontanen Überraschungsbesuch?

Maxi nutzt die Gegensprechanlage. »Hallo?«

»Hallo, Maxi.« Sie weicht zurück. Die Stimme ist ihr vertraut. Johannes. »Kann ich kurz hochkommen?«

Was will er von ihr?

»Ja, ich lass dich rein.«

Kurze Zeit später steht er in ihrem Türrahmen. Er streicht sich eine Strähne seiner schwarzen Haare aus dem Gesicht. »Darf ich reinkommen?«

»Ja.« Maxi macht einen Schritt zurück. Er zieht Schuhe und Jacke aus.

»Was machst du hier?«

»Die sind für dich.« Er streckt ihr eine rechteckige Schachtel entgegen. Pralinen?

»Danke«, sagt Maxi perplex.

»Ich wollte einfach mal Hallo sagen.«

Maxi schaut ihn mit gerunzelter Stirn an.

»Seit wir uns im Casino über den Weg gelaufen sind, habe ich öfter an dich gedacht. Du sahst sehr schick aus in dem Abendkleid.«

Maxi blickt an sich hinab. Sie trägt immer noch die Leggins vom Yoga. Mit Kuschelsocken.

»War das dein Freund?«, fragt Johannes.

»Im Casino?«

»Ja.«

»Äh … nein.«

»Hast du denn einen?« Direkt wie immer. Er hat überhaupt nicht das Recht, sie so zu überfallen und auszufragen.

»Nein. Aber ich habe jemanden kennengelernt.«

»Okay.« Er zögert. »Wie gesagt, ich habe wieder öfter an dich gedacht.«

Das hat er gerade schon einmal gesagt. Wie soll Maxi mit ihm umgehen? Eigentlich sollte sie ihn zur Tür hinausschmeißen. Aber sie kann einfach nicht. Vor ein paar Wochen wäre sie vor Freude ausgeflippt, wenn Johannes sie besucht hätte. »Willst du einen Tee?«, fragt sie stattdessen.

»Gern. Ich habe gehört, du hast einen fulminanten Karrierewechsel hingelegt.«

»Woher weißt du das?«

»Von deiner Mutter. Ich habe sie in der Stadt getroffen. Mit ihrem Pudel. Wie heißt der noch mal?«

»Coco.« Fabienne vergöttert Johannes. Er wäre für sie der ideale Schwiegersohn gewesen. Hat sie Johannes auf die Idee gebracht, bei Maxi vorbeizuschauen? Nein, das kann sich Maxi nicht vorstellen.

»Setz dich.«

Johannes lässt sich auf einem der Barhocker nieder. Er legt den Unterarm lässig auf der Rückenlehne ab und lehnt sich zurück.

Die nächste halbe Stunde führt Maxi mit ihrem Ex gelungenen Small Talk. Über Jazz. Musik. Konzerte. Politik. Ungleichheit. Aber auch die Detektei. Und das Casino. Dann verabschiedet sich Johannes mit einer Umarmung und den Worten: »Melde dich, wenn du Lust hast. Mach's gut, *ma p'tite Maximiliane*.« Er spricht ihren Namen französisch aus. Und zwinkert ihr selbstbewusst zu. Maxi schluckt.

Sie lehnt sich an die Tür, nachdem Johannes hinausgegangen ist. Sie schließt die Augen und atmet lange aus.

Was fällt ihm ein, nach Monaten Funkstille bei ihr zu Hause aufzukreuzen?

Warum sieht er so verdammt gut aus mit seinem Dreitagebart? Warum war er so angenehm, so nett heute?

Und warum löst er Herzklopfen bei ihr aus? Nach all der Zeit? Er hat kein Recht dazu.

Der Fall, der sie die letzten 14 Tage beschäftigt hat, ist gelöst. Komplikationen inklusive. Keinen Tag später steht Johannes vor der Tür und versetzt ihr Privatleben in Chaos. Warum kann ihr Leben nicht normal verlaufen?

KAPITEL 14

Freitagmittag

»Lecker.« Maxi kratzt den fast leeren Teller mit dem Löffel aus.

»Soll ich dir noch mal Nachschlag geben?«, fragt ihre Mutter.

»Nein danke, zwei Portionen sind genug.« Sie ist wirklich angenehm gesättigt von ihrer Leibspeise.

Ihre Mutter Fabienne kocht selten, hat Maxi als Kind nicht täglich mit selbst gemachtem Essen versorgt. Dafür alle paar Wochen ihr legendäres *Boeuf Bourguignon* gekocht. Das tut sie noch heute. Eher alle paar Monate, jedoch treffen sie sich regelmäßig zum Eintopfessen.

»Wie geht's Coco und dir?«, fragt Maxi. Aus Höflichkeit, bevor ihre Mutter sie rügt. Vor dem Essen hat Maxi berichtet, was seit dem Verfolgungsspaziergang von Karl Fitz mit Fabienne und Coco vor anderthalb Wochen passiert ist. Seitdem hat sie ihre Mutter nicht mehr gesehen.

»Uns geht's wirklich gut. Nicht, Coco?« Fabienne blickt zur Hündin, die in ihrem Körbchen schläft. Ihr Schlafplatz ist von zwei hohen Blumenstöcken umrahmt, sodass er wie eine gemütliche Gartenlaube im Wohnzimmer wirkt.

»Ihr könnt mich gerne mal wieder begleiten, wenn ich jemanden observiere. Ich war erstaunt, dass das so gut geklappt hat«, sagt Maxi.

»Wieso erstaunt?«

»Na ja, weil wir uns nicht immer verstehen.« Eigentlich würde sie gerne sagen: weil du eine komplizierte Person bist, *Maman*. Aber sie lässt es. Stattdessen sagt sie: »Und weil es nicht selbstverständlich ist, dass man innerhalb der Familie gut zusammenarbeitet. Vielleicht können wir ja mal wieder kooperieren. Ich werde auf dich zukommen.«

»Hast du schon wieder Arbeit für uns?«

»Nein, nein, das war allgemein gesagt. Mir reicht es erst mal nach dieser ganzen Sache.«

»Irgendwie ist es traurig, das Schicksal von diesem Cornelius. Und seinem Bruder. Und Vater …«

Maxi nickt. »Und von allen anderen auch.«

»War er spielsüchtig?«

»Meinst du Cornelius?«

»Ja.«

»Ich weiß es nicht. Kann schon sein. Er hatte und hat auf jeden Fall ein Menge Probleme.« Maxi lehnt sich zurück. »Ich kann das schlecht beurteilen, da ich selbst noch nie gespielt habe. Ich wohne in Baden-Baden und war vor diesem Fall noch nie im Casino.«

»So jung, wie du bist, darfst du sowieso erst seit ein paar Jahren hinein.«

»Ich wusste nicht, wie schön es da drinnen ist. Eine glamouröse Welt.«

»Ein Ort, an dem man schicke Kleider anziehen kann.« Fabienne zwinkert.

»Das gefällt dir doch auch am besten.«

»Genau, denn Glücksspiel ist nicht so mein Fall.«

»Muss man auch nicht machen. Obwohl ich das jetzt unbedingt mal ausprobieren will«, sagt Maxi.

»Ohne mich. Die Baden-Badener durften selbst gar nicht ins Casino, als ich hierhergezogen bin. Erst seit 1995 ist es ihnen erlaubt.«

»Warum?«

»Weil die Stadt ihre finanzielle Lage im Blick hatte. Man wollte wohl eher, dass die Bürger ihre Steuern zahlen können, anstatt sich im Casino zu verschulden. Daher war ihnen der Besuch der Spielbank verboten.«

»Interessant. Auch wenn es unlogisch ist. Ich meine, sein Geld kann man ja überall ausgeben. Und heutzutage kann man im Internet eh so viel Geld verspielen, wie man will.«

»Ich würde dir nicht raten, dein Erbe zu verprassen.«

»Keine Sorge. Ich habe den größten Teil in ein Haus investiert.«

»Das Konzert von Johannes im Casino war wundervoll. Zu solch einem Anlass darfst du mich gerne wieder ins Casino begleiten.«

»Ja, es war schön.« Maxi muss an den pompösen Saal mit den riesigen Kronleuchtern denken. Und an den Klang aus dem Saxophon von Johannes. Sie bekommt Gänsehaut. Warum muss ihre Mutter Johannes ansprechen? Maxi steht auf und stapelt die Teller. Sie will das Thema nicht vertiefen. Zumindest nicht mit ihrer Mutter.

»Möchtest du noch einen Espresso?«, fragt Fabienne.

»Ja.« Maxi deckt den Tisch fertig ab, dann blickt sie zum üppig bepflanzten Balkon hinaus. Die pink-weißen Petunien wurden von Erikastöcken in den gleichen Farben abgelöst. Insgesamt mindestens 20 Stück.

Fabienne kommt mit einem Tablett zurück ins Wohnzimmer. Maxi setzt sich wieder an den Tisch.

Maxi gibt zwei Löffel Zucker in die Espressotasse und rührt.

Coco hebt den Kopf. Der Pudel steht auf und springt, ohne einen Ton von sich zu geben oder Maxi zu beachten, auf den Schoß ihrer Mutter. Diese streichelt ihm über den

Bauch. Auch wenn Maxi selbst keinen Hund möchte, das Tier verbreitet Gemütlichkeit.

Maxi beißt von einem trockenen Schokoladenkeks ab.

»Was ist eigentlich mit Johannes?« Fabienne knüpft an das Thema an, als hätte es keine Abräumpause gegeben.

»Was soll mit ihm sein?« Maxi spürt, wie Blut in ihre Wangen schießt. Warum wird sie so schnell rot?

»Du hast mit ihm nach dem Konzert gesprochen.«

»Das hast du gesehen? Hast du mir nachspioniert?«

»Vielleicht solltest du mich wirklich einstellen.« Fabienne lacht. »Johannes ist so ein toller Musiker.« Und wäre so ein toller Schwiegersohn, hört Maxi im Subtext dieses Satzes. Nachdem Johannes sich von Maxi getrennt hat, war ihre Mutter Maxi gegenüber mehr vorwurfsvoll als loyal. Obwohl Johannes mies mit Maxi umgegangen ist.

»Seht ihr euch wieder regelmäßig?«, fragt Fabienne.

»Nein.« Maxi schluckt den Keks hinunter. »Gestern Abend war er spontan da. Aber das heißt nichts.«

Fabiennes Augen werden größer und heller.

»Ich habe jemand anderen kennengelernt«, sagt Maxi.

»*Oh, là, là ...*«

»Lass uns über etwas anderes sprechen.«

»Johannes ist bei dir vorbeikommen? Das ist nett von ihm.«

»*Maman!*« Warum schafft ihre Mutter es bei fast jedem Treffen, Maxi zu verärgern? »Ich muss jetzt gehen. Ich bin verabredet. Ich melde mich, wenn ich dir zu dem Thema etwas zu sagen habe.«

Würde sich ihre Mutter mit Noah verstehen? Bestimmt, mit Noah kann man sich eigentlich gar nicht nicht verstehen. Aber würde Fabienne ihn mit Johannes vergleichen? Warum fragt Maxi sich das? Warum ist es ihr nicht egal, was ihre Mutter denkt? Maxi steht auf und verabschiedet sich.

Im Nieselregen läuft sie in Richtung ihrer Wohnung. An einer Schule kommen ihr Lärm und eine Horde Schüler entgegen, Maxi wechselt die Straßenseite.

Die Schüler haben Wochenende. Maxi auch. Gleich wird sie Noah treffen. Einerseits freut sie sich. Andererseits würde sie gerne in eine Decke gekuschelt ihre Serie weiterschauen. Und an nichts denken, was kompliziert ist. Das Wörtchen »einfach« und ihr Leben scheinen nicht sonderlich kompatibel. Aber vielleicht wird sich das ja schon bald ändern …

REZEPT

Möchten Sie das Rezept für Champagner-Trüffel aus dem Buch erhalten? Dann abonnieren Sie den Newsletter von Sarah Tischer unter
https://sarah-tischer.de/newsletter-praline

ANMERKUNG

Die Stadt Baden-Baden mit ihrem berühmten Casino ist nicht nur wunderschön und immer einen Besuch wert, sondern auch Schauplatz des vorliegenden Romans. Alle Figuren und Geschehnisse rund um diesen mondänen Handlungsort sind jedoch rein fiktiv.

So wurde zum Beispiel beim Weg, den Maxi nimmt, um den Louisfelsen zu erklimmen, sowie in der Darstellung, wie schnell Polizei und Krankenwagen dort eintreffen, künstlerische Freiheit angewandt.

Auch gehören zugenähte Taschen bei Croupiers inzwischen der Vergangenheit an. Heute wird darauf in der Realität keinen Wert mehr gelegt.

DANK

Ein herzliches Dankeschön an meine Lektorin Susanne Tachlinski, die mein Manuskript sprachlich und inhaltlich geschliffen und poliert hat, bis es zu einem fertigen Roman wurde. Dem ganzen Verlagsteam bei Gmeiner danke ich für die freundliche und professionelle Zusammenarbeit. Ich freue mich, dass meine Idee einer Krimi-Reihe um Maxi Morel hier Wirklichkeit geworden ist.

Mein besonderer Dank geht an Josua Straß, Buchhändler mit Leidenschaft und Baden-Baden-Experte, der sich mit scharfem Auge und hervorragender Ortskenntnis dem Korrekturlesen gewidmet und Fehler verschiedenster Art aufgespürt hat.

Ebenfalls danke ich dem Casino Baden-Baden für die Führung durchs Haus sowie die Beantwortung all meiner Fragen.

Wenn noch inhaltliche oder regionale Fehler im Buch enthalten sein sollten, so bin allein ich dafür verantwortlich.

Baden-Baden ist eine wundervolle Stadt, und ich genieße jeden Ausflug dorthin. Mein Dank gilt all jenen, die mir diesen besonderen Ort mit jedem Besuch näherbringen – und natürlich allen, die mit ihrer Arbeit dazu beitragen, dass das Stadtbild so schön bleibt.

Und schließlich: Danke an alle in meinem Umfeld, die mich ermutigt haben, dieses Buchprojekt zu realisieren, und mir die nötige Zeit zum Schreiben geschenkt haben.

Ich danke allen Buchhändlerinnen und Buchhändlern für ihre wertvolle Arbeit. Es ist mir stets eine Freude, einen

Buchladen zu betreten und jeder dieser magischen Orte bedeutet mir viel.

Und nicht zuletzt: Danke an Sie, liebe Leserinnen und Leser. Ich freue mich über jeden, der meine Romane liest und dabei in Maxis Welt eintaucht. Wenn Ihnen dieser Band gefallen hat, bleiben Sie gespannt. Mit meiner Protagonistin habe ich noch viel vor.

Wenn Sie mir schreiben möchten, so können Sie das gerne tun unter: autorin@sarah-tischer.de.

Sarah Tischer
im Gmeiner-Verlag:

Maxi Morel ermittelt:

1. Fall: Letzte Nacht in Baden-Baden

ISBN 978-3-8392-0710-9

2. Fall: Letzte Chance Baden-Baden

ISBN 978-3-8392-0885-4